【国学精粹珍藏版】

◎尽览中国古典文化的博大精深 ◎读传世典籍，赢智慧人生——

宋词名篇鉴赏

李志敏⊙编著

受益终生的传世经典

卷一

民主与建设出版社
·北京·

© 民主与建设出版社，2022

图书在版编目 (CIP) 数据

宋词名篇鉴赏/李志敏编著；郑琦绘图
—北京：民主与建设出版社，2015.12（2022.8重印）
ISBN 978 -7 -5139 - 0929 -7

I.①宋... II.①李..②郑... III .①宋词–鉴赏
IV.①1207. 23

中国版本图书馆CIP数据核字(2015) 第275530号

宋词名篇鉴赏
SONG CI MING PIAN JIAN SHANG

编　　著	李志敏	
责任编辑	王 颂	
装帧设计	王洪文	
出版发行	民主与建设出版社有限责任公司	
电　　话	（010）59417747　59419778	
社　　址	北京市海淀区西三环中路 10 号望海楼 E 座 7 层	
邮　　编	100142	
印　　刷	永清县晔盛亚胶印有限公司	
版　　次	2016年1月第1版	
印　　次	2022年8月第4次印刷	
开　　本	710 毫米 ×1000 毫米　1/16	
印　　张	32	
字　　数	460千字	
书　　号	ISBN 978 -7 -5139 - 0929 -7	
定　　价	278.00元(全四册)	

注：如有印、装质量问题，请与出版社联系。

目录

孙光宪

冯延巳

柳永

张先

范仲淹

晏殊

宋祁

晏几道

卷 二

欧阳修

苏舜钦

王安石

苏轼

黄庭坚

秦观

贺 铸

周邦彦

卷 三

叶梦得

李清照

蔡伸

岳飞

范成大

陆游

卷 四

辛弃疾

姜夔

张孝祥

刘克庄

吴文英

刘辰翁

周密

王沂孙

张炎

孙光宪①

浣 溪 沙（蓼岸风多桔柚香）

蓼岸风多桔柚香②，江边一望楚天③长，片帆烟际闪孤光④。
目送征鸿飞杳杳⑤，思随流水去茫茫，兰红⑥波碧忆潇湘。

【注释】

①孙光宪：（？~968），字孟文，自号葆光子，陵州贵平（今四川仁寿）人。唐末为陵州判官，后唐天成元年（926），为荆南高季兴掌书记，历事从诲、保融、继冲三世，累官荆南节度副使，检校秘书少监兼御史大夫，宋建隆四年（963），劝高继冲归宋，授黄州刺史，乾德六年，宰相荐其为学士，未及召而卒。有《荆台集》《巩湖编玩》《笔佣集》《桔斋集》《蚕书》《续通历》《北梦琐言》等，今仅存《北梦琐言》二十卷。《花间集》录其词六十一首，《尊前集》录二十三首，数量之多，在"花间"词人中居首位。王国维《唐五代二十一家词辑》辑为《孙中丞词》一卷。

②蓼：红蓼，秋日开花，紫红色，多生水边，亦名泽蓼。桔柚（yòu）：两种果树，多生南方，其味香甜。

③楚天：泛指南方的天空。

④孤光：指帆影。

⑤杳杳：深远幽暗貌。

⑥兰红：即红兰，秋日开花。《述异记》："紫述香，一名红兰香，出苍梧桂林上郡界。"江淹《别赋》："见红兰之受露，望青楸之离霜。"潇湘：二水名。

【鉴赏】

这是一首送别词，词中体现了作者与所送之客之间的深厚情意，也寄托了词人对客人的美好祝愿。

浣 溪 沙 （半踏长裾宛约行）

半踏长裾宛约行①，晚帘疏处见分明，此时堪恨昧平生②。　早是消魂残烛影，更愁闻着品弦③声，杳无消息若为情④。

【注释】

①半踏长裾：言长裾垂地，只能小步而行。宛约：形容步态柔美。

②昧平生：言未曾相识，难以通情。

③品弦：调弦、弹奏。

④若为情：犹言何以为情、难以为情。

【鉴赏】

这首词写得生动传神，抒发了主人翁心中的愁闷情绪。

菩 萨 蛮① (木绵花映丛祠小)

木绵花映丛祠小②，越禽③声里春光晓。铜鼓与蛮歌④，南人祈赛⑤多。
客帆风正急，茜袖隰墙立⑥。极浦⑦几回头，烟波无限愁。

【注释】

①《花间集》录孙光宪《菩萨蛮》五首，本书选其第五首。

②木绵：一作"木棉"。落叶乔木，产于两广，先叶开花，大而红。丛
祠：泛指江边林间无名的祠庙。

③越：指南越，今广东、广西一带。越禽，越鸟。李德裕《岭南道中》：
"红槿花中越鸟啼。"

④"铜鼓"句：指在神祠打鼓、歌唱以娱神。铜鼓，赛神所击乐器。《后
汉书·马援传》："骆越铜鼓。"注引裴氏《广州记》："狸獠（南方少数民族
名）铸铜为鼓。鼓惟高大者为贵，面阔丈馀。"蛮歌，南方少数民族之歌。

⑤祈赛：求神与酬神。

⑥茜袖：红袖。茜，草名。其根可做红色染料。隈：同"偎"、"依"。

⑦极浦：极远处的水面。

【鉴赏】

这是一首写风土人情的词，词中先写了南方居民祈神的热闹场面，后写姑

娘的凝情而望，抒发了其心中惆怅以及离乡漂泊之苦。

清 平 乐① （愁肠欲断）

愁肠欲断。正是青春半。连理分枝鸾失伴。又是一场离散②。　掩镜无语眉低。思随芳草萋萋③。凭仗④东风吹梦，与郎终日东西。

【注释】

①《花间集》录孙光宪《清平乐》二首，本书选其第一首。
②"连理"二句：言夫妻或情侣分手。一场，犹云一回、一番。
③"思随"句：《古诗十九首》："青青河边草，绵绵思远道。"
④凭杖：依杖。

【鉴赏】

这首词先写两人离别，主人公思念心上人，后写其在梦中与爱人一起，表达了他内心的愁思与期望。

风 流 子^①（茅舍槿篱溪曲）

茅舍槿篱溪曲^②。鸡犬自南自北。菰^③叶长，水葓^④开，门外春波涨渌。听织。声促。轧轧^⑤鸣声穿屋。

【注释】

①《风流子》：唐教坊曲名，单调，八句六仄韵。《花间集》录孙光宪《风流子》三首，本书选其第一首。

②槿篱溪曲：密植槿树作为篱笆。溪曲：小溪弯曲处。

③菰（gū）：俗称茭白，生于浅水，叶似蒲苇，秋季结实，称雕胡米。

④水葓（hóng）：即葓菜，俗名空心菜。

⑤轧轧（yàyà）：象声词，指织机声。轧轧鸣声穿屋，谓织机声由室内传至室外。

【鉴赏】

这首词描绘了一幅安祥的水乡农家图，清新灵动，生动鲜活。

谒 金 门（留不得）

留不得，留得也应无益。白绸①春衫如雪色。扬州初去日。　轻别离，甘抛掷。江上满帆风疾。却羡彩鸳三十六②。孤鸾③还一只。

【注释】

①白绸：白麻布，细而洁白，以绸麻织成。古乐府《白绸歌》："质如轻云色如银，制以为衫余作巾。"

②鸳：喻指情侣，美人。三十六，即三十六对。明田艺衡《留青日札》卷二〇《鸳央七十二》："人皆不解七十二之说，盖言美人之数也。又古人多言三三美人，夫三三则六，而六六则为三十六矣；左右各三十六合之，则为七十二矣。盖六六阴数之极，而六六三十六者，又纯阴之数，故用之妇人也。"

③鸾：鸟名，常与凤为偶。孤鸾，喻指失伴的人。

【鉴赏】

此首写漂泊之感与相思之苦，说明了其孤栖天涯之悲感，通篇入声韵，故学词气遒警，情景沉郁。

冯延巳①

鹊 踏 枝 (梅落繁枝千万片)

　　梅落繁枝千万片。犹自多情，学雪随风转。昨夜笙歌容易②散。酒醒添得愁无限。　　楼上春寒山四面。过尽征鸿③，暮景烟深浅④。一晌⑤凭栏人不见。鲛绡掩泪思量遍⑥。

【注释】

　　①冯延巳：（903～960），又名延嗣，字正中，广陵（今江苏扬州）人。南唐中主李璟时，以藩邸旧臣致显，官至中书侍郎、左仆射、同平章事。延巳有辞学，多技艺、工诗。其论徐铉曰："凡人为文，皆事奇语，不尔则不足观。惟徐公率意而成，自造精极。诗冶衍道丽，具元和风律，而无澳涩纤语之习。"可见其论诗薪向。尤喜为乐府词，其《阳春集》编于宋嘉祐三年（1058），另元丰间有崔公度所藏名《阳春录》，已佚。四印斋本《阳春集》一卷，附有王鹏运所辑补遗七首。

②容易：犹言轻易、草草。

③征鸿：指春天北归的鸿雁。

④深浅：偏义复词，谓暮色深。

⑤一晌：指示时间之词，有暂时、多时二义。这里取多时、许久之义。

⑥鲛绡：传说是南海鲛人所织之绡。此指精美的手帕。掩泪：指掩面而泣。

【鉴赏】

这是一首写思妇闺怨的艳词，其还提供了独特的审美联想，读者似乎可以窥见作者的内心世界，理解他的痛苦和悲哀。

鹊 踏 枝①（谁道闲情抛掷久）

谁道闲情抛掷久。每到春来，惆怅还依旧。日日花前常病酒②。不辞镜里朱颜瘦。 河畔青芜③堤上柳。为问新愁，何事年年有。独立小桥风满袖。平林新月人归后。

【注释】

①此词与后面"几日行云何处去"、"六曲阑干偎碧树"、"庭院深深深几许"诸阕，又见欧阳修《近休乐府》；"六曲栏

杆偎碧树"又见晏殊《珠玉词》,今人有不少考证,可信为冯延巳作。五代宋初,词作为流行的歌词传唱甚广,谁是这些歌词的作者,当时人们并不深究,有些作者甚至自悔少作,还要讳莫如深。

②病酒:不胜酒力,为酒所病。

③青芜:丛生的青草。《古诗十九首》:"青青河畔草。"

【鉴赏】

这首词描写了词人心中沉埋的惆怅情绪,寓情于景,使人回味感慨。

鹊 踏 枝 (几日行云何处去)

几日行云①何处去。忘却归来,不道②春将暮。百草千花寒食路。香车③系在谁家树。 泪眼倚楼频独语。双燕飞来,陌上相逢否。撩乱春愁如柳絮。悠悠梦里无寻处。

【注释】

①行云:喻冶游不归的男子。

②不道:不顾、不管。

③香车:卢照邻《长安古意》诗:"长安大道连狭斜。青牛白马七香车。"温庭筠《湘东宴曲》诗:"欲上香车俱脉脉,清屏响断银屏隔。"

【鉴赏】

这是以女子口气写的一首闺怨词,写一位痴情女子对野游不归的男子既怀怨恨又难割舍的缠绵感情，全词语言清丽婉约，悱恻感人，塑造了一个情怨交织于内心的闺中思妇形象。

采 桑 子 ^①（小堂深静无人到）

小堂深静无人到，满院春风。惆怅墙东。一树樱桃带雨红。愁心似醉兼如病，欲语还慵^②。日暮疏钟。双燕归栖画阁中。

【注释】

①《阳春集》著录《采桑子》十三首，本书选其第五、第七、第十二首。

②慵：懒。

【鉴赏】

这首词描写了词人心中无限寂落，见双燕，更觉孤独，情景相渗，构思新颖，风流蕴藉，雅淡自然。

采 桑 子 （笙歌放散人归去）

笙歌放散人归去，独宿江楼。月上云收。一半珠帘挂玉钩。

起来点检①经游地，处处新愁。凭仗东流。将取离心过橘洲②。

【注释】

①点检：回顾、反思。钱起《初至京口示诸弟》诗："点检平生事，焉能出荜门。"

②离心：离愁。橘洲：橘子洲。在今湖南长沙西湘江中，多美橘，故名。郦道元《水经注·湘水》："湘水又北迳南津城西，西对橘洲。"唐杜易简《湘洲新曲》之一："昭潭深无底，橘洲浅而浮。"

【鉴赏】

这首诗抒发了作者独自寻芳的心情，纵有笙歌，也不免愁肠欲断。

采 桑 子 （洞房深夜笙歌散）

洞房深夜笙歌散，帘幕重重。斜月朦胧。雨过残花落地红。

昔年无限伤心事，依旧东风。独倚梧桐。闲想闲思到晓钟①。

【注释】

①晓钟：犹言天明。

【鉴赏】

这首词抒发了作者心中孤寂的愁闷。

临 江 仙① （秣陵江上多离别）

秣陵②江上多离别，雨晴芳草烟深。路遥人去马嘶沉③。青帘④斜挂，新柳万枝金⑤。

隔江何处吹横笛，沙头惊起双禽。徘徊一晌几般心⑥。天长烟远，凝恨独沾襟。

【注释】

①《阳春集》录《临江仙》三首，本书选其第一首。

②秣陵：即南唐都城金陵，今江苏南京。

③马嘶沉：犹言马声消失，指人已远去。

④青帘：酒店前挂的旗帜，俗称酒望子。唐郑谷《旅寓洛阳村舍》诗："白鸟窥鱼网，青帘认酒家。"

⑤万枝金：新柳色呈金黄，故云。

⑥一晌：许久、多时。几般心：喻别后各种复杂的思绪。

【鉴赏】

这是一首送别词，在此词中抒发作者别后各种复杂的思绪。

清 平 乐①（雨晴烟晚）

雨晴烟晚，绿水新池满。双燕飞来垂柳院，小阁画帘高卷。
黄昏独倚朱栏，西南新月眉弯。砌下落花风起，罗衣特地②春寒。

【注释】

①《阳春集》载《清平乐》三首，本书选其第二首。

②特地：特别。

【鉴赏】

全词通过写暮春之景，春景与孤独心情形成对比，寄托了"阁中人"黄昏后寂寞、孤独之情。

醉 花 间①（晴雪小园春未到）

晴雪小园春未到，池边梅自早。高树鹊衔巢，斜月明寒草。

山川风景好，自古金陵道。少年看却老。相逢莫厌醉金杯，别离多，欢会少。

【注释】

①《醉花间》：唐教坊曲名，上片四句四仄韵，下片六句四仄韵。《阳春集》载《醉花间》四首，本书选其第三首。

【鉴赏】

这首词先写景，后抒情，借景抒情，抒发了作者心中的愁闷。

谒 金 门（杨柳陌）

杨柳陌。宝马嘶空无迹①。新著荷衣人未识。年年江海阁②。

觉来巫山春色③。醉眼飞花狼藉。起舞不辞无气力。爱君吹玉笛④。

【注释】

①"宝马"句：谓送行后马嘶人远。李贺《金铜仙人辞汉歌》诗："茂陵刘郎秋风客，夜闻马嘶晓无迹。"

②"新著"二句：《九歌·少司命》："荷衣兮蕙带，倏而来兮忽而逝。"这里用荷衣，是状其洁白。新著荷衣，有美少年的风度。江海客，指浪迹江湖，是想象、估猜之辞。

③巫山春色：喻指男女欢会。

④玉笛：玉制的笛。李白《春夜洛城闻笛》诗："谁家玉笛暗飞声，散入春风满洛城。"

【鉴赏】

这首词抒发的是一种离愁别绪，绘景清新灵动，言情蕴藉深沉。

归 国 遥① (何处笛)

何处笛？终夜梦魂情脉脉②，竹风檐雨寒窗隔③。离人数岁④无消息，今头白。不眠特地⑤重相忆。

【注释】

①原作《归自谣》。双调，上下片各三句三仄韵。《阳春集》录冯延巳《归国遥》三首，本书一并选录。

②终夜：一作"深夜"。梦魂，一作"梦回"。

③檐雨：一作"帘雨"。隔：一作"滴"。

④数岁：一作"几岁"。

⑤特地：犹云特别。

【鉴赏】

这首词抒发了主人翁心中无限的思念与愁闷情绪，感情真挚，用语精妙，达到了很高的艺术境界。

长 命 女^① <small>（春日宴）</small>

　　春日宴。绿酒一杯歌一遍^②。再拜陈三愿：一愿郎君千岁，二愿妾^③身常健，三愿如同梁上燕，岁岁长相见。

【注释】

　　①《长命女》：一名《薄命女》。唐教坊曲，七句，六仄韵。《词谱》卷三于"再拜陈三愿"处分片，作双调。

　　②一遍：一曲。

　　③妾：古代女子对自己的谦称。

【鉴赏】

　　此词抒写了女子心中的美好愿望，匠心独具，巧妙精练。

喜 迁 莺① （宿莺啼）

宿莺啼，乡梦断，春树晓朦胧。残灯吹烬闭朱栊②。人语隔屏风。

香已寒，灯已绝，忽忆去年离别。石城花雨倚江楼，波上木兰舟③。

【注释】

①《喜迁莺》：唐时本是贺人及第的曲子，《花间集》中韦庄所作，犹咏调名本意。双调，上片五句三平韵，下片五句二仄韵，二平韵。

②朱栊：红色的窗户。

③木兰舟：船的美称。

【鉴赏】

这首词写了主人公无限的伤感涌上心头，用词精准、老到。

芳 草 渡① (梧桐落)

梧桐落,蓼花秋。烟初冷,雨才收。萧条风物正堪愁。人去后,多少恨,在心头。

燕鸿远,羌笛怨,渺渺澄江②一片。山如黛,月如钩。笙歌散,魂梦断,倚高楼。

【注释】

①《芳草渡》:上片八句四平韵,下片八句错用五仄韵、二平韵。

②澄江:指江水清澈。

【鉴赏】

全篇情景交融,把伤感之情与人生的感叹非常巧妙地结合在一起,达到了很高的艺术境界。

醉 桃 源^①（南园春半踏青时）

南园春半踏青时^②，风和闻马嘶。青梅如豆柳如眉，日长蝴蝶飞。
花露重，草烟^③低，人家帘幕垂。秋千慵困^④解罗衣，画梁双燕栖。

【注释】

①《醉桃源》：一名《阮郎归》，双调，上下片各四平韵。《阳春集》录冯
延巳《醉桃源》三首，本书选其第一、第三首。

②踏青：春日郊游。唐宋踏青日期因地而异，有正月初八者，也有二月二
日或三月三日者，后世多以清明出游为踏青。

③草烟：形容青草稠密。

④慵困：困倦。

【鉴赏】

本词描绘了一幅春天美好的图画，浑然天成，意味无穷，受到后人的
推崇。

菩 萨 蛮① （娇鬟堆枕钗横凤）

娇鬟堆枕钗横凤②，溶溶春水杨花梦③。红烛泪阑干④，翠屏烟浪寒⑤。

锦壶催画箭⑥，玉佩天涯远⑦。和泪试严妆⑧，《梅花》飞晓霜⑨。

【注释】

①《阳春集》录冯延巳《菩萨蛮》八首，本书选其第五首。

②娇鬟：柔美的发髻。钗横凤：即凤钗横，发髻蓬松散乱，凤钗横坠。

③溶溶：水盛貌。刘向《九叹·逢纷》："扬流波之潢潢兮，体溶溶而东回。"杨花梦：梦如杨花飘忽无定，无拘无束。

④阑干：纵横貌。

⑤"翠屏"句：屏风上所画峰峦叠翠，如烟雾在翻腾。

⑥锦壶：精美的计时器漏壶。画箭：指漏箭，因箭上有表示时间的刻纹，故称。

⑦玉佩：佩玉之人，即词中女子所

思念的行人。

⑧严妆：盛妆。

⑨《落梅》：即《落梅花》，笛曲名。唐段安节《乐府杂录》："笛者，羌乐也，古曲有《落梅花》《折杨柳》。"后遂以吹笛则梅花落。戎昱《闻笛》诗："平明独惆怅，飞尽一庭梅。"崔鲁《梅》诗："初开已入雕梁画，未落先愁玉笛吹。"飞晓霜：指吹笛使梅花飞落，仿佛如秋天的晨霜，以形容笛声愁苦。

【鉴赏】

这首词描绘了一位美妇人，一边擦眼泪，一边去妆扮自己，明明是悲痛欲绝，还要笑脸迎人，这不是哭笑不得，而是抑郁的悲声，装饰的苦恼。

三 台 令①（南浦）

南浦②，南浦，翠鬟③离人何处？当时携手高楼，依旧楼前水流。流水，流水，中有伤心双泪。

【注释】

①《三台令》：唐教坊曲名，与《调笑令》同为既歌又舞的筵席上的劝酒曲。《阳春集》载《三台令》三首，单调，六仄韵，二平韵。本书选其第三首。

②南浦：指离别之地。

③翠鬟：代指美人。

【鉴赏】

此词是一首怀人词，回忆当年之乐，慨叹今日之物是人非，最后以流水而抒真情，情真意切。

忆　秦　娥①（风淅淅）

风淅淅，夜雨连云黑。滴滴，窗外芭蕉灯下客。

除非魂梦到乡国，免被关山隔。忆忆，一句枕前争②忘得。

【注释】

①万树《词律》卷四说此词："通篇一韵，而与李（白）词各异。

②争：犹怎、怎么。

【鉴赏】

该词写景凄婉疏丽，言情真切深沉，情景交融，感人至深。

长 相 思①（红满枝）

红满枝，绿满枝，宿雨厌厌②睡起迟，闲庭花影移。

忆归期，数归期，梦见虽多相见移，相逢知几时③。

【注释】

①《阳春集》原无此首，四印斋本据《历代诗馀》《全唐诗》《草堂诗馀》《花草粹编》补。

②厌厌：虚弱貌。

③知几时：犹云不知何时。

【鉴赏】

这首词写了对故人的思念，含蓄深沉，激发了许多人的共鸣。

玉 楼 春①（雪云乍变春云簇）

雪云乍变春云簇②，渐觉年华③堪纵目。北枝梅蕊犯寒开，南浦波纹如酒绿。

芳菲次第长相续④，自是情多无处足。尊前百计得春归，莫为伤春眉黛蹙⑤。

【注释】

①词见《尊前集》，四印斋本《阳春集》录为补遗。

②"雪云"句：谓冬去春来。

③年华：指入春后的景色。

④芳菲：这里指春天的各种花卉。次第：依次。芳菲次第，谓百花在春天依次开花。

⑤眉黛蹙：皱眉、愁眉不展。

【鉴赏】

这首词先感叹时光易逝，年华虚度，后又借到处洋溢的春的气息来抒发不要因为惜春、伤春而浪费时间，要把握机会，心胸由淡淡的忧郁转为柳暗花明，豁然开朗。

柳 永①

八声甘州 (对潇潇暮雨洒江天)

对潇潇暮雨洒江天，一番洗清秋。渐霜风凄紧，关河冷落，残照当楼。是处红衰翠减，苒苒物华休。惟有长江水，无语东流。

不忍登高临远，望故乡渺邈②，归思难收。叹年来踪迹，何事苦淹留。想佳人、妆楼颙望③，误几回、天际识归舟。争知我、倚阑干处，正恁凝愁④！

【注释】

①柳永：（987？～1053？），原名三变，字耆卿，崇安（今福建崇安县）人，宋仁宗朝进士，做过屯田员外郎，世称柳屯田，又因排行第七，亦称柳七。他自称"奉旨填词柳三变"，以毕生精力作词，并以"白衣卿相"自许。柳永是北宋一大词家，在词史上有重要地位。他扩大了词境，所写内容不仅限于男女风月，尤工羁旅行役，佳作极多，许多篇章用凄切的曲调唱出了盛世中部分落魄文人的痛苦，真实感人。他是北宋前期最有成就的词家，有《乐章

集》。柳永亦工诗文，可惜多已散佚。

②渺邈：渺茫、遥远。

③颙望：凝望。

④恁：宋方言，犹"这样"。凝愁，愁结难解。

【鉴赏】

这首词是一篇羁旅之作，弥漫着一种消沉落寞、苦闷无奈的情绪，深沉浑厚，情景交融，由景及情，层层递进，把一个羁旅游子的心事表现得淋漓尽致。

定 风 波 (自春来惨绿愁红)

自春来惨绿愁红，芳心是事可可①。日上花梢，莺穿柳带，犹压香衾卧。暖酥消②，腻云亸③，终日厌厌倦梳裹。无那④，恨薄情一去，音书无个⑤。

早知恁么⑥，悔当初、不把雕鞍⑦锁。向鸡窗⑧，只与蛮笺象管⑨，拘束教吟课⑩。镇相随⑪，莫抛躲，针线闲拈伴伊坐。和我，免使年少，光阴虚过。

【注释】

①是事可可：对任何事情都无可无不可，漫不经心。

②暖酥消：脸上的胭脂消散。

③腻云亸：鬟发下垂披散，意即睡醒不梳妆。

④无那：无可奈何。王昌龄《从军行》诗："更吹羌笛关山月，无那金闺万里愁"。

⑤无个：个，这里作语气助词。无个，没有一篇之谓。

⑥恁么：这样，如此。

⑦雕鞍：饰有雕镂图案的马鞍，此处指情人的马鞍。

⑧鸡窗：书室的代称。典故见《艺文类聚》卷九十一引《幽明录》晋代宋处宗得长鸣鸡而玄学大进事。后罗隐《题袁溪张逸人所居》诗："鸡窗夜静开书房，鱼槛春深展钓丝。"

⑨蛮笺象管：蛮笺，蜀地所产的笺纸。象管，象牙作管的毛笔。

⑩吟课：作诗及读书。

⑪镇相随：长日相伴左右。

【鉴赏】

这是一首以思妇的口吻而写的怀人之词。词人一生放荡，浪迹青楼，很了解歌妓们的生活和情感，这首词就是他在代她们一抒心中的郁积，也表达了词人对她们深深的同情。

雨 霖 铃 (寒蝉凄切)

寒蝉凄切，对长亭①晚，骤雨初歇。都门帐饮无绪②，留恋处、兰舟③催发。执手相看泪眼，竟无语凝噎④。念去去，千里烟波，暮霭沉沉楚天⑤阔。

多情自古伤离别，更那堪、冷落清秋节⑥。今宵酒醒何处？杨柳岸、晓风残月。此去经年，应是良辰好景虚设。便纵⑦有千种风情⑧，更与何人说？

【注释】

①长亭：自秦汉始，驿路上十里设一长亭，五里置一短亭，可供行人休息话别。

②都门：京城郊外；帐饮：设帐宴饮送别。

③兰舟：用木兰树做成的船，又作船的美称。

④凝噎：悲伤至极，喉咙哽塞，说不出话来。

⑤楚天：江南的天空。楚国地处江南，故称南天为楚天。

⑥清秋节：秋天草木凋落，景色苍凉，故称为凄清时节。

⑦便纵：便，即使；便纵二字同义，连用能够加强语气。

⑧千种风情：男女相爱时之深情厚意。李煜《赐宫人庆奴》诗："风情渐老见春羞。"

【鉴赏】

这首词是柳永同时也是宋朝婉约词的代表作，真切再现了与情人离别时恋恋不舍、缠绵哀怨的情景，至今仍被人们反复咏唱。

受 恩 深 (雅致装庭宇)

雅致装庭宇。黄花开淡泞①。细香明艳尽天与②。助秀色堪餐③，向晓自有真珠露。刚被金钱妒，拟买断秋天，容易独步④。

粉蝶无情蜂已去。要⑤上金尊，惟有诗人曾许⑥。待宴赏重阳，恁时⑦尽把芳心吐。陶令⑧轻回顾，免憔悴东篱⑨，冷烟寒雨。

【注释】

①淡泞：形容色调明净。

②细香：淡淡的幽香。明艳：洁净艳丽。

③助：助长、增添。堪餐：可以吃。《离骚》："朝饮木兰之坠露兮，夕餐秋菊之落英。"

④拟：打算。买断：买尽、占尽。岳珂《程史》卷一：王义丰诗"只因买断山中景，破费神龙百斛珠。"独步：独一无二。曹植《与杨德祖书》："昔仲宣独步于汉南。"此谓菊花独占了秋天。

⑤要：通邀，招。此为摆上。

⑥曾许：曾经赞许。

⑦恁时：那时。姜夔《疏影》词："等恁时再觅幽香，已入小窗横幅。"

⑧陶令：陶渊明，名潜，东晋著名诗人。平生爱酒与菊，曾赞美过菊花：
"芳菊开林耀，青松冠岩列，怀此贞秀姿，卓为霜下杰。"（《和郭主簿诗》）。

⑨东篱：菊圃。陶渊明《饮酒》其五："采菊东篱下，悠然见南山。"

【鉴赏】

这首词通过白描等手法将菊花的形象与神韵表现出来，用字甚细，词风婉
约，丽致风雅。

瑞 鹧 鸪 （天将奇艳与寒梅）

天将奇艳与寒梅①。乍惊繁杏腊前开。暗想花神、巧作江南信②，鲜染燕
脂细剪裁③。

寿阳妆罢无端饮④，凌晨酒入香腮⑤。恨听烟坞深⑥中，谁恁吹羌管⑦、逐
风来。绛雪纷纷落翠苔⑧。

【注释】

①奇艳：奇特的艳丽。与：给予，赋予。以下二句意为上天把奇艳赋予寒
梅，乍一看甚感惊异，以为繁盛的杏花在腊月天就开放了。

②江南信：南朝宋陆凯与范晔友善，自江南寄梅花一枝，并赠诗曰："江
南无所有，聊寄一枝春。"后以此典表现对亲友的问讯及思念。此处借指花神
给梅花的信息，如下句所言。

③鲜染：好染。燕脂：即胭脂。句意为花神教梅花认真涂染胭脂，细心剪

裁枝叶。

④寿阳妆：古代女子的一种额头妆饰，又称梅花妆、梅妆。南朝宋武帝女寿阳公主曾卧于含章殿檐下，梅花落额上，成五瓣之状，拂之不去。后以此典指女子容貌姣好，妆点入时。此指梅花已妆扮结束。无端：无意间。

⑤酒入香腮：酒后两腮泛起红晕。此以美人醉酒比喻早晨的梅花无比娇媚红艳。

⑥烟坞：雾气笼罩的花坞。

⑦谁恁：谁这样。羌管：羌笛，古代羌人所制，笛声高亢悲凉。句意为是谁用羌笛吹起了《梅花落》的曲子？引出下句梅花的凋落。

⑧绛雪：红雪，比喻飘落的梅花。翠苔：绿色苔藓。

【鉴赏】

这首词以景喻人，收放自如，描写得恰到好处，充分体现了词人深厚的艺术功力。

梁　州　令 （梦觉纱窗晓）

梦觉纱窗晓①。残灯掩然②空照。因思人事苦萦牵③，离愁别恨，无限何时了。

怜深④定是心肠小。往往成烦恼。一生惆怅情多少。月不长圆，春色易为老。

【注释】

①梦觉：梦醒。晓：拂晓，天色微明。
②掩然：闪烁昏暗貌。
③人事：人间的各种事情。萦牵：纠缠牵连。
④怜深：相爱情深，句意为心肠狭小，容纳不了如此深情。

【鉴赏】

此词笔法精妙，抒发了作者对人生的感慨，令人回味无穷。

玉女摇仙佩 (飞琼伴侣)

佳 人①

飞琼②伴侣，偶别珠宫③，未返神仙行缀④。取次⑤梳妆，寻常言语，有得几多姝丽⑥。拟把名花比，恐旁人笑我：谈何容易！细思算，奇葩艳卉，惟是深红浅白而已。争⑦如这多情，占得人间，千娇百媚。

须信画堂绣阁，皓月清风，忍把光阴轻弃。自古及今，佳人才子，少得当年⑧双美。且恁⑨相偎倚。未消得⑩，怜我多才多艺。愿奶奶兰心蕙性⑪，枕前言下，表余深意。为盟誓。今生断不孤鸳被。

【注释】

①《全宋词》校："题据毛晋校本《乐章集》补。"
②飞琼：即仙女许飞琼。见旧题班固《汉武帝内传》。

③珠宫：神仙的宫殿。屈原《九歌·河伯》："紫贝阙兮朱宫。""朱"与"珠"通。

④行缀：行列。

⑤取次：草草、随便。

⑥姝丽：丽女。

⑦争：怎。

⑧当年：正当盛年。

⑨恁：这样，如此。

⑩未消得：抵不得，抵不上。

⑪奶奶：对已婚女主人的尊称。兰心蕙性：喻美好的心地品格；兰蕙为香草。

【鉴赏】

此词主要抒写女子心怀，表达其对爱情的向往，以描写其心理活动突出表现了女子的多情，用语如述，真切自然。

斗 百 花 （飒飒霜飘鸳瓦）

亦名夏州①

飒飒霜飘鸳瓦②，翠幕轻寒微透，长门③深锁悄悄，满庭秋色将晚。眼看菊蕊，重阴泪落如珠，长是淹残粉面④。鸾辂⑤音尘远。

无限幽恨，寄情空殢纨扇⑥。应是帝王，当初怪妾辞辇⑦、陡顿今来⑧，宫中第一妖娆，却道昭阳飞燕⑨。

【注释】

①《全宋词》校："小注据毛校《乐章集》补。"

②鸳瓦：鸳鸯瓦，互相成对的瓦。

③长门：汉宫名，是汉皇后陈阿娇失宠、武帝让她别居的宫室。后用以指失宠后妃的所居之地。

④淹残粉面：涂抹脂粉的面庞留下泪水的痕迹。

⑤鸾辂：饰以鸾铃的车。

⑥姘：恋，纠缠。纨扇：绢做成的团扇。《文选》班婕妤《怨歌行》以纨扇的用藏，比喻君王对后妃宠幸的盛衰。

⑦"应是"二句：汉成帝游于后庭，要受宠爱的班婕妤同辇，班辞谢说："观古画图，贤圣之君，皆有名臣在侧，三代末主乃有嬖女，今欲同辇，得无近似之乎？"（见《汉书·外戚传》）

⑧陡顿：陡然，突然。

⑨昭阳：汉宫名。飞燕：赵飞燕，汉成帝皇后，善歌舞，体轻，故称飞燕。其妹为昭仪，姐妹专宠，班婕妤宠衰。

【鉴赏】

这首词以景透出凄寒孤寂，写的凄婉，对宫女的悲惨命运寄以了同情，词对有代表性的静物进行描写，将情表达得淋漓尽致，渲情极好。

柳　腰　轻 （英英妙舞腰肢软）

英英妙舞腰肢软①。章台柳、昭阳燕②。锦衣冠盖③，绮堂④筵会，是处⑤千金争选。顾香砌、丝管初调，倚轻风、佩环微颤。

乍入《霓裳》促遍⑥。逞盈盈、渐催檀板⑦。慢垂霞袖⑧，急趋莲步⑨，进退奇容千度。算何止、倾国倾城，暂⑩回眸、万人肠断。

【注释】

①英英：歌妓名。软：柔软。

②章台柳：唐韩翃有姬柳氏，安史乱时奔散。韩寄柳诗曰："章台柳，章台柳，昔日青青今在否？纵使长条似旧垂，亦应攀折他人手。"（见《太平广记》引唐许尧佐《柳氏传》）章台：汉长安章台下街名，旧时用为妓院等地的代称。昭阳燕：指赵飞燕。

③锦衣：彩衣，古显贵者之服。冠盖：冠服和车盖。过去用作仕宦者的代称。

④绮堂：豪华的厅堂。指富贵之家。

⑤是处：到处、处处。

⑥霓裳：《霓裳羽衣曲》的省称，唐时乐曲。促遍：节奏急促的乐曲。《霓裳》曲凡十二叠，前六叠无拍，第七叠始有拍而舞。

⑦盈盈：美好的风姿。檀板：檀木拍板，击打以合拍。

⑧霞袖：舞衣之袖，文有霞彩。

⑨莲步：美人轻盈的脚步。南齐东昏侯凿金为莲花以贴地，令潘妃行其上，曰"步步生莲花"。（见《南史·废帝东昏侯纪》）

⑩暂：忽然。

【鉴赏】

此词先实笔写女子的态度、身份，再开始记述舞蹈才华，最后虚笔写其魅力，词运用仪典、比喻、对比、夸张手法。

凤 衔 杯（有美瑶卿能染翰）

有美瑶卿能染翰①。千里寄、小诗长简②。想初襞苔笺③，旋挥翠管④红窗畔。渐玉箸⑤、银钩满。锦囊收⑥，犀轴卷⑦。常珍重、小斋⑧吟玩。更宝若珠玑⑨，置之怀袖时时看。似频见、千娇面。

【注释】

①瑶卿：女子名。染翰：翰墨，指文词。

②简：书信。

③襞苔笺：折苔纸作书。

④翠管：青绿色笔管。

⑤玉箸：书体名，即李斯所作的小篆。银钩：形容书法笔姿遒劲有力。

⑥锦囊收：用锦囊珍藏。

⑦犀轴：用犀角装饰的字画轴。

⑧小斋：指书案。

⑨珠玑：珠玉。

【鉴赏】

本词写了作者收到故人来信时的情景与心情，清新淡雅，脉脉含情，令人深思。

两　同　心（嫩脸修蛾）

嫩脸修蛾①，淡匀轻扫。最爱学、宫体②梳妆，偏能做、文人谈笑。绮筵前、舞燕歌云③，别有轻妙。

饮散玉炉烟袅。洞房悄悄。锦帐里、低语偏浓，银烛下、细看俱好。那人人④，昨夜分明，许⑤伊偕老。

【注释】

①修蛾：细长如蛾须的眉毛。

②宫体：此指皇宫中的样式。

③绮筵：豪华的宴会。舞燕歌云：舞如飞燕，歌遏行云。

④人人：宋词中对所爱的人的亲昵称呼。

⑤许：答应。

【鉴赏】

这首词构思清楚，一脉顺承，纤巧精美，达到了较高的艺术境界。

秋 夜 月 （当初聚散）

当初聚散，便唤作、无由再逢伊面①。近日来、不期而会重欢宴。向尊前、闲暇里，敛著眉儿长叹，惹起旧愁无限。

盈盈泪眼，漫向我耳边②，作万般幽怨。奈你自家心下，有事难见。待信真个，怎别无萦绊，不免收心③，共伊长远。

【注释】

①唤作：即唤做，宋元习语，认为。《董西厢》二《瑶台月》三煞："初间唤做得为夫妇，谁知今日却唤俺做哥哥。"伊：你。

②"漫向"句：且听任她向我耳边。

③收心：取消其他念头、打算。

【鉴赏】

这首词写故人在秋夜月满时偶集京城长安，感慨无限，因为相见非易，应作长夜之欢，故最怕晓钟，担心分手。

鹊 桥 仙（届征途）

届①征途，携书剑，迢迢匹马东去。惨离怀②，嗟少年易分难聚。佳人方恁缱绻③，便忍分鸳侣。当媚景，算密意幽欢，尽成轻负。

此际寸肠万绪。惨愁颜、断魂④无语。和泪眼、片时几番回顾。伤心脉脉谁诉，但黯然凝伫⑤。暮烟寒雨，望秦楼⑥何处。

【注释】

①届：到、临。

②惨离杯：《全宋词》校："案'离'字原无，据毛校本《乐章集》补。"

③缱绻：情意缠绵。

④断魂：哀伤。

⑤黯然凝伫：凝望久立，黯然伤神。

⑥秦楼：即凤台，为萧史夫妇所居之处。

【鉴赏】

这首词抒发了作者别离后的思念，婉丽深沉，情感真挚。

荔 枝 香 （甚处寻芳赏翠）

　　甚处①寻芳赏翠，归去晚。缓步罗袜生尘②，来绕琼筵③看。金缕霞衣轻褪④，似觉春游。遥认，众里盈盈好身段⑤。

　　拟回首，又伫立、帘帏畔。素脸红眉，时揭盖头⑥微见。笑整金翘⑦，一点芳心在娇眼，王孙空恁肠断。

【注释】

　　①甚处：即是处，犹云到处、处处。

　　②罗袜生尘：曹植《洛神赋》："凌波微步，罗袜生尘。"形容女子步履的轻盈。

　　③琼筵：喻珍美的筵席。

　　④金缕霞衣：用金线缝制的彩衣。褪：脱下。

　　⑤众里：众人之中。盈盈：美好貌，多指人的风姿体态。

　　⑥盖头：面巾披肩，旧日女子结婚时用以盖头之巾。宋周煇《青波杂志》："妇女步通衢，以方巾紫罗障蔽半身，俗谓之盖头。"

　　⑦金翘：古代妇女的一种首饰，用金制成状如翠鸟尾的长羽毛。

【鉴赏】

　　此词构思精妙，情感真挚，哀婉缠绵，清疏蕴藉。

古 倾 杯（冻水消痕）

林钟商

冻水①消痕，晓风生暖，春满东郊道。迟迟淑景②，烟和露润，遍绕长堤芳草。断鸿隐隐归飞，江天沓沓③。遥山变色，妆眉淡扫④。目极千里，闲倚危樯迥眺⑤。

动几许、伤春怀抱。念何处、韶阳偏早。想帝里看看⑥，名园芳树，烂漫莺花好。追思往昔年少。继日恁⑦、把酒听歌，量金买笑。别后暗负，光阴多少。

【注释】

①冻水：冰。

②淑景：谓日影。"景"同"影"，杜甫《紫宸殿退朝口号》："香飘合殿春风转，花覆千官淑景移。"

③沓沓：深远渺茫的样子。

④"遥山"二句：谓一抹远山换上青色，犹如女子淡描的黛眉。

⑤迥眺：远望。

⑥看看：转眼间。

⑦继日恁：天天如此。

【鉴赏】

此词写了作者心中的惆怅，寓情于景，情景交融，是词人真情的流露，感人至深。

阳 台 路 (楚天晚)

楚天晚。坠冷枫败叶，疏红①零乱。冒征尘、匹马驱驱②，愁见水遥山远。追念少年时，正恁凤帏③，倚香偎暖。嬉游惯。又岂知、前欢云雨分散。

此际空劳回首，望帝里、难收泪眼。暮烟衰草，算暗锁、路歧无限④。今宵又、依前寄宿，甚处苇村山馆⑤。寒灯畔。夜厌厌、凭何消遣⑥。

【注释】

①疏红：凋残稀疏的枫叶。

②驱驱：鞭马前进。

③凤帏：绣有凤凰图案的帏帐。

④"算暗锁"句：喻意为前程渺茫，难以预料。

⑤苇村山馆：水村山庄。

⑥厌厌：寂静，消遣：排遣。

【鉴赏】

全篇抒发了作者对别离、对世事难料的感慨，营造出一种幽深、缠绵的意境。

宣　清（残月朦胧）

　　残月朦胧，小宴阑珊①，归来轻寒凛凛②。背银釭、孤馆③乍眠，拥重衾、醉魄犹噤④。永漏频传，前欢已去，离愁一枕。暗寻思、旧追游，神京风物如锦。　念掷果朋侪，绝缨宴会⑤，当时曾痛饮。命舞燕翩翩，歌珠贯串⑥，向玳宴⑦前，尽是神仙流品。至更阑、疏狂转甚。更相将、凤帏鸳寝。玉钗⑧乱横，任散尽高阳⑨，这欢娱、甚时重恁。

【注释】

　　①阑珊：将尽。

　　②凛凛：寒冷貌。

　　③孤馆：孤寂的旅舍。

　　④噤：此指畏寒打战。

　　⑤掷果、绝缨：参前《迎新春·嶰管变青绿》注⑦。朋侪：朋辈。

　　⑥舞燕翩翩：喻舞姿轻盈优美。歌珠贯串：喻歌声圆润，如珠玉贯串。

　　⑦玳宴：以玳瑁装饰坐具的宴席。三国魏刘桢《瓜赋序》："希象牙之席，薰玳瑁之筵。"

　　⑧玉钗：玉制的妇女笄头的首饰。

　　⑨任：任从。高阳：好酒者称"高阳酒徒"，典出《史记·郦生列传》："吾高阳酒徒也，非儒人也。"

【鉴赏】

　　该词表达了作者内心的孤独、哀伤之情，融叙事、写景、议论、抒情于一体，情景交融，感情真挚，令人读之不禁心酸。

留 客 住 （偶登眺）

偶登眺。凭小阑、艳阳时节，乍晴天气，是处闲花芳草①。遥山万叠云散②，涨海③千里，潮平波浩渺。烟村院落，是谁家绿树，数声啼鸟。

旅情悄。远信沉沉，离魂杳杳④。对景伤怀，度日无言谁表。惆怅旧欢何处，后约难凭⑤，看看⑥春又老。盈盈⑦泪眼，望仙乡⑧，隐隐断霞⑨残照。

【注释】

①是处：处处，到处。闲花：野花。

②"遥山"句：谓大海远处青山直耸于高空，挺出于云雾。

③涨海：海水涨潮。

④杳杳：深远幽暗。

⑤后约难凭：往后的约期难以据信。

⑥看看：转眼间。

⑦盈盈：形容泪花盈眶。

⑧仙乡：指旧欢所居之处。

⑨断霞：残霞。

【鉴赏】

词人登高望远，望景生情，再现了其惆怅无限的情怀，把一腔离恨写得惝恍迷离，含蓄顿挫。

思 归 乐 <small>(天幕清和堪宴聚)</small>

天幕清和堪宴聚。想得尽、高阳俦侣①。皓齿善歌长袖舞。慚引入、醉乡深处。

晚岁光阴能几许，这巧宦②、不须多取。共君把酒听杜宇。解再三、劝人归去③。

【注释】

①高阳俦侣：喝酒的伴侣。高阳，此指酒徒；俦侣，同辈、伴侣。

②巧宦：善于投机钻营的官吏。

③"解再三"句：意为杜宇的啼叫像是再三解劝人弃官归去。

【鉴赏】

此词表现了作者向往美好生活，情真意切，音韵和婉，实属佳作。

引　驾　行（虹收残雨）

　　虹收残雨。蝉嘶败柳长堤暮。背都门、动消黯，西风片帆轻举①。愁睹。泛画鹢②翩翩，灵鼍隐隐下前浦③。忍④回首、佳人渐远，想高城、隔烟树。

　　几许。秦楼永昼，谢阁连宵奇遇⑤。算赠笑千金，酬歌百琲⑥，尽成轻负。南顾。念吴邦越国⑦，风烟萧索⑧在何处。独自个、千山万水，指天涯去。

【注释】

　　①"背都门"二句：西风吹动船帆，轻快地离开了都城，触动了离别的悲伤情绪。背：背向，即离开。

　　②画鹢：画着鹢鸟的快船。

　　③灵鼍：神异的鼍。鼍，动物名，亦称"扬子鳄"，俗称"猪婆龙"。浦：水边。

　　④忍：不忍。

　　⑤秦楼：泛指女子居处。语本《陌上桑》："日出东南隅，照我秦氏楼。"谢阁：谢娘闺阁，指歌妓所居。连宵：一连几天夜晚。

　　⑥琲：成串的珠。

　　⑦吴邦越国：泛指江右一带，是词人将去的地方。

　　⑧萧索：云气疏散的样子。此指模糊不清。

【鉴赏】

　　这首词写主人公的内心世界，充满了离愁别绪，所抒之情饱满生动。

过涧歇近 (酒醒)

酒醒。梦才觉，小阁香炭成煤①，洞户银蟾移影②。人寂静、夜永清寒，翠瓦霜凝③。疏帘风动，漏声隐隐，飘来转愁听。

怎向④心绪，近日厌厌长似病。凤楼咫尺，佳期杳无定。展转无眠，粲枕⑤冰冷。香虬⑥烟断，是谁与把重衾整。

【注释】

①香炭：唐宋时称"煤"为炭，"香"为其美称。煤：凝聚的烟尘，《吕氏春秋·任数》："始煤，烟尘也。"

②洞户：透窗彻户。银蟾：月光之代称。

③翠瓦：翠绿色的琉璃瓦。

④怎向：犹云怎奈或如何应对。

⑤粲枕：华丽的枕头。

⑥香虬：即香球，火炉，其外形为金属镂空圆罩，作卧褥香炉，一名被中香炉。

【鉴赏】

这首词描写了词人内心的孤寂、惆怅之情，清疏明丽，引人沉思。

望 汉 月 (明月明月明月)

明月明月明月，争奈乍圆还缺。恰如年少洞房^①人，暂欢会、依前离别。小楼凭槛处^②，正是去年时节。千里清光又依旧，奈夜永、厌厌人绝^③。

【注释】

①洞房：深邃的内室。后以称新婚夫妇的卧室。

②处：时。

③人绝：不见情人踪迹。

【鉴赏】

此作者借描写月亮的盈缺抒发了世事的难料，既有幽美的画面，又含有深邃的哲理引人沉思。

长 寿 乐 _(尤红殢翠)

尤红殢翠①。近日来、陡把狂心牵系。罗绮丛中，笙歌筵上，有个人人可意。解严妆巧笑，取次②言谈成娇媚。知几度、密约秦楼尽醉。仍携手，眷恋香衾绣被。

情渐美。算好把、夕雨朝云③相继。便是仙禁④春深，御炉香袅⑤，临轩亲试⑥。对天颜咫尺⑦，定然魁甲⑧登高第。待恁时、等着回来贺喜，好生地。剩与我儿利市⑨。

【注释】

①尤红殢翠：喻沉湎于女色。红、翠代指女子。

②取次：随便、草草。

③夕雨朝云：即暮雨朝云，喻男女欢会。

④仙禁：指宫廷。皇宫门户均设禁卫，不得擅入。

⑤御炉：宫中的香炉。

⑥临轩：皇帝不坐正殿，而至殿前。轩：指殿前堂阶之间、近檐之处，两边有楹柱，如车之轩，故亦称轩。亲试：皇帝在宫廷内考试贡学之士，然后发榜，即殿试。宋自太祖在省试后由皇帝亲试，即为常制。

⑦"对天颜"句：面对很近的皇帝。天颜：天子容颜。

⑧魁甲：科举考试，称进士第一名为魁甲。

⑨剩与：多给、尽把。我儿：对亲爱者的昵称。利市：喜利、好运气。亦指喜庆、吉日的喜钱。

【鉴赏】

此词情感激荡，肆意不羁，真挚感人，令人动容。

临 江 仙 (梦觉小庭院)

梦觉小庭院，冷风淅淅，疏雨潇潇。绮窗外，秋声败叶狂飘。心摇①。奈寒漏永，孤帏悄，泪烛空烧。无端处，是绣裳鸳枕，闲过清宵。

萧条。牵情系恨，争向年少偏饶②。党新来、憔悴旧日风标③。魂消。念欢娱事，烟波阻、后约方遥。还经岁，问怎生④禁得，如许⑤无聊。

【注释】

①心摇：心中不安，如旌摇曳。

②"牵情"二句：意谓怎么年轻人牵情系恨的感情更强烈。

③风标：风度、仪态。

④怎生：怎样。

⑤如许：如此。

【鉴赏】

本词描绘了词人心中的不安及怨恨之情，情意缠绵，令人神伤。

促拍满路花 (香靥融春雪)

香靥融春雪①，翠鬟蝉秋烟②。楚腰纤细正笄年③。凤帏夜短，偏爱日高眠。起来贪颠耍④，只恁残却黛眉，不整花钿。

有时携手闲坐，偎倚绿窗前。温柔情态尽人怜。画堂春过，悄悄落花天。最是娇痴处，尤殢檀郎，未教⑤拆了秋千。

【注释】

①"香靥"句：形容面庞白嫩如将融之春雪。

②"翠鬟"句：形容鬟发细密浓黑。

③楚腰：细腰。笄年：古代女子十五岁盘发插笄，以示成人，可以婚嫁。

④颠耍：玩耍。

⑤未教：不得、不能。

【鉴赏】

此词情景交融，真情四溢，显示出词人深厚的艺术功力。

剔 银 灯（何事春工用意）

何事春工①用意。绣画出、万红千翠。艳杏夭桃②，垂杨芳草，各斗雨膏烟腻③。如斯佳致。早晚④是、读书天气。

渐渐园林明媚。便好安排欢计。论槛买花⑤，盈车载酒，百琲千金邀妓。何妨沉醉。有人伴、日高春睡。

【注释】

①春工：以春天拟人，指生物得春而发育滋长。

②艳杏夭桃：艳丽的杏花和生机勃勃的桃花。

③雨膏烟腻：雨水、烟雾如膏油润泽草木。

④早晚：时时、日日。

⑤论槛买花：槛，卖花车有栅栏，以槛计算买花，即成车或一车车地买花。

【鉴赏】

这首词用语清丽，潇洒率意，别具匠心，词风疏朗，韵味十足。

减字木兰花 (花心柳眼)

花心柳眼①，郎似游丝常惹绊。慵困谁怜，绣线②金针不喜穿。

深房密宴，争向好天多聚散。绿锁窗前，几日春愁废管弦③。

【注释】

①花心柳眼：喻年轻的女性。柳眼，柳叶初生，细长如人之睡眼初展。

②"绣线"句：意谓懒得干针线活。

③废管弦：荒废了音乐（指乐器的弹奏和歌唱）。

【鉴赏】

这首词写了思妇对情人的怀念，篇幅虽小，但情意缠绵，令人神伤，很受人称道。

塞　孤（一声鸡）

　　一声鸡，又报残更歇①。秣马巾车催发②。草草③主人灯下别。山路险，新霜滑。瑶珂响、起栖乌④，金镫⑤冷、敲残月。渐西风紧，襟袖凄冽。

　　遥指白玉京，望断黄金阙⑥。远道何时行彻。算得佳人凝恨切。应念念，归时节。相见了、抛柔荑⑦，幽会处、偎香雪。免鸳衾、两恁虚设。

【注释】

　　①残更歇：夜晚的结束。歇，尽。

　　②秣马，喂牲口。秣，牲口的饲料。巾车：有车衣的车子。巾，此作动词，"罩上"的意思。

　　③草草：匆忙。

　　④"瑶珂"句：意谓行人上马赶路的响声，惊起了正栖息的乌鸦。

　　⑤金镫：马鞍两旁的铁脚踏。

　　⑥白玉京、黄金阙：道教谓天帝所居之处有白玉京、黄金阙。此指首都汴京。

　　⑦柔荑：比喻女子手的纤细、白嫩。荑，白茅草的嫩芽。

【鉴赏】

　　这首词反映了作者的离愁别绪，缠绵哀怨，情景交融，蕴藉深沉。

张　先①

醉　垂　鞭（双蝶绣罗裙）

双蝶绣罗裙，东池宴，初相见。朱粉不深匀，闲花淡淡春②。

细看诸处好，人人道，柳腰身③。昨日乱山昏④，来时衣上云⑤。

【注释】

①张先：（990－1078）字子野，乌程（今浙江省湖州）人。仁宗天圣八年（1030）进士。曾作吴江知县、永兴军（今陕西长安）通判、渝州知州。后官至都官郎中。晚年退居吴兴、杭州一带，与苏轼有往来。张先经历了从晏殊、欧阳修到柳永、苏轼的时代。其词作早年以小令和晏、欧并称；晚年以慢词为主，与柳永齐名。但相较而言，其在慢词上的成就不如小令。他的作品多吟花咏月，抒离情别绪，偏于纤巧冶艳，亦有含蓄信服永者。有《安陆词》（亦题《张子野词》）一卷。

②闲花：素雅的花朵，闲与艳相对而言。春：喻美女，唐人称美女为春

色。如元稹称越州妓刘采春为"鉴湖春色"。

③柳腰身：指女子婀娜、窈窕的身材。柳与美女之腰，连类相比，词中多有。唐人温庭筠《杨柳枝》有"宜春苑外最长条，闲袅春风伴舞腰"的句子，《南歌子》亦有"转盼如波眼，娉婷似柳腰"之句。

④乱山昏：昏暗的乱山。

⑤衣上云：指衣上的图案如云。

【鉴赏】

此词当为酒筵中赠陪酒歌伎之作，题材虽属无聊，但词人却画出了一幅与众不同的动人的素描，使其虽无情韵之美，却有写人之妙。

一 丛 花 (伤高怀远几时穷)

伤高怀远几时穷①？无物似情浓。离愁正引千丝乱②，更东陌③，飞絮濛濛。嘶骑④渐遥，征尘不断，何处认郎踪？

双鸳池沼水溶溶，南北小桡⑤通。梯横画阁黄昏后，又还是斜月帘栊⑥。沉恨细思，不如桃杏，犹解⑦嫁东风。

【注释】

①伤高：登高的感慨。怀远：对远方征人的思念。穷：穷尽，了结。

②千丝乱：丝指柳条。

③东陌：东边的道路，此指分别处。

④嘶骑：嘶叫的坐骑。

⑤桡：船桨，此借代船。

⑥栊：窗。

⑦解：懂得。

【鉴赏】

自《诗经》以来，诗词作品中多有表达征夫离人之恨者。此作亦是"闺怨"这个古老话题的表达。

天 仙 子 （水调数声持酒听）

时为嘉禾小倅①，以病眠，不赴府会

《水调》②数声持酒听，午醉醒来愁未醒。送春春去几时回？临晚镜③，伤流景④，往事后期空记省⑤。

沙上并禽⑥池上暝，云破月来花弄影⑦。重重帘幕密遮灯，风不定，人初静，明日落红⑧应满径。

【注释】

①倅：副职。张先曾于仁宗庆历元年作嘉禾（今浙江嘉兴）判官，时年五十二岁。

②《水调》：曲调名，据《隋唐嘉话》载："炀帝凿汴河，自制'水调'歌。"

③临晚镜：晚上对镜自照。

④流景：流年，谓似水年华。系化用杜牧诗句"自伤临晚镜，谁与惜流年"。

⑤后期：日后的约会。省：清楚、明白。

⑥并禽：双栖、成对鸟儿，此指鸳鸯。

⑦花弄影：花在月光下摆弄它的身影。这是对花的拟人化的描写。据《古今诗话》载："有客谓子野曰：'人皆谓公张三中，即心中事、眼中泪、意中人也。'公曰：'何不目之为张三影？'客不晓，公曰：'云破月来花弄影；娇柔懒起，帘压卷花影；柳径无人，堕飞絮无影。此余平生所得意也。'"

⑧落红：落花。

【鉴赏】

这首词深刻表达了作者无奈、感伤、失意的情感意绪。

千 秋 岁（数声鹈鴂）

数声鹈鴂①，又报芳菲歇②。惜春更把残红折。雨轻风色暴，梅子青时节。永丰柳③，无人尽日花飞雪④。

莫把幺弦⑤拨，怨极弦能说。天不老，情难绝。心似双丝网，中有千千结⑥。夜过也，东窗未白凝残月。

【注释】

①鹈鴂：亦作鶗鴂，鸟名。《离骚》有"恐鶗鴂之先鸣兮，使夫百草为之不芳"的句子。《文选》张衡《思玄赋》云："恃已知而华予兮，鹈鸣而不芳。"李善注："《临海异物志》曰：'鶗鴂，一名杜鹃，至三月鸣，昼夜不止，夏末乃止。'"古人认为鹈鴂鸣叫，百花凋零。

②芳菲歇：花草消歇、凋零。

③永丰柳：指杨柳。白居易诗《杨柳枝》云："永丰西角荒园里，尽日无人属阿谁。"永丰，坊名，在洛阳境内。

④花飞雪：柳絮如飞雪飘落。

⑤幺弦：孤弦，琵琶第四弦，故名。

⑥千千结：无数丝结，难解难分。

【鉴赏】

这是一首伤春怀人之作。作品从对暮春景色的传神描画和感人叹惋写起，深情表达对爱情的哀怨和坚贞。

青 门 引 （乍暖还轻冷）

乍暖还轻冷①，风雨晚来方定②。庭轩③寂寞近清明，残花中酒④，又是去年病。

楼头画角⑤风吹醒，入夜重门静。那堪更被明月，隔墙送过秋千影。

【注释】

①乍：刚刚，才。还：又，忽然。

②方定：才停。

③庭轩：庭院和走廊。

④残花中酒：因感伤花谢春残而醉酒。中酒，喝醉酒。

⑤画角：古代军中乐器，以竹木制成，亦有用铜和皮革制成者，状如角，外画彩绘，声音高亢凄厉。

【鉴赏】

这首词抒写的是暮春时节所产生的孤独寂寞的情怀，作者结合触觉、听觉与视觉表达感情，含蓄蕴藉。

范仲淹①

渔 家 傲（塞下秋来风景异）

塞下秋来风景异，衡阳②雁去无留意。四面边声连角起③。千嶂④里，长烟落日孤城闭。

浊酒一杯家万里，燕然未勒归无计⑤。羌管悠悠霜满地⑥。人不寐，将军白发征夫泪。

【注释】

①范仲淹：（989～1052），字希文，吴县（今苏州）人。大中祥符八年（1015）进士。历知睦、苏、饶、润等州，所至有治绩。仕至参知政事，推行庆历新政，不久为夏竦等中伤指为朋党，罢政卒谥文正。有《范文正公集》二十卷。辑本《范文正公诗馀》一卷，存词五首。

②衡阳：湖南地名。衡阳旧城南原有回雁峰，相传大雁到此不再向南飞。

③边声：指边塞上凄凉悲壮的声音。角：军中吹的号角。

④嶂：像屏障一样的山峰。

⑤燕然：内蒙古山名。后汉窦宪追北单于，登上燕然山，刻碑纪功而回。

勒：在碑上刻字。

　　⑥羌管：即羌笛，羌是西北少数民族名。悠悠：悠扬，深沉。

【鉴赏】

　　全词描写边塞生活，表现将士的无限艰苦，扫除边患的决心和长期在外思念故里的心情。

苏 幕 遮 (碧云天)

　　碧云①天，黄叶地。秋色连波，波上寒烟②翠。山映斜阳天接水③，芳草无情，更在斜阳外。

　　黯乡魂④，追旅思⑤。夜夜除非、好梦留人睡。明月楼高休独倚。酒入愁肠，化作相思泪⑥。

【注释】

　　①碧云：青云。

　　②烟：雾，水上冒起的蒸气。

　　③山映斜阳：夕阳照映在群山上。天接水：远处水天连成一片。

　　④黯乡魂：想念家乡，心神颓丧。

　　⑤追旅思：在旅途中追念过去的情思。

　　⑥相思泪：人们相互想念而流泪。

【鉴赏】

这是一首写游子思人的行役词，但风格明朗，一反羁旅词的沉郁，写景生动鲜活，气势开阔，言情清丽缠绵，柔中有刚。

御 街 行 (纷纷坠叶飘香砌)

纷纷坠叶飘香砌①，夜寂静，寒声碎。真珠帘卷玉楼空，天淡银河垂地。年年今夜，月华如练②，长是人千里。

愁肠已断无由醉，酒未到，先成泪。残灯明灭枕头敧③，谙④尽孤眠滋味。都来此事，眉间心上，无计相回避。

【注释】

①香砌：香阶。

②练：素绸。

③敧：倾斜。

④谙：熟习。

【鉴赏】

这是一首怀人之作，其间洋溢着一片柔情，上片描绘秋夜寒寂的景色，下片抒写孤眠愁思的情怀，由景入情，情景交融。

晏　殊①

谒　金　门（秋露坠）

秋露坠，滴尽楚兰红泪②。往事旧欢何限意，思量如梦寐③。人貌老于前岁，风月宛然无异④。座有嘉宾尊⑤有桂，莫辞终夕⑥醉。

【注释】

①晏殊：（991～1055），北宋文学家、政治家。字同叔，抚州临川（今江西抚州）人。他的诗、文、词继承晚唐文化的传统，多为娱宾遣兴之作，如其词多写四季景物、男女恋情、诗酒优游、离愁别绪，反映闲适的生活。但其中也有许多感情真挚深厚的作品，如其名句"无可奈何花落去，似曾相识燕归来"、"满目山河空念远，落花风雨更伤春"等，都蕴含着深厚的情感，艺术感染力较强。他的词风格上既吸取温庭筠、韦庄这些"花间词派"作品的格调，又深受南唐冯延巳的影响。其艺术追求主要体现在用委婉的手法以景物的暗示表现作品主题，造语工巧，意境清新，情致闲雅。

②楚：一种矮小丛生的木本植物，也叫"荆"。红泪：花上的露珠。

③思量如梦寐：回忆起来就像做梦一样。

④风月宛然无异：清风明月仿佛没有什么变化。宛然：仿佛。

⑤尊：同"樽"，古代的盛酒器具。

⑥终夕：一整天。

【鉴赏】

这首词体现了作者惆怅的情绪，意味无穷，含蓄幽深，隐含着词人对人生的感慨，读之令人感叹不已。

破　阵　子（海上蟠桃易熟）

海上蟠桃易熟，人间好月长圆。惟有擘钗分钿①侣，离别常多会面难。此情须问天。

蜡烛到明垂泪，熏炉尽日②生烟。一点凄凉愁绝意，谩道秦筝有剩弦③。何曾为细传④。

【注释】

①擘钗分钿：这是古代的一种传统。年轻姑娘与情人分离时，将金钗、花钿等分成两份，各执一份作为信物。擘：同"掰"，用手指把东西分开。钿：用金片做成的花朵形的装饰品。

②尽日：一整天。

③谩道秦筝有剩弦：不要说没有人弹拨筝弦。秦筝：相传为秦朝将领蒙恬

制作的一种乐器。

④细传：仔细详实地转达。

【鉴赏】

本篇流露出词人心中的凄凉酸楚，寓情于景，笔法高超，堪称精妙。

破 阵 子 (燕子欲归时节)

燕子欲归①时节，高楼昨夜西风。求得人间成小会②，试把金尊③傍菊丛。歌长粉面红④。斜日更穿帘幕，微凉渐入梧桐。多少襟怀言不尽⑤，写向蛮笺⑥曲调中。此情千万重。

【注释】

①欲归：将要离去。

②小会：短暂的相会。

③金尊：即"金樽"，用金制成的酒器。

④歌长粉面红：羞红了脸庞地唱歌。

⑤多少襟怀言不尽：抒发不完心中的感慨。

⑥蛮笺：用来作诗写信的蜀笺。

【鉴赏】

此词作者见景抒情，叙议结合，以景起，以情结，在艺术锤炼上较为成熟。

浣 溪 沙 （小阁重帘有燕过）

小阁重帘有燕过^①，晚花红片落庭莎^②。曲阑干影入凉波。
一霎好风生翠幕^③，几回疏雨滴圆荷。酒醒人散得愁多。

【注释】

①小阁重帘有燕过：燕子结巢在人家的梁阁间，时时穿堂入室，虽重帘也阻不住它飞过。

②晚花：迟开的花。红片落庭莎：花片落在庭前的莎片上面。莎（suō）：野生的草。

③一霎：一阵。

【鉴赏】

这首词表现的是晏殊这位太平宰相在"酒醒人散"之后，一种索寞怅惘的心情。

浣 溪 沙 (绿叶红花媚晓烟)

　　绿叶红花媚晓烟①。黄峰金蕊欲披②莲。水风深处懒回船。可惜异香珠箔③外，不辞清唱玉尊前。使星归觐九重天④。

【注释】

　　①媚：使动词。使……妩媚、多彩。　晓烟：晨雾。

　　②披：劈开。

　　③箔（bó）：竹帘子。

　　④使星：朝廷派出的使臣。归觐（jìn）：回来拜见君主。九重天：天的最顶峰，此指至高无上的君主。

【鉴赏】

　　这首词气势豪迈，格调高远，对仗工整，浑然天成，意味无穷。

鹊 踏 枝 (槛菊愁烟兰泣露)

　　槛菊愁烟兰泣露①。罗幕轻寒，燕子双飞去。明月不谙②离恨苦。斜光到晓③穿朱户。昨夜西风凋④碧树。独上高楼，望尽天涯路。欲寄彩笺兼尺素⑤。山长水阔知何处。

【注释】

　　①槛菊愁烟兰泣露：烟笼罩着槛菊，菊花好像在发愁；露沾附着兰花，兰花好像在哭泣。

　　②谙（ān）：熟悉、熟识。

　　③晓：天亮。

　　④凋：指草木衰败。

　　⑤彩笺、尺素：都是指书信。

【鉴赏】

　　此为晏殊写闺思的名篇，词的上片运用移情于景的手法，选取眼前的景物，注入主人公的感情，点出离恨，下片承离恨而来，通过高楼独望把主人公望眼欲穿的神态生动地表现出来。

凤 衔 杯（留花不住怨花飞）

留花不住怨①花飞。向南园、情绪依依②。可惜倒红斜白③、一枝枝。经宿雨、又离披④。凭⑤朱槛，把金卮⑥。对芳丛、惆怅多时。何况旧欢新恨、阻心期⑦。空满眼，是相思。

【注释】

①怨：抱怨，怪罪于。

②依依：留恋惜别的样子。

③倒红斜白：向红花、白花倾斜。

④离披：零乱不堪的样子。

⑤凭：倚着。

⑥把：动词。握、持。金卮：金制酒器

⑦心期：心中的愿望。

【鉴赏】

这首词写了相思之情，含情脉脉，场景鲜活，感人至深。

采 桑 子（红英一树春来早）

红英①一树春来早，独占芳时②。我有心期③。把酒攀条惜绛蕤④。无端⑤一夜狂风雨，暗落繁枝。蝶怨莺悲。满眼春愁说向谁？

【注释】

①红英：红色的花朵。

②独占芳时：独自拥有美好的时光。

③心期：心中有所挂念之事。

④蕤（ruí）：花草树木低垂的样子。

⑤无端：无缘无故。

【鉴赏】

此篇借景抒情，平而不淡，意境深远。

采 桑 子 （阳和二月芳菲遍）

阳和二月芳菲遍①，暖景溶溶②。戏蝶游蜂，深入千花粉艳中。何人解系天边日③？占取春风④。免使繁红⑤，一片西飞一片东。

【注释】

①遍：到处都是。

②溶溶：广阔的样子。

③解：把系着的东西分开。系：捆绑。

④占取春风：留住春天。

⑤繁红：争奇斗艳的花丛。

【鉴赏】

这首词描写了一幅春光美景图，清新动人，活泼明朗。

采 桑 子 (时光只解催人老)

时光只解催人老，不信多情①。长恨离亭②，泪滴春衫③酒易醒。
梧桐昨夜西风急④，淡月胧⑤明。好梦频惊，何处高楼雁一声？

【注释】

①时光只解催人老，不信多情：时光一去如流，只会催人老去，但它却不懂得多情更是使人易老的主要因素。

②离亭：古代人在长亭短亭间送别，因此称这些亭子为离亭。

③春衫：春天所穿的衣服。

④梧桐昨夜西风急：秋风吹得急，梧桐叶纷纷坠落了。

⑤胧：朦胧。

【鉴赏】

此词以轻巧空灵的笔法，深蕴含蓄的感情，写出了富有概括意义的人生感慨，抒发了叹流年、悲迟暮，伤离别的复杂情感。

少 年 游 (重阳过后)

重阳①过后，西风渐紧②，庭树叶纷纷③。朱阑向晓④，芙蓉妖艳，特地斗芳新。

霜前月下，斜红淡蕊，明媚欲回春。莫将琼萼等闲分⑤，留赠意中人。

【注释】

①重阳：按中国古代传统，阴历九月九日被定为重阳节。

②西风渐紧：秋风越来越萧瑟。

③纷纷：下坠的样子。

④向晓：清早。

⑤莫将琼萼等闲分：不要随便将好花分给别人。琼萼：好花。

【鉴赏】

这是首咏木芙蓉之作，在咏物中自有词人的感情在。

少 年 游 (霜华满树)

霜华满树，兰凋蕙惨①，秋艳②入芙蓉。胭脂嫩脸，金黄轻蕊，犹自怨西风。

前欢往事，当歌对酒，无限在心中。更凭朱槛忆芳容③，肠断一枝红④。

【注释】

①兰凋蕙惨：蕙兰凋谢了。此指百花已枯萎，失去了争奇斗艳的勃勃生机。

②秋艳：秋天的美丽。

③更凭朱槛忆芳容：再一次倚靠着栏杆，回忆昔日友人的美貌。

④一枝红：指芙蓉花。

【鉴赏】

此篇描写芙蓉花，抒发了作者心中的思念，怀旧之情，构思巧妙，韵味十足。

木　兰　花 (燕鸿过后莺归去)

燕鸿过后莺归去^①，细算浮生千万绪^②。长于春梦几多时，散似秋云无觅处。

闻琴解佩神仙侣^③，挽断罗衣留不住。劝君莫作独醒人，烂醉花间应有数^④。

【注释】

①燕鸿过后莺归去：大雁向南飞去，黄莺也相继飞去。此指时节变换、光阴流逝。

②浮生：人生。千万绪：各种各样的想法。

③闻琴：指司马相如和卓文君的恋情。解佩：指郑交甫遇江汉神女的传奇。在此都指浪漫缠绵的爱情。

④有数：时间很短暂。

【鉴赏】

这首词，感叹青春和爱情的消失，感慨美好生活的无常，细腻含蓄而婉转地表达了复杂的情感，并反映了作者的人生态度和襟怀。

临 江 仙 （资善堂中三十载）

资善堂①中三十载，旧人多是凋零②。与君相见最伤情。一尊如旧，聊且话平生。

此别要知须强饮，雪残风细长亭。待君归觐九重城③。帝宸④思旧，朝夕奉皇明。

【注释】

①资善堂：宋朝培育官才的学堂。

②凋零：引申为过世。

③觐（jìn）：朝拜天子。九重：官禁。

④帝宸：帝王住的地方、宫殿。

【鉴赏】

该篇写了词人与友人相见时心中的无限感慨，情真意切，感情真挚，令人读之引起共鸣。

燕 归 梁 （双燕归飞绕画堂）

双燕归飞绕画堂，似留恋虹梁①。清风明月好时光，更何况，绮筵张②。

云衫侍女，频倾③寿酒，加意动笙簧④。人人心在玉炉香。庆佳会，祝延长。

【注释】

①虹梁：色彩鲜艳的屋梁。

②绮筵张：举办盛大的喜宴。

③倾：倒、注。

④笙簧：泛指管乐器。

【鉴赏】

这首词笔调活泼自然，语言鲜活生动，晏殊喜欢写燕子，在其词中多次写到，此为其中一篇。

望 汉 月 (千缕万条堪结)

千缕万条堪结。占断好风良月①。谢娘②春晚先多愁，更撩乱③、絮飞如雪。

短亭相送处，长忆得，醉中攀折④。年年岁岁好时节，怎奈⑤尚有离别。

【注释】

①占断好风良月：完全占有美好的时光。

②谢娘：指东晋才女谢道韫。

③撩乱：纷乱无章的样子。

④攀折：折柳送别。

⑤怎奈：岂料、没想到、无奈。

【鉴赏】

这是一首离别词，抒发了深深的离恨，抒情含蓄深婉。

采 桑 子 (樱桃谢了梨花发)

樱桃谢了梨花发，红白相催。燕子归来，几处风帘绣户开。

人生乐事知多少①？且酌金杯②。管咽弦哀，慢引萧娘③舞袖回。

【注释】

①人生乐事知多少：人的一生中欢乐的事有多少？

②酌金杯：饮酒。

③萧娘：指普通妇女。

【鉴赏】

此词以轻巧空灵的笔法，深蕴含蓄的感情，抒发了叹流年，感人生的复杂情感，言有尽而意无穷，是不可多得的佳作。

诉 衷 情 （秋风吹绽北池莲）

秋风吹绽北池莲。曙云①楼阁鲜。画堂今日嘉会②，齐拜玉炉烟。

斟美酒，祝芳筵。奉觞船③。宜春耐夏，多福庄严，富贵长年。

【注释】

①曙云：朝霞。

②嘉会：美好的宴会。

③奉觞船：捧着酒杯。奉：通"捧"。

【鉴赏】

这首词寄予了词人美好的祝福，用语明丽，音韵和婉，是难得佳作。

诉 衷 情 （海棠珠缀一重重）

海棠珠缀一重重①。清晓②近帘栊。胭脂谁与匀淡③，偏向脸边浓。
看叶嫩，惜花红。意无穷。如花似叶，岁岁年年，共占春风。

【注释】

①海棠珠缀一重重：海棠花像珍珠一样层层连缀。重重：层层。

②清晓：天刚亮。

③胭脂谁与匀淡：谁给抹上了一层淡淡的胭脂。

【鉴赏】

本篇先写海棠之美，后抒作者之情怀，情景交融，借景抒情，用语直白浅
显，情感真挚感人。

胡　捣　练 <small>(小桃花与早梅花)</small>

小桃花与早梅花，尽是芳妍①品格。未上东风②先拆，分付③春消息。
佳人钗上玉尊④前，朵朵浓香堪惜⑤。谁把彩毫描得⑥，免恁轻抛掷⑦。

【注释】

①芳研：芬芳美丽。

②东风：春风。

③分付：通"吩咐"，通知、报告。

④尊：通"樽"，酒杯。

⑤堪惜：值得怜爱、喜欢。

⑥得：完成。

⑦免恁轻抛掷：免得它那么被丢弃。

【鉴赏】

该词主要描写了桃花与梅花的品格，表现了作者对他们的喜爱之情，意味深长，能收到言有尽而意无穷的艺术效果。

蝶 恋 花 （一霎秋风惊画扇）

一霎①秋风惊画扇。艳粉娇
红，尚拆荷花面②。草际露垂虫
响遍。珠帘不下留归燕。

扫掠亭台开小院。四坐清观，
莫放金杯浅。龟鹤命长松寿远③。
《阳春》一曲情千万④。

【注释】

①一霎：一会儿、一瞬间。

②尚拆荷花面：荷花刚刚
开放。

③龟、鹤、松都是长寿吉祥
的象征。

④阳春：指《阳春白雪》，一种高雅的音乐。

【鉴赏】

本篇写了秋天荷花开放的场景，后抒发了作者的情怀，寄予了作者美好的
祝愿。

蝶 恋 花 (紫菊初生朱槿坠)

　　紫菊初生朱槿坠。月好风清，渐有中秋意。更漏①乍长天似水，银屏展尽遥山翠②。绣幕卷波香引穗③。急管繁弦，共爱人间瑞④。满酌玉杯萦舞袂⑤。南春祝寿千千岁。

【注释】

　　①更漏：古时视刻漏以报更，故称刻漏为更漏。
　　②银屏展尽遥山翠：银屏上就展示了苍翠远山。
　　③穗：绣幕的穗。
　　④瑞：长岁之人。
　　⑤袂：衣袖。

【鉴赏】

　　此词描写了秋天的景物，表现了作者心中的期望，感情真挚，婉丽含蓄，耐人寻味。

蝶 恋 花 (帘幕风轻双语燕)

　　帘幕风轻双语燕。午醉醒来，柳絮飞撩乱①。心事一春犹未见。余花落尽青苔院。

　　百尺朱楼闲倚遍。薄雨浓云，抵死遮人面②。消息未知归早晚，斜阳欠送平波远。

【注释】

　　①撩乱：纷乱状。
　　②抵死遮人面：不停地遮住人的脸。

【鉴赏】

　　这首词描绘了春天的景象，抒发了诗人心中的感慨，情思深婉，文笔雅丽。

蝶 恋 花 （梨叶疏红蝉韵歇）

梨叶疏红蝉韵①歇。银汉②风高，玉管声凄切。枕簟③乍凉铜漏咽。谁教社燕轻离别。

草际蛩④吟珠露结。宿酒⑤醒来，不记归时节。多少衷肠⑥犹未说。朱帘一夜朦胧月。

【注释】

①蝉韵：蝉叫声。

②银汉：银河、天河。

③簟：竹席。

④蛩：蟋蟀。

⑤宿酒：隔了一夜还余留的醉意。

⑥衷肠：心事。

【鉴赏】

该篇弥漫着一层淡淡的离别之愁和欲说无语的怅惘，笔触细腻柔和，语淡情深。

如 梦 令 (楼外残阳红满)

楼外残阳①红满。春入柳条将半。桃李不禁风②，回首落英无限③。肠断④、肠断。人共楚天俱远⑤。

【注释】

①残阳：夕阳。

②不禁风：经受不起风吹。

③回首落英无限：回头看去，落花遍地。

④肠断：即心里悲痛。

⑤人共楚天俱远：心上人和南天一样遥远。

【鉴赏】

此词描绘了词人对心上人无限的思念之情，触景伤情，抒发了词人内心的悲痛之情。

宋 祁①

玉楼春（东城渐觉风光好）

春景

东城渐觉风光好，縠皱波纹②迎客棹。绿杨烟外晓寒轻，红杏枝头春意闹。

浮生长恨欢娱少，肯爱千金轻一笑。为君持酒劝斜阳，且向花间留晚照。

【注释】

①宋祁：（998～1061），字子京，安陆（今湖北安陆县）人，做过翰林学士，有《景文集》存《永乐大典》。善诗文，词风疏俊。

②縠皱波纹：如绉纱般的细波纹。縠（hú）：有皱纹的纱。

【鉴赏】

这首词先描绘春景，后抒惜春情怀，明为怅怨，实是依恋春光，情极浓丽。

晏几道^①

蝶 恋 花 _(梦入江南烟水路)

梦入江南烟水路，行尽江南，不与离人遇。睡里消魂无说处，觉来惆怅消魂误。

欲尽此情书尺素^②，浮雁沉鱼，终了^③无凭据。却倚缓弦歌别绪，断肠移破秦筝柱。

【注释】

①晏几道：（约 1040～约 1112），字叔原，号小山，晏殊第七子。词与晏殊齐名，号称二晏。有《小山词》一卷。

②尺素：书简。素：绢，古人写信，多书于绢，故称书信为尺素。

③终了：纵了，即使写成。

【鉴赏】

这首词通过梦境写缠绵恋情，表达对恋人的无尽思念。

临 江 仙①（梦后楼台高锁）

梦后楼台高锁，酒醒帘幕低垂，去年春恨却来②时。落花人独立，微雨燕双飞③。记得小蘋④初见，两重心字⑤罗衣，琵琶弦上说相思。当时明月在，曾照彩云⑥归。

【注释】

①临江仙：唐玄宗时教坊曲名。又名《谢新恩》《采莲回》《瑞鹤仙令》《画屏春》《庭院深深》。

②却来：重来，再来。

③"落花"两句：原为五代翁宏诗。

④小蘋（pín）：歌女名。

⑤心字：沈雄《古今词话》谓为衣领屈曲如心字。

⑥彩云：指小蘋。

【鉴赏】

此词写别后故地重游，引起对恋人的无限怀念的情愫。

蝶 恋 花 （醉别西楼醒不记）

醉别西楼醒不记，春梦秋云^①，聚散真容易。斜月半窗还少睡，画屏闲展吴山翠。

衣上酒痕诗里字，点点行行，总是凄凉意。红烛自怜无好计，夜寒空替人垂泪^②。

【注释】

①春梦秋云：白居易诗："来如春梦不多时，去似秋云无觅处。"

②替人垂泪：杜牧诗："蜡烛有心还惜别，替人垂泪到天明。"

【鉴赏】

这是一首伤别的恋情之作，写别后的凄凉情景。全词迷茫的意态和伤感的氛围平添了含蓄酸楚的氛围，颇有情调。

鹧 鸪 天① (彩袖殷勤捧玉钟)

彩袖②殷勤捧玉钟，当年拚却③醉颜红。舞低杨柳楼心月，歌尽桃花扇底风④。

从别后，忆相逢，几回魂梦与君同。今宵剩把银釭照⑤，犹恐相逢是梦中。

【注释】

①鹧鸪天：词牌名。又名《千叶莲》《思佳客》《思越人》《醉梅花》《锦鹧鸪》《鹧鸪引》等。

②彩袖：借代手法，指歌女。

③拚（pàn）却：甘愿尽最大力。

④桃花扇底风：桃花扇背面歌曲目录。风：歌曲。

⑤剩：尽量，力求达到最大限度。银釭（gāng）：银制烛台，指蜡烛。

【鉴赏】

这首词写作者与一相恋歌女别后相忆及久别重逢而重逢时怀疑是梦的惊喜的感情经历。

生 查 子①（关山魂梦长）

关山魂梦长，鱼雁音尘少。两鬓可怜青②，只为相思老。
归梦碧纱窗，说与人人③道："真个④别离难，不似相逢好。"

【注释】

①生查子：唐教坊曲名。又名《楚云深》《梅柳和》《晴色入青山》《绿
罗裙》《陌上郎》《遇仙槎》《愁风月》等。

②可怜青：非常青、怪青。可怜：奇怪、非常之意。

③人人：对所爱之人的昵称，宋代口语。

④真个：真正。

【鉴赏】

这首词咏别情、写相思，立意很新。似真似幻，朴实而真切，虽是人人都
会有的感触，但由此人说出，别有韵味和深度。

玉 楼 春（东风又作无情计）

东风又作无情计，艳粉娇红①吹满地。碧楼帘影不遮愁，还似去年今日意。

谁知错管春残事，到处登临曾费泪。此时金盏直须②深，看尽落花能几醉。

【注释】

①艳粉娇红：指落花。
②直须：就要

【鉴赏】

这是一首伤春惜花遗恨之作。抒发了作者心中的怨恨。

清 平 乐 (留人不住)

留人不住，醉解兰舟①去。一棹碧涛春水路，过尽晓莺啼处。

渡头杨柳青青，枝枝叶叶离情。此后锦书②休寄，画楼云雨无凭③。

【注释】

①兰舟：船的美称。

②锦书：苏蕙织回文锦字诗寄与其夫。后称情书为锦书。

③云雨：指男女间的欢娱之情。无凭：没有准信。

【鉴赏】

此作写别情离怨，表达出主人公独特的个性。这是怨极生恨，恨极自暴自弃。貌似绝情，实是更加痴情的表现。

留 春 令① （画屏天畔）

画屏天畔，梦回依约，十洲②云水。手捻红笺寄人书，写无限、伤春事。
别浦高楼曾漫倚，对江南千里。楼下分流水声中，有当日、凭高泪。

【注释】

①留春令：晏几道始创此调。

②十洲：神仙之所居，在八方巨海之中。汉东方朔有《十洲记》，谓祖洲、瀛洲、玄洲、炎洲、长洲、元洲、流洲、生洲、凤麟洲、聚窟洲。

【鉴赏】

这是一首伤别念远之作。此作情感真挚，在平实的语言中饱含浓浓的情意。

御 街 行（街南绿树春饶絮）

街南绿树春饶絮①，雪满游春路。树头花艳杂娇云，树底人家朱户。北楼闲上，疏帘高卷，直见街南树。

阑干倚尽犹慵去，几度黄昏雨。晚春盘马②踏青苔，曾傍绿荫深驻。落花犹在，香屏空掩，人面③知何处。

【注释】

①饶絮：柳絮很多。

②盘马：骑马徘徊。

③人面：唐朝诗人崔护有《题都城南庄》一诗，原诗为："去年今日此门中，人面桃花相映红。人面不知何处去，桃花依旧笑春风。"此处化用崔护诗。

【鉴赏】

这是一首写旧地重游中怀念往日恋情的作品。词中表达的是一种朦胧而并未被对方知晓的单相思的恋情。

阮 郎 归 (天边金掌露成霜)

天边金掌①露成霜,云随雁字长。绿杯红袖趁重阳②,人情似故乡。
兰佩紫,菊簪黄,殷勤理旧狂。欲将沉醉换悲凉,清歌莫断肠。

【注释】

①金掌:铜仙人掌露盘。汉武帝刘彻曾在建章宫筑神明台 (一作柏梁台),上铸铜柱二十丈,有仙人掌托承露盘似储露水,和玉屑服之,以求长生。
②绿杯:美酒。红袖:美女。

【鉴赏】

这是一首重阳佳节失意伤怀之作。词意超越一般的幽怨,风格凝重而清丽。

虞　美　人 ① （曲阑干外天如水）

曲阑干外天如水，昨夜还曾倚。初将明月比佳期，长向月圆时候、望人归。

罗衣著破前香在，旧意谁教改。一春离恨懒调弦，犹有两行闲泪、宝筝前。

【注释】

①虞美人：唐玄宗时教坊曲名。又名《虞美人令》《玉壶冰》《巫山十二峰》《忆柳曲》《一江春水》等。

【鉴赏】

这是写思妇念远的伤情词，抒发了主人公无限的思念与怨恨之情。

采 桑 子 _{（西楼月下当时见）}

西楼月下当时见，泪粉偷匀①，歌罢还颦。恨隔炉烟看未真。
别来楼外垂杨缕，几换青春。倦客②红尘，长记楼中粉泪人。

【注释】

①泪粉偷匀：偷偷地抹去脸上的泪痕。
②倦客：作者自称。

【鉴赏】

这是一首怀旧词，抒发了作者对歌女的深切思念之情。

少　年　游 （离多最是）

　　离多最是，东西流水，终解两相逢。浅情终似，行云无定，犹到梦魂中。

可怜①人意，薄于云水，佳会更难重。细想从来，断肠多处，不与者②

番同。

【注释】

　　①可怜：可叹。

　　②者：同"这"。

【鉴赏】

　　此词以自然和人事相对比，用无情之物比有情之人，表达情人离别之苦和

相思之怨。

【国学精粹珍藏版】

宋词名篇鉴赏

◎尽览中国古典文化的博大精深 ◎读传世典籍，赢智慧人生——受益终生的传世经典

李志敏⊙编著

卷二

民主与建设出版社
·北京·

欧阳修①

虞 美 人（炉香昼永龙烟白）

炉香昼永龙烟白。风动金鸾额②。画屏寒掩小山川。睡容初起枕痕圆③。坠花钿。

楼高不及烟霄④半。望尽相思眼。艳阳刚爱挫愁人⑤。故生芳草碧连云。怨王孙⑥。

【注释】

①欧阳修：（1007～1072），字永叔，号醉翁，晚号六一居士，庐陵（今江西吉安）人。天圣八年（1030）进士。官至枢密副使、参知政事。为北宋一代儒宗，诗文俱世所矜式，歌词亦擅盛名。与晏殊并称"晏欧"。有《欧阳文忠公集》五十卷，词有《近体乐府》三卷，《醉翁琴趣外篇》六卷。

②金鸾额：画有金鸾的帘额。

③枕痕圆：指枕印。

④烟霄：云霄。

⑤刚：偏、只。挫：折磨。

⑥王孙：泛指游子。

【鉴赏】

这首词以景衬情，浸透着相思的苦楚，意境清幽含蓄，韵味无穷。

夜 行 船 (忆昔西都欢纵)

忆昔西都欢纵①。自别后、有谁能共。伊川山水洛川花②，细寻思、旧游如梦。

今日相逢情愈重。愁闻唱、画楼钟动。白发天涯逢此景，倒金尊、殢③谁相送。

【注释】

①西都：指洛阳。北宋以洛阳为西京，以别于东都开封。欢纵：欢畅纵饮。

②伊川山水：指洛阳南面的伊阙山水。伊阙又称龙门，以有香山与龙门山隔伊水东西夹峙如门而名。洛川：洛水。

③殢：此指困酒。

【鉴赏】

该词写离别后的愁苦与重逢后的场景，干脆分明，对比强烈，可谓构思精妙。

洛 阳 春 <small>(红纱未晓黄鹂语)</small>

红纱①未晓黄鹂语。蕙炉销兰炷②。锦屏罗幕护春寒，昨夜三更雨。
绣帘闲倚吹轻絮③。敛眉山无绪④。看花拭泪向归鸿，问来处、逢郎否。

【注释】

①红纱：指红色窗纱。

②蕙炉：香炉的美称。蕙，香草名。兰炷，线香的美称。

③轻絮：轻扬的柳絮。

④敛眉山：皱眉。无绪：谓心绪不佳百无聊赖。

【鉴赏】

本词表达了主人公思念的情怀以及百无聊赖的心绪，语言与人物的形象相映生辉。

忆　汉　月（红艳几枝轻袅）

红艳几枝轻袅①。新被东风开了。倚烟啼露②为谁娇，故惹蝶怜蜂恼。

多情游赏处，留恋向、绿丛千绕③。酒阑欢罢不成归，肠断月斜春老④。

【注释】

①红艳：红花。袅：摇曳，摆动。

②倚烟啼露：形容花朵在烟露中呈现的娇媚之态。倚烟，在烟雾中倾侧摇摆。啼露，花朵上沾满露珠，犹如花在哭泣，故云。

③千绕：多次环绕。形容留恋不忍离去。

④春老：晚春。

【鉴赏】

此词抒发了一种依依不舍、不忍离去的心情，借景抒情，令人感叹。

清 平 乐（小庭春老）

小庭春老①。碧砌红萱草②。长忆小栏闲共绕。携手绿丛含笑③。
别来音信全乖。旧期前事堪猜。门掩日斜人静，落花愁点青苔。

【注释】

①春老：晚春。

②碧砌：青色的台阶。萱草：又名鹿葱。俗称黄花菜、金针菜。古人以为种植此草，可以使人忘忧，因称忘忧草；又以为孕妇佩此草则生男，故又称宜男草。

③含笑：花名。常绿灌木。初夏开花，色像牙黄，染红紫晕，开时常不满，如含笑状，有香蕉气味。

【鉴赏】

这首词表达了一种忆旧感今的情绪，以景寓情，构思精妙，颇显词人的深厚功力。

凉 州 词 （翠树芳条飐）

东堂石榴

翠树芳条飐①。的的②裙腰初染。佳人携手弄芳菲③，绿阴④红影，共展双纹簟⑤。插花照影窥鸾鉴⑥。只恐芳容减。不堪零落春晚，青苔雨后深红点。

一去门闲掩。重来却寻朱槛。离离⑦秋实弄轻霜，娇红脉脉，似见胭脂脸。人非事往眉空敛。谁把佳期赚⑧。芳心只愿长依旧，春风更放明年艳。

【注释】

①飐：风吹颤动。

②的的：鲜明貌。

③芳菲：香花芳草。

④绿阴：同"绿荫"。

⑤双纹簟：花纹成双的竹席。

⑥鸾鉴：即鸾镜。

⑦离离：繁茂众多貌。

⑧赚：骗。

【鉴赏】

本篇刻画了一种物是人非的苍凉氛围，词人把喜和愁放在一起写，形成鲜明对比，可谓构思精妙。

鹊 桥 仙 _{（月波清霁）}

　　月波①清霁，烟容②明淡，灵汉旧期还至③。鹊迎桥路接天津④，映夹岸、星榆⑤点缀。

　　云屏⑥未卷，仙鸡催晓，肠断去年情味。多应天意不教长，恁恐把、欢娱容易。

【注释】

　　①月波：指月光。月光似水，故称。

　　②烟容：云雾弥漫的景色。

　　③灵汉：指银河，天河。旧期：七夕。

　　④鹊迎桥路：神话传说，每岁七月七夕牛郎、织女相会，群鹊衔接为桥以渡银河。天津：银河。

　　⑤星榆：指繁星。因榆荚形似钱，色白成串，故云。

　　⑥云屏：云母屏风。比喻彩云。

【鉴赏】

　　该词先写景，后抒情，以美景衬哀情，反差强烈，别出心裁、含蓄浑沉。

摸 鱼 儿（卷绣帘）

卷绣帘、梧桐秋院落，一霎雨添新绿。对小池闲立残妆浅，向晚水纹如縠①。凝远目。恨人去寂寂，凤枕②孤难宿。倚栏不足。看燕拂风檐，蝶翻露草，两两长相逐。

双眉促③。可惜年华婉娩④，西风初弄庭菊。况伊家⑤年少，多情未已难拘束。那堪更趁凉景，追寻甚处垂杨曲⑥。佳期过尽，但不说归来，多应忘了，云屏去时祝。

【注释】

①縠：绉纱。

②凤枕：绣着凤凰的枕头。

③促：蹙、皱。

④婉娩：《礼记·内则》："女子十年不出，姆教婉娩听从。"此借指年华已过。

⑤伊家：他。家，语助词。

⑥甚处：何处。曲：指水湾处。

【鉴赏】

这首词为我们叙述了一个凄凉的故事，情之真，意之切，纯情流露，充满感情。

少 年 游 <small>(去年秋晚此园中)</small>

去年秋晚此园中。携手玩芳丛。拈花嗅蕊，恼烟撩雾①，拚醉倚西风。今年重对芳丛处，追往事、又成空。敲遍栏干，向人无语，惆怅满枝红。

【注释】

① "拈花"二句：形容女子娇憨之态。烟、雾指笼罩花丛的水汽。

【鉴赏】

这是一个描写爱情的情词，满载着爱情过后的哀怨、孤单和惆怅，该词对比鲜明，构思精妙。

鹧 鸪 天 (学画宫眉细细长)

　　学画宫眉①细细长。芙蓉出水②斗新妆。只知一笑能倾国，不信相看有断肠。

　　双黄鹄，两鸳鸯。迢迢云水恨难忘。早知今日长相忆，不及从初③莫作双。

【注释】

　　①宫眉：谓宫中流行的眉样。

　　②芙蓉出水：形容女子明艳。

　　③从初：当初。

【鉴赏】

　　这首词叙说了一种缠绵的相思之苦，或议论，或抒情，或叙事，相互交杂。

玉 楼 春①（洛阳正值芳菲节）

题上林后亭

洛阳正值芳菲节②，秾艳清香相间发③，游丝有意苦相萦④，垂柳无端⑤争赠别。

杏花红处青山缺，山畔行人山下歇。今宵谁肯远相随，惟有寂寥孤馆⑥月。

【注释】

①玉楼春："一名木兰花令"。

②芳菲节：春暖花开的时节。菲，花草茂盛。

③"秾艳"句：秾艳，色彩艳丽。相间发，一阵阵地扑鼻而来。

④"游丝"句：游丝，指空间飘拂的昆虫所吐之丝。萦，缠绕、挂绊。

⑤无端：没来由。

⑥馆：驿站、旅舍。

【鉴赏】

这是一首写离别的词，抒发了作者内心的寂寞之情，夜不能眠，望月思人。

南 歌 子 (凤髻金泥带)

凤髻金泥带①，龙纹玉掌梳②。走来窗下笑相扶，爱道："画眉深浅入时无③？"

弄笔偎人久，描花试手初。等闲④妨了绣功夫，笑问："双鸳鸯字怎生书⑤？"

【注释】

①"凤髻"句：凤髻，妇女头上形似凤凰的发髻。泥金带，指以屑金为饰的带子，用以束髻。

②"龙纹"句：梳子用玉制成，形状如掌，上面刻着龙形花纹。

③"画眉"句：借用唐代朱庆余《上张水部》诗："洞房昨夜停红烛，待晓堂前拜舅姑。妆罢低声问夫婿：画眉深浅入时无？"入时无，合乎时尚吗？

④等闲：轻易，随便。

⑤怎生书：怎样写。

【鉴赏】

这是一首写夫妻生活的小词，用白描的手法生动再现了新娘子的举止神态，反映出两人情意之深。

浪 淘 沙（把酒祝东风）

　　把酒祝东风，且共从容①。垂杨紫陌洛城东②，总是当时携手处，游遍芳丛。

　　聚散苦匆匆，此恨无穷。今年花胜去年红，可惜明年花更好，知与谁同？

【注释】

　　①从容：原意是舒缓，这里是希望春光流逝得慢一点。
　　②"垂杨"句：紫陌，郊野间的道路。洛城，洛阳城。

【鉴赏】

　　此词为春日与友人在洛阳城东旧地同游有感之作，以叙事来抒情，表达了作者对亲人朋友之间聚散匆匆的怅恨，以及对友人的深情厚谊。

浪 淘 沙 <small>(五岭麦秋残)</small>

五岭麦秋残，荔枝初丹，绛纱囊①里水晶丸。可怜天教生远处，不近长安。

往事忆开元②，妃子偏怜③。一从魂散马嵬关④，只有红尘无驿使⑤，满眼骊山⑥。

【注释】

①绛纱囊：指荔枝的外壳。绛，大红色。

②开元：唐玄宗的年号（713～741）。

③"妃子"句：妃子，指杨贵妃。怜，喜爱。

④马嵬关：在今陕西省兴平县马嵬镇，安史之乱中马嵬兵变时，杨贵妃被赐缢死于此。

⑤"只有"句：红尘，指飞尘。驿使，信使，这里指沿途各驿站送荔枝的使者。此处化用了唐代诗人杜牧的"一骑红尘妃子笑，无人知是荔枝来！"的诗句（见杜牧《过华清宫绝句》）。

⑥骊山：在今陕西省临潼县城南。唐玄宗曾在此建华清宫、长生殿，与杨贵妃游乐。

【鉴赏】

这是一首咏史词，该词承前人余绪，
讲述唐代天宝年间玄宗荒淫、杨妃专宠的史事，深寓鉴戒之意，隽永耐味。

浣 溪 沙（湖上朱桥响画轮）

湖上朱桥响画轮[①]，溶溶春水浸春云，碧琉璃[②]滑净无尘。
当路游丝[③]萦醉客，隔花啼鸟唤行人，日斜归去奈何春。

【注释】

①"湖上"句：朱桥，有红色栏杆的桥。画轮，指作者所乘坐的有彩饰的车子。
②碧琉璃：绿色的琉璃。形容湖水像琉璃一样清亮滑润。
③游丝：空中飘浮的昆虫所吐之丝。

【鉴赏】

这首词是描写颖州西湖的，写湖上春景，写人们到湖上游春的景象，末尾用陡转直下的笔法揭示了游人内心深处的思维活动，表现了由欢快而悲凉这种两极转换的心理状态。

诉 衷 情 _(清晨帘幕卷轻霜)

眉 意①

清晨帘幕卷轻霜②，呵手试梅妆③。都缘④自有离恨，故画作远山⑤长。

思往事，惜流芳⑥，易成伤。拟歌先敛⑦，欲笑还颦⑧，最断人肠⑨。

【注释】

①眉意：咏美人画眉。

②轻霜：薄霜。这句说：早晨卷帘时，把帘幕上的薄霜也卷了进去。

③呵手：因天冷呵气暖手。梅妆：梅花妆，古代妇女的一种面饰，相传起于南朝宋武帝刘裕之女寿阳公主。

④缘：因为。

⑤远山：指女子眉的形状。这句说：故意把眉画作长长的远山形。古人多用山水表示离情别意，故云。

⑥流芳：指流逝的青春年华。

⑦拟：欲，想要。敛：敛容，显出庄重的样子。

⑧颦：皱眉。

⑨断人肠：形容痛苦到极点。

【鉴赏】

本词通过对一位歌女生活的再现，表达了她内心深处那不同于常人的寂寞和凄凉。

踏 莎 行 (候馆梅残)

候馆①梅残，溪桥柳细，草薰风暖摇征辔②。离愁渐远渐无穷，迢迢③不断如春水。

寸寸柔肠，盈盈④粉泪，楼高莫近危阑⑤倚。平芜⑥尽处是春山，行人更在春山外。

【注释】

①候馆：指迎候、接待宾客的旅舍。

②薰：指花草香气。摇征辔：指策马启程。征，远行。辔，马缰绳。江淹《别赋》："闺中日暖，陌上草薰。"这句意思说：春风送暖，青草散发出香气，在这大好春光中，骑马离别而去。

③迢迢：遥远的样子。这两句以春水刻画离愁。

④盈盈：指泪水充满眼眶。这句意思说：泪水在脸上留下了痕迹。

⑤危阑：高楼上的栏杆。

⑥平芜：平坦地向前伸展的草地。

【鉴赏】

这是一首行旅词，写游子早春行路的落寞哀愁，意境清幽，蕴藉深沉，是婉约词抒情小令中的佳作。

蝶 恋 花 （几度兰房听禁漏）

　　几度兰房听禁漏①。臂上残妆②，印③得香盈袖。酒力融融④香汗透。春娇入眼横波溜。

　　不见些时眉已皱。水阔山遥，乍向分飞后。大抵有情须感旧。肌肤拚为伊消瘦。

【注释】

　　①兰房：犹香闺。旧时指妇女所居之室。禁漏：指宵禁后的滴漏声。

　　②残妆：隔宿的化妆。

　　③印：本谓燃香。此指散发香气。

　　④融融：炽盛貌。

【鉴赏】

　　这是一首深闺人的伤春词，作者以含蕴的笔法描写了少妇伤春怀人的复杂思绪和怨情。

蝶 恋 花 (庭院深深深几许)

庭院深深深几许①？杨柳堆烟②，帘幕无重数③。玉勒雕鞍④游冶处，楼高不见章台路⑤。

雨横风狂⑥三月暮，门掩黄昏，无计留春住。泪眼问花花不语，乱红⑦飞过秋千去。

【注释】

①深几许：犹言"有多深"，用疑问语气极言庭院之幽深。

②杨柳堆烟：茂密的杨柳树上笼罩着浓浓的雾气。

③帘幕无重数：深院里帘幕重重数不清。这里的"无重数"与"堆烟"，都是上面"庭院深深"的具体化。

④玉勒雕鞍：镶玉的马笼头和雕花的马鞍，指装饰华丽的车马。游冶处：指歌楼妓馆，与下句"章台路"同义相对。

⑤章台：在汉代长安城内，是当时娼妓聚居的场所。这句说：在高楼上看不到情人走马章台的地方。

⑥雨横风狂：形容风雨猛烈。

⑦乱红：落花零乱。

【鉴赏】

这是一首闺怨词，写闺中少妇的寂寞悲哀，此词婉丽深沉，用语自然而意旨悠远，绝非一般的闺怨词所能比。

踏 莎 行（碧藓回廊）

碧藓①回廊，绿杨深院。偷期②夜入帘犹卷。照人无奈月华明，潜身却恨花深浅③。

密约如沉④，前欢未便⑤。看看掷尽金壶箭⑥。栏干敲遍不应人，分明帘下闻裁剪⑦。

【注释】

①碧藓：青苔。

②偷期：幽会。

③深浅：偏义复词。指浅。

④如沉：犹如沉没水中。形容杳无音信。

⑤未便：未有合适的机会。

⑥看看：转眼义。掷：虚掷、空耗。金壶箭：比喻时间。金壶，铜壶的美称。古计时器刻漏有底部穿孔之铜壶以滴水，壶中有箭形浮标以指示度数，视之可知时刻。

⑦"栏干"二句：唐韩偓《倚醉》："分明窗下闻裁剪，敲遍栏干唤不应。"

【鉴赏】

该词浸透着一种淡淡的忧愁，意境清幽，蕴藉深沉，可算是婉约词抒情小令中的佳作。

恨 春 迟（欲借江梅荐饮）

欲借江梅荐饮①。望陇驿、音息沉沉②。住在柳州③东，彼此相思，梦回云去④难寻。

归燕来时花期浸⑤。淡月坠、将晓还阴。争奈多情易感，风信⑥无凭，如何消遣初心⑦。

【注释】

①江梅：一种野生梅花。花稍小而有清香，果实小而硬。（宋范成大《梅谱》）此处指江梅的果实。荐饮：犹佐饮、下酒。

②陇驿：泛指远地。语出南朝宋盛弘之《荆州记》引南朝宋陆凯《赠范晔诗》："折梅逢驿使，寄与陇头人。"音息：音信、消息。

③柳州：唐柳宗元曾贬为柳州刺史。此泛指贬官后的居处。

④梦回云去：指男女欢爱已毕。

⑤花期：开花时期。浸：渐进。

⑥风信：指花信风。应花期而来的风。

⑦消遣：消释排遣。初心：原来的意愿。

【鉴赏】

本词写了往日的欢乐难再而感到无处排遣的心情，巧妙地表现出绵绵不绝的愁绪。

玉 楼 春 (艳冶风情天与措)

艳冶风情天与措①。消瘦肌肤冰雪妒②。百年心事一宵同③，愁听鸡声窗外度。

信阻青禽云雨暮④。海月⑤空惊人两处。强将离恨倚江楼，江水不能流恨去。

【注释】

①艳冶：妖艳妩媚。风情：风采。天与措：上天赋予的。措，安置。

②肌肤冰雪妒：谓肌肤胜冰雪。语本《庄子·逍遥游》："藐姑射之山有神人焉，肌肤若冰雪，绰约若处子。"

③百年心事：指盼望夫妻好合，白头偕老。同：聚合。

④信阻青禽：谓音信不通。青禽，即青鸟。相传是为西王母传信的使者。云雨暮：指男女欢爱已成为过去的事情。

⑤海月：海上生明月。海，指宽阔的江面。唐张若虚有《春江花月夜》诗，写思妇对离人的怀念。开首二句云："春江潮水连海平，海上明月共潮生。"

【鉴赏】

这首词描写男女之间离愁别恨，借景抒情，哀婉缠绵，清疏蕴藉。

迎　春　乐（薄纱衫子裙腰匝）

薄纱衫子裙腰匝①，步轻轻、小罗靸②。人前爱把眼儿札③，香汗透、胭脂蜡④。

良夜永，幽期欢则洽⑤。约重会、玉纤频插⑥。执手临归，犹且更待留时霎⑦。

【注释】

①匝：围绕。

②罗靸：丝罗织的拖鞋。靸，无跟之鞋。

③札：眨。

④胭脂蜡：红蜡。比喻鲜红的肌肤。

⑤欢则洽：欢乐而和洽。则，而。

⑥玉纤频插：谓频频握住纤纤玉手。

⑦时霎：片刻。

【鉴赏】

这首词描写了主人公之间的深情厚谊，上下两片联系紧密，堪称上乘之作。

望 江 南 (江南柳)

　　江南柳，花柳两相柔^①。花片落时黏^②酒盏，柳条低处拂人头^③，各自是风流。

　　江南月，如镜复如钩。似镜不侵红粉面^④，似钩不挂画帘^⑤头，长是照离愁。

【注释】

　　①两相柔：双方都显现柔情。

　　②黏：贴合。

　　③"柳条"句：语本南唐李煜《柳枝》词："多谢长条似相识，强垂烟穗拂人头。"

　　④侵：入。此指映照。红粉面：抹着胭脂、铅粉的脸。指妇女的脸。

　　⑤画帘：有画饰的帘子。

【鉴赏】

　　该词描写了柳、月两种景物，借景抒怀，托物言情，寄寓了深沉而痛切的离愁，全词写景生动，意境悠远，含蓄蕴藉。

苏舜钦①

水调歌头（潇洒太湖岸）

潇洒太湖岸，淡伫洞庭山②，鱼龙隐处烟雾，深锁渺弥间③。方念陶朱张翰，忽有扁舟急桨，撇浪载鲈还④。落日暴风雨，归路绕汀湾。

丈夫志，当景盛，耻疏闲⑤。壮年何事憔悴，华发改朱颜⑥。拟借寒潭垂钓，又恐鸥鸟相猜，不肯旁青纶⑦。刺棹穿芦荻，无语看波澜⑧。

【注释】

①苏舜钦：（1008～1049），字子美，绵州盐泉（今四川绵阳）人。景佑元年（1034）进士。因力主新政，为人倾陷，除名。退居苏州，筑沧浪亭以自适。诗与梅尧臣并称"苏梅"。有《苏学士集》十六卷。存词一首。

②潇洒：洒脱，无拘无束的样子。淡伫：静静地立着。

③鱼龙隐处：指湖水。渺弥：烟波辽阔。

④陶朱：范蠡。撇：挥去，破。

⑤丈夫：有志之人。疏闲：被人疏远而闲居无事。

⑥华发：白发。朱颜：红润的颜色。

⑦拟：打算。青纶：青色的钓丝。

⑧刺棹：划船。芦荻：芦苇、荻草。

【鉴赏】

这首词作于词人被迫闲居期间，抒发了词人壮年被反退出官场，个人志向不得施展的内心愤慨之情。

王安石①

千秋岁引②（别馆寒砧）

别馆寒砧③，孤城画角④，一派秋声入寥廓⑤。东归燕从海上去，南来雁向沙头落。楚台风⑥，庾楼月⑦，宛⑧如昨。

无奈被些名利缚，无奈被些情担阁⑨，可惜风流总闲却⑩。当初漫留华表语⑪，而今误我秦楼⑫约。梦阑⑬时，酒醒后，思量着。

【注释】

①王安石（1021~1086），字介甫，号半山，汉族，临川（今江西抚州市临川区）人，北宋著名的思想家、政治家、文学家、改革家。其诗"学杜得其瘦硬"，擅长于说理与修辞，晚年诗风含蓄深沉、深婉不迫，以丰神远韵的风格在北宋诗坛自成一家，世称"王荆公体"。有《王临川集》《临川集拾遗》等存世。

②千秋岁引：词牌名。根据《千秋岁》添减字数而成。

③别馆：客馆。砧（zhēn 真）：捣衣石。这里指捣衣的声音。

④画角：古代一种管乐器，形如竹筒，本细末大，用竹木或皮革制成，因外形绘彩，所以叫画角。发声凄厉高亢，古时军中用来报昏晓。

⑤寥廓：高远空旷，指天空旷野。

⑥楚台风：宋玉《风赋》说，楚王在兰台上游乐，一阵风吹来，他披开衣襟说："这风多爽快呵！"这里指秋风吹来。

⑦庾楼月：刘义庆《世说》载，东晋庾亮在武昌和僚佐殷浩等，乘月夜共上南楼，靠着交椅吟诗开玩笑。这里指月亮上升。

⑧宛：仿佛。

⑨担阁：担误。

⑩风流：风流韵事，指文人诗歌吟咏，琴棋书画之类的活动。闲却：落空。

⑪漫留：随便留下。华表：古代帝王用来表示纳谏的木柱。这句说，当初随便向皇帝进谏，提建议。

⑫秦楼：指歌舞的场所。

⑬梦阑：梦醒。

【鉴赏】

此词作者采用虚实相间的手法，表达自己的一种情感，写来空回荡，真如空中之色，镜中之像，然情意真挚，恻恻动人。

南 乡 子① (自古帝王州)

自古帝王州②，郁郁葱葱佳气浮③。四百年④来成一梦，堪愁。晋代衣冠成古丘⑤。

绕水恣⑥行游，上尽层城更上楼。往事悠悠⑦君莫问，回头⑧，槛⑨外长江空自流。

【注释】

①南乡子：词牌名。

②帝王州：指金陵（今江苏省南京市）。三国的吴、东晋、南北朝的宋、齐、梁、陈、五代的南唐等朝代在此建都，故称为"帝王州"。

③郁郁葱葱：草木茂盛。佳气浮：浮动着美好的气象。

④四百年：金陵作为历代帝都将近四百年。

⑤衣冠：世族、绅士。古丘：坟墓。

⑥恣（zì自）：无拘束。

⑦悠悠：长久。遥远的样子。

⑧回头：指透彻醒悟。佛家语"苦海无边，回头是岸。"

⑨槛：栏杆。

【鉴赏】

该词荡气回肠，抒发了词人对时代变迁的无限感慨，意境高远，气象宏大，令人叫绝。

菩 萨 蛮①（数家茅屋闲临水）

数家茅屋闲②临水，轻衫短帽垂杨里③。今日是何朝④？看余度⑤石桥。梢梢新月偃⑥，午醉醒来晚。何物最关情⑦？黄鹂⑧一两声。

【注释】

①菩萨蛮：词牌名。

②闲：清幽安静。

③轻衫短帽：简便的衣帽，即便服。这句说，我穿便衣戴便帽在垂杨里漫步。

④朝：朝代。

⑤度：过。

⑥梢梢：垂长的样子。月偃（yǎn眼），即偃月。半边明月。

⑦关情：动情。

⑧黄鹂：黄莺。

【鉴赏】

全篇表现了词人在安逸澹淡的生活情景中寄寓着政治家的襟怀心态，在闲雅流丽的风调里显示着改革家的才性骨力，这首词素洁平易而又含蓄深沉。

浪淘沙令（伊吕两衰翁）

伊吕两衰翁①，历遍穷通②。一为钓叟一耕佣③。若使当时身不遇，老了英雄。

汤武④偶相逢，风虎云龙⑤。兴王⑥只在笑谈中。直至如今千载后，谁与争功⑦！

【注释】

①伊吕：伊尹和吕尚，旧时并称为贤相。伊尹，商初大臣。名伊，尹是官名。一说名挚。传说奴隶出身，为有莘氏女的陪嫁之臣，为汤所用，任以国政，佐汤灭夏。吕尚，姜姓，吕氏，名尚，字子牙，俗称姜太公。传说他直到晚年还困顿不堪，垂钓于渭水之滨，遇周文王，先后辅佐文王、武王，成就了灭商兴周之业。

②穷通：指困顿窘迫或顺利显达的处境。

③钓叟：指吕尚。耕佣：为人耕作，指伊尹。

④汤武：商汤和周武王。汤，成汤，即位后用伊尹执政，灭夏，建立商朝。周武王，姓姬名发，即位后以吕尚为师，灭商，建立周朝。

⑤风虎云龙：语出《易·乾·文言》："云从龙，风从虎，圣人作而万物睹。"意思是说，云跟随着龙出现，风伴随着虎出现，圣明的君主出现，国家和社会就会昌盛繁荣。

⑥兴王：兴国之王，即开创基业的国君。这里指铺佐兴王。

⑦争：争论，比较。这两句说：伊尹、吕尚的功绩，直到如今千年之后，也没有人能够与之相比。

【鉴赏】

这是一首咏史词，歌咏了伊尹和吕尚"历遍穷通"的人生和他们所建立的丰功伟业，作品叙议结合，以史托今，布局巧妙，令人回味无穷。

生　查　子（雨打江南树）

雨打江南树。一夜花开无数①。绿叶渐成阴②，下有游人归路。与君相逢处。不道③春将暮。把酒祝④东风，且莫恁、匆匆去⑤。

【注释】

①这两句说：春雨拍打着江南的树木，一夜之间就催开了无数的花朵。

②阴：树荫。

③不道：不堪，无奈。

④祝：祝祷。

⑤且：暂且，姑且。恁（rèn 刃）：如此，这样。这三句说：把酒向东风祝祷，暂且不要让春天就这样匆匆离去。

【鉴赏】

该词上片写景，暗示了时间，交待了天气和环境，下片表达朋友常聚，春光常驻的情感。

苏 轼①

虞 美 人 (湖山信是东南美)

有美堂赠述古②

湖山信是东南美，一望弥千里。使君③能得几回来？便使尊前醉倒更徘徊。

沙河塘里灯初上，水调谁家唱④？夜阑风静欲归时，惟有一江明月碧琉璃⑤。

【注释】

①苏轼：（1037～1101），字子瞻，号东坡居士，眉州眉山（今属四川）人。嘉　二年（1057）进士。历杭州通判，知密、徐、湖三州。以作诗讽刺王安石新法，贬居黄州。元　间任翰林学士、礼部尚书，出知杭、颍、扬、定四州。后又贬居惠州、儋州。与父洵、弟辙合称"三苏"。其诗、文、词与书法均属第一流。有《东坡全集》一百一十五卷，《东坡乐府》三卷。

②有美堂：在杭州城内吴山上。嘉祐初年杭州太守梅挚所建。梅挚来守杭时，宋仁宗赐诗，有"地有吴山美，东南第一州"之句，故堂取名"有美"。述古，见前《行香子》（携手江村）注。

③使君：汉代以后对州郡长官的尊称，此指陈述古。

④沙河塘：在杭州城南，是当时杭州比较繁华的地方。水调：曲调名。

⑤碧琉璃：比喻月光照射下碧绿澄澈的江水。琉璃：玻璃。

【鉴赏】

这首词以真情出之，写得深沉委婉，真实诚挚，词人把景物和情思交织起来写，有层次地表现出感情的波澜，充分表现了留恋钱塘之意和僚佐的友情。

南 乡 子 （东武望余杭）

和杨元素，时移守密州①。

东武望余杭②，云海天涯两渺茫。何日功成名遂了，还乡。醉笑陪公三万场③。

不用诉离觞④，痛饮从来别有肠。今夜送归灯火冷，河塘⑤。堕泪羊公⑥却姓杨。

【注释】

①据傅藻《东坡纪年录》载：熙宁七年（1074），苏轼移守密州，有"和元素《南乡子》"。杨元素（1027～1088），名绘，四川绵竹人，神宗朝为御史中丞，因反对新法，出知亳州，历应天府，时接替陈襄知杭州。《宋史》有传。

②东武：密州治所，今山东诸城。余杭：即杭州，见前《少年游》注。

③"醉笑"句：语本李白《襄阳歌》："百年三万六千日，一日须倾三百杯。"三万场：即指百年。作者与杨元素同为蜀人，故云还乡后可相陪醉饮。

④不用诉离觞：唐宋词凡用"莫诉"、"不用诉"者，皆谓不要推辞饮酒。如韦庄《菩萨蛮》："须愁春漏短，莫诉金杯满。"秦观《金明池》："才子倒、玉山休诉。"离觞：饯别之酒。

⑤河塘：即沙河塘，见前《虞美人》（湖山信是东南美）注⑤。连上句谓归时已晚，沙河塘上已经灯稀。

⑥羊公：晋代羊祜（hù）。羊祜为荆州督，驻襄阳（今属湖北），死后，部属在岘山（他昔日游憩之处）建庙立碑，见碑者莫不流泪。杜预因称此碑为"堕泪碑"。见《晋书》本传及《北堂书钞·荆州图记》。此处因"羊"、"杨"同音，故作戏语，谓杨元素离任后，杭州人民将怀念他。

【鉴赏】

这首词表达了词人心中的无限慨叹，意境悠远，含蓄深沉。

江 城 子 (老夫聊发少年狂)

密州出猎

老夫聊发少年狂。左牵黄，右擎苍①。锦帽貂裘②，千骑卷平岗。为报倾城随太守，亲射虎，看孙郎③。

酒酣胸胆尚④开张。鬓微霜，又何妨！持节云中、何日遣冯唐⑤？会挽雕弓如满月，西北望，射天狼⑥。

【注释】

①"左牵黄"二句：黄：黄犬；苍，苍鹰。牵犬擎鹰，古人常以此表达打猎时的豪迈和快意。

②锦帽貂裘：锦蒙帽、貂鼠裘，原为汉代羽林军的装束，此处指苏轼打猎时的随从。

③"为报"三句：报：报答；孙郎：指孙权。据《三国志·吴书·吴主传》载："（建安）二十三年十月，权将如吴，亲乘马射虎于庱亭（今江苏丹阳东）。马为虎所伤，权投以双戟，虎却废（倒退），常从张世击以戈，获之。"

④尚：更加。

⑤"持节"二句：节：符节、符信，古代使者所持朝廷传达命令或调遣兵将的凭证。云中：古郡名，治所在云中（今内蒙古托克托东北）。冯唐：西汉安陵（今陕西咸阳东北）人，文帝时任车骑都尉，景帝时任楚相。据《史记·张释之冯唐列传》记载，汉文帝时云中太守魏尚，抵御匈奴卓有战功，但因仅报杀敌六人，被免职。冯唐指出文帝赏轻罚重之失，文帝复魏尚的云中太守职，同时任命冯唐为车骑都尉。

⑥天狼：星名，旧说主侵掠等。此处喻指造成宋朝边患的西夏和辽。

【鉴赏】

全词到处洋溢着一种激昂向上的情绪，显示出词人干云的豪气。

阮 郎 归 （一年三度过苏台）

一年三过苏①，最后赴密州时，有问"这回来不来"，其色凄然。太守王规父②嘉之，令作此词。

一年三度过苏台③，清樽长是开④。佳人相问苦相猜：这回来不来？

情未尽，老先催。人生真可哈⑤！他年桃李阿谁栽，刘郎双鬓衰⑥。

【注释】

①此词作于熙宁七年（1074）十月自杭州调任密州之际，因本年正月、五月曾到过苏州，这次又到，故云"一年三过苏"。

②王规父：名诲，时知苏州。

③苏台：姑苏台，在今苏州西南姑苏山上，春秋时吴王阖闾所筑。

④清樽：酒杯。本句谓每次来苏州，皆承酒宴接待。

⑤哈（hài）：笑。

⑥"他年"二句：唐刘禹锡《元和十年自朗州至京戏赠看花诸君子》诗："玄都观里桃千树，尽是刘郎去后栽。"此谓他年再来，恐已年老。

【鉴赏】

这首词感叹了时光的流逝，以叙事来抒情。

采 桑 子 (润州甘露寺多景楼)

润州甘露寺多景楼①，天下之殊景也。甲寅仲冬，余同孙巨源、王正仲参会与此②。有胡琴③者，姿色尤好。三公皆一时英秀，景之秀，妓之妙，真为稀遇。饮阑④，巨源请于余曰："残霞晚照，非奇才不尽。"余作此词。

多情多感仍多病，多景楼中，尊酒相逢⑤，乐事回头一笑空。

停杯且听琵琶语⑥，细捻轻拢⑦，醉脸春融。斜照江天一抹红。

【注释】

①此词照宁七年甲寅（1074）调任密州时作于镇江。甘露寺：在镇江北固山上。《京口志》："甘露寺有多景楼，中刻东坡照宁甲寅与孙巨源辈会此，赋《采桑子》词。"

②孙巨源：名洙，广陵（今扬州）人，博闻强识，文辞典丽，是时曾知海州。王正仲：名存，丹阳人，官至尚书左丞。此会尚有胡宗愈，字完夫，官至礼部尚书，时为真州通判。故下文曰"三公"。三人《宋史》皆有传。

③胡琴：歌妓名。

④饮阑：饮酒已至残尽。

⑤尊酒相逢：韩愈《赠郑兵曹》诗："尊酒相逢十载前，君为壮夫我少年；尊酒相逢十载后，我为壮夫君白首。"尊酒：杯酒。

⑥琵琶语：琵琶曲调。白居易《琵琶行》："今夜闻君琵琶语，如听仙乐耳暂明。"

⑦细捻轻拢：弹琵琶的两种动作。白居易《琵琶行》："轻拢慢捻抹复挑。"

【鉴赏】

这首词含蓄深沉，意境悠远，能激发许多人的共鸣。

如 梦 令 （城上层楼叠巘）

题淮山楼①

城上层楼叠巘②，城下清淮古汴③。举手揖吴云，人与暮天俱远④。魂断，魂断，后夜松江月满⑤。

【注释】

①苏轼赴密州任，熙宁七年（1074）十一月至镇江，及其到泗州，当在本月中旬，词云"后夜松江月满"，知作于十三日。淮山楼：在泗州城内，清康熙间已沉入洪泽湖底。

②叠巘（yǎn）：山上有山。巘：小山。《诗·大雅·公刘》："陟则在巘。"传："巘，小山，别于大山也。"

③"城下"句：北宋时汴水自开封经商丘、宿州、灵璧至泗州入淮河，故云。

④"举手"二句：意为向远在江南的友人揖别。吴云：吴地的云。本年秋，作者曾在吴江垂虹亭与杨元素（绘）、陈令举（舜俞）、张子野（先）、李公择（常）、刘孝叔（述）作"六客"之会（见《书游垂虹亭记》），此时天各一方，故云"人与暮天俱远"。

⑤松江：此指吴江（今属苏州），垂虹桥在其境内。月满：月圆。

【鉴赏】

这是一首离别之作，写出了作者无限的惆怅之情。

南 乡 子 (凉簟碧纱厨)

和杨元素①

凉簟碧纱厨②，一枕清风昼睡余。卧听晚衙无个事，徐徐，读尽床头几卷书。

搔首赋归欤，自觉功名懒更疏③。若问使君才与气，何如？占得人间一味愚④。

【注释】

①词题毛本作《自述》。

②簟（diàn）：竹席。碧纱厨：绿色的纱帐。

③搔首：搔头发。有所思貌。归欤：回去吧。语出《论语·公冶长篇》："子在陈，曰'归欤！归欤！'"。

④使君：自指。一味：一向。

【鉴赏】

此词描写了一个睡后读书的场景来抒发词人心中的情怀，寓情于物，手法高妙。

望 江 南 （春未老）

超然台作①

春未老，风细柳斜斜。试上超然台上看，半壕②春水一城花。烟雨暗千家。

寒食③后，酒醒却咨嗟④。休对故人思故国⑤，且将新火试新茶⑥。诗酒趁年华。

【注释】

①超然台：苏轼任密州（今山东诸城）太守时所修建，台在城北。作者另有《超然台记》。

②壕：护城河。

③寒食：即寒食节，在清明前一两天。相传介之推辅佐晋文公回国后，隐于山中，晋文公烧山逼他出来，之推抱树而死。文公为悼念他，禁止在之推死日生火煮食，只吃冷食。以后相沿成俗。

④咨嗟：叹息声。

⑤故国：故乡，亦指帝都。

⑥新火：寒食节不生火，清明再举火，故称"新火"。新茶：寒食前采制的嫩茶。《苕溪渔隐丛话·前集》卷四十六引《学林新编》："茶之佳者，造在社前（社，春社，立春后的第五个戊日）；其次则火前，谓寒食前也；其下则雨前，谓谷雨前也。"

【鉴赏】

这首词是苏轼登台远望，发思乡之情所作，该词短小玲珑，但含蓄深沉，以诗为词，独树一帜，连珠妙语似随意而出，清新自然。

画 堂 春（柳花飞处麦摇波）

寄子由①

柳花飞处麦摇波，晚湖净鉴新磨②。小舟飞棹去如梭，齐唱采菱歌③。平野水云溶漾④，小楼风日晴和。济南何在暮云多⑤，归去⑥奈愁何。

【注释】

①此词熙宁九年（1076）暮春作于密州，此时其弟苏辙（子由）任齐州掌书记届满，将还京。朱《东坡乐府》注谓"前段则追述辛亥（熙宁四年）七八月同游陈州柳湖事。"

②鉴新磨：像新磨的铜镜。此喻柳湖的平静明澈。

③采菱歌：乐府曲名。梁武帝《江南弄》七曲之五即《采菱曲》。此指陈州女子所唱。

④溶漾：波光浮动貌。

⑤济南：今山东省省会名。暮云：杜甫《春日怀李白》诗："渭北春天树，江东日暮云。"后因以"暮云春树"喻对友人的思念。此谓暮云遮住望眼，看不见济南。

⑥归去：指子由将任满召还。

【鉴赏】

这首词作于熙宁九年，抒发了词人心中无限的思念之情，是词人真情的流露，感人至深。

永 遇 乐 (明月如霜)

彭城夜宿燕子楼，梦盼盼①，因此作词。

明月如霜，好风如水，清景无限。曲港跳鱼，圆荷泻露，寂寞无人见。紞②如三鼓，铿然③一叶，黯黯梦云④惊断。夜茫茫，重寻无处，觉来小园行遍。

天涯倦客，山中归路，望断故园心眼。燕子楼空，佳人何在？空锁楼中燕。古今如梦，何曾梦觉？但有旧欢新怨。异时对黄楼⑤夜景，为余浩叹。

【注释】

①彭城：今江苏徐州市。燕子楼：白居易《燕子楼三首》并序："徐州故尚书有爱妓曰盼盼，善歌舞，雅多风态。予为校书郎时，游徐泗间。张尚书宴予，酒酣，出盼盼以佐欢，欢甚。……尚书既殁，归葬东洛。而彭城有张氏旧第，第中有小楼，名燕子。盼盼念旧爱而不嫁，居是楼十余年，幽独块然，于今尚在。"诗三首，第三首："今春有客洛阳回，曾到尚书墓上来。见说白杨堪作柱，争教红粉不成灰"。盼盼得诗，泣曰："妾非不能死。恐我公有从死之妾，玷清范耳。"旬日不食而死。按张尚书一般作张建封，为武宁节度使，治徐州。考白居易于贞元十九年授校书郎，张建封于贞元十六年死。因此接等白居易的张尚书，不是张建封。

②统（dǎn 胆）：状鼓声。三鼓：一夜分五更，三鼓指三更天。

③铿然：象声。掉下一叶发出的声音。

④梦云：宋玉《高唐赋序》写楚襄王与宋玉望高唐观，上有云气。宋玉说，先生《怀王》梦见巫山神女，神女自称："旦为朝云。"这里指梦见盼盼。

⑤黄楼：在徐州县城东门上，苏轼建。

【鉴赏】

这首词是词人熙宁十年，四月改知徐州后写的。当时词人羁宦他乡，十分孤单落寞，此词即是词人抒遣情怀的产物。

临 江 仙（自古相从休务日）

送李公恕①

自古相从休务日②，何妨低唱微吟。天垂云重作春阴。座中人半醉，帘外雪将深。

闻道分司狂御史，紫云无路追寻③。凄风寒雨更骎骎④。问囚长损气⑤，见鹤忽惊心⑥。

【注释】

①元丰元年（1078）正月作于徐州。作者另有《送李公恕赴阙》诗，施注："李公恕时为京东转运判官，召赴阙。公恕一再持节山东，子由亦有诗送行曰：'幸公四年持使节，按行千里长相见。'"

②休务日：停止办公的日子。《北齐书·赵郡王深传》："遂为休务一日。"此指休假日。

③"闻道"二句：据《本事诗·情感》：唐代李愿罢镇闲居洛阳，某日宴会，声伎豪华，名士咸集。杜牧时为御史，分管洛阳，李愿怕他弹劾，不便邀请。杜牧却主动要求前来，饮罢三杯，问："闻有紫云者，孰是？"李愿指一歌妓示之。杜牧说"果然名不虚传"，遂指席吟诗云："华堂今日绮筵开，谁唤分司御史来。忽发狂言惊四座，两行红粉一时回。"此以李公恕比李愿，而以杜牧自喻。

④骎骎（qīn）：马快走貌。

此指时光飞逝。梁萧纲《纳凉》诗："斜日更骎骎。"

⑤"问囚"句：苏轼作为地方官，须审问囚犯。但他常对囚犯表示同情，如《除夜直都厅，囚系皆满，日暮不得返舍，因题一诗于壁》云："执笔对之泣，哀此系中囚。……谁能暂遣纵，闵默愧前修。"损气：心情不舒畅。

⑥"见鹤"句：字面用庾信《小园赋》"鹤讶今年之雪"，以照应上文"帘外雪将深"，兼用庾信《哀江南赋》"闻鹤唳而心惊"，实为上句意思的延伸。

【鉴赏】

这首诗作于元丰元年，抒发了词人心中的不舒畅，情感真挚。

西　江　月（三过平山堂下）

平山堂

三过平山堂①下，半生弹指②声中。十年不见老仙翁③，壁上龙蛇飞动④。
欲吊文章太守⑤，仍歌杨柳春风。休言万事转头⑥空，未转头时皆梦。

【注释】

①平山堂：在扬州西北的大明寺侧，欧阳修庆历八年（1048）任扬州知
州时建。天色清明时，负堂远眺，江南诸山似拱列檐前，高与堂平，因名。堂
中北檐至今悬有"远山来与此堂平"的匾额。

②弹指：佛家语指极短暂的时间。佛经上说二十念为一瞬，二十瞬为一弹
指（见《翻译名义集·时分》）。

③十年不见老仙翁：苏轼和欧阳修最后一次见面在熙宁四年（1071。次
年，欧阳修去世），到元丰二年（1079）写本词，为时九个年头。"十年不见"
是举其成数，"老仙翁"是对欧阳修的敬称。

④龙蛇飞动：指欧阳修墨迹。

⑤文章太守：指欧阳修。这四字和下句的"杨柳春风"出自欧阳修回忆
平山堂写给友人刘敞的《朝中措》词。词云："平山栏槛倚晴空，山色有无
中。手种堂前垂柳，别来几度春风。文章太守，挥毫万字，一饮千钟。行乐直
须年少，尊前看取衰翁。"

⑥转头：谓死去。

【鉴赏】

　　本首词是作者自徐州奔湖州，经过扬州时而作。词人适逢自己政治处境艰难，故地重游，缅怀恩师而作，以景衬情，令人为人生无常而感慨万千，低徊不已。

浣 溪 沙（簌簌衣巾落枣花）

　　簌簌衣巾落枣花，村南村北响缫车①。牛衣②古柳卖黄瓜。
酒困路长惟欲睡，日高人渴漫思茶③。敲门试问野人家。

【注释】

　　①缫车：缫丝的纺车。缫，同缲。
　　②牛衣：用粗麻编织的衣服。曾季狸《艇斋诗话》认为"牛衣"应为"半依"。
　　③漫思茶：想随便喝点茶水。漫，随意地。

【鉴赏】

　　这首词作于元丰元年，苏轼任徐州太守之时，本词叙写词人在乡间的所遇所感，颇有田园风味。

南 歌 子 （山雨萧萧过）

湖州作①

山雨萧萧②过，溪风浏浏③清。小园幽榭枕萍汀④。门外月华如水、彩舟横。

苕岸⑤霜花尽，江湖雪阵平。两山遥指海门⑥青。回首水云何处、觅孤城⑦？

【注释】

①《苏诗总案》卷十八："元丰二年己未（1079）五月十三日，钱氏园送刘攽赴余姚，并作《南歌子》。"刘攽字行甫，长兴（今属浙江）人。余姚，在浙东。时苏轼到湖州任才半月。

②萧萧：雨声。柳永《八声甘州》："对萧萧暮雨洒江天，一番洗清秋。"

③浏浏：风疾貌。晋潘岳《寡妇赋》："雪霏霏而骤落，风浏浏而夙兴。"

④幽榭枕萍汀：幽静的水榭下临长满萍花的滩地。榭：建在台上的敞屋。萍：草名，似萍而大。梁柳恽《江南曲》："汀洲采白萍。"即在湖州时作。

⑤苕（tiáo）岸：苕溪之岸。苕溪源出天目山，两岸多苕花（芦苇之花），在湖州附近汇较溪而汇入太湖。

⑥海门：钱塘江入海口，两岸有山对峙。此为刘攽赴余姚时将经过之处。

⑦孤城：指湖州。二句写行者对居者的留恋。

【鉴赏】

此词表达的是一种留恋之情，把情感写得惝恍迷离。

双 荷 叶 (双溪月)

湖州贾耘老小妓名双荷叶①

双溪②月，清光偏照双荷叶。双荷叶，红心未偶，绿衣偷结③。

背风迎雨流珠滑④，轻舟短棹先秋折。先秋折，烟鬟未上，玉杯微缺⑤。

【注释】

①元丰二年（1079）知湖州时作。调名即《忆秦娥》，词为戏谑谐趣之作。贾耘老：名收，乌程（今浙江湖州）人，有诗名，其居有浮晖阁，苏轼尝登之，又常念其家贫。后苏去，耘老作亭名"怀苏"，并题其诗集为《怀苏集》。耘老之妾因梳有"两髻并前如双荷叶"的发型，故苏轼取名为"双荷叶"，见吴聿《观林诗话》。词中既写荷叶，兼喻小妓。

②双溪：指湖州的苕溪和霅溪。

③"红心"二句：谓双荷叶并未成为贾耘老式配偶，而仅为小妾。红心：荷花的红蕊。未偶：未结同心。绿衣：明指荷叶，实喻小妾。《诗·邶风·绿衣》："绿兮衣兮，绿衣黄里。"朱熹《集传》："言'绿衣黄里'，以比贱妾尊显而正嫡幽微。"

④"背风"句：谓风雨中有水珠在荷叶上滚动。

⑤"烟鬟"二句：谓双荷叶未曾结发（成为夫妇），即以身相许。玉杯：喻玉体。烟鬟：指女子头了。古礼成婚之夕，男左女右共髻束发。曹植《种葛篇》："与君初婚时，结发恩义深。"后遂以结发喻正室。

【鉴赏】

这首词作于元丰元年苏轼在湖州与贾耘老的戏谑谐趣之作，音韵和婉，实属佳作。

渔 家 傲 (皎皎牵牛河汉女)

七夕①

皎皎牵牛河汉女②，盈盈临水无由语③。望断碧云空日暮，无寻处④。梦回芳草生春浦。

鸟散余花纷似雨⑤，汀洲苹老香风度⑥。明月多情来照户。但揽取、清光长送人归去⑦。

【注释】

①据《东坡乐府》注，苏轼元丰二年（1079）在湖州过七夕作此词。词写七月初七牛郎织女故事。

②"皎皎"句：语本《古诗十九首》："迢迢牵牛星，皎皎河汉女。"河汉：银河。

③"盈盈"二句：语本《古诗十九首》："盈盈一水间，脉脉不得语。"

④"望断"二句：语本梁江淹《拟汤惠休怨诗》："日暮碧云合，佳人殊未来。"

⑤"鸟散"句：南齐谢朓《游东田诗》："鱼戏新荷动，鸟散余花落。"余花：残留的花。

⑥"汀洲"句：梁柳恽知湖州时，作有《江南曲》，中云："汀洲采白苹，

日暮江南春。"朱据此而谓此词"疑在湖州时作"。

⑦揽取、清光：犹揽月。揽：采摘。

【鉴赏】

此词写了七月初牛郎与织女的故事，真情四溢，显示出词人深厚的艺术功力。

南 歌 子 (雨暗初疑夜)

雨暗初疑夜，风回便报晴。淡云斜照著山明，细草①软沙溪路马蹄轻。卯酒②醒还困，仙村梦不成。蓝桥何处觅云英？只有多情流水伴人行③。

【注释】

①细草：尚未长节的嫩草。

②卯酒：卯时饮的酒。卯时大约相当于早晨五至七点钟。

③裴铏小说集《传奇》中《裴航》篇载，唐长庆（唐穆宗年号）年间，秀才裴航下第回都，途中与樊夫人同船，樊夫人赠他一首诗说："一饮琼浆百感生，玄霜捣尽见云英。蓝桥便是神仙宅，何必崎岖上玉京。"后裴航经蓝桥驿向路旁老妪求水解渴，老妪让一个叫云英的女郎给他一杯水，裴航饮水后，见云英姿容绝世，便向她求婚。老妪提出需要一玉杵臼为她捣药200日方可，裴航如约，终于同云英结为夫妇，后来都成了仙。这里借这则故事说自己没有遇到裴航那样的风流韵事。

【鉴赏】

这首词写于公元 1079 年苏轼任湖州知州期间，词中描写了酒后赶路的片断小景，清新而富有情趣，抒发了人生之不得成仙而去之感。

浣 溪 沙 （覆块青青麦未苏）

十二月二日，雨后微雪，太守徐君猷携酒见过，坐上作《浣溪沙》三首，明日酒醒，雪大作，又作二首①。

覆块青青麦未苏②，江南云叶③暗随车，临皋④烟景世间无。

雨脚半收檐断线，雪床初下瓦跳珠⑤，归来冰颗乱粘须。

【注释】

①徐君猷：名大受，时为黄州太守。苏轼《与徐得之书》（得之，名大正，君猷之弟）说："某始谪黄州，举目无亲，君猷一见，相待如骨肉。"见过：见访。

②"覆块"句：此谓遍地麦苗尚未返青。覆块：指麦苗遮蔽田垄。

③云叶：谓片断的烟云。

④临皋：临皋亭，在黄冈县南长江边，县令张梦得建，为作

者寓居之所。

⑤雨脚：雨点。杜甫《茅屋为秋风所破歌》："雨脚如麻未断绝。"雪床：当时京师俚语把霰叫做雪床。

【鉴赏】

这首词描写了雪景，有景有情，情真意切，可见词人功力之深。

江　城　子 (梦中了了醉中醒)

陶渊明以正月五日游斜川①，临流班坐②，顾瞻南阜③，爱曾城④之独秀，乃作《斜川》诗，至今使人想见其处。元丰壬戌⑤之春，余躬耕于东坡，筑雪堂⑥居之。南挹四望亭之后丘⑦，西控北山⑧之微泉，慨然而叹，此亦斜川之游也。乃作长短句，以《江城子》歌之。

梦中了了醉中醒。只渊明，是前生。走遍人间，依旧却躬耕。昨夜东坡春雨足，乌鹊喜，报新晴。

雪堂西畔暗泉鸣。北山倾，小溪横。南望亭丘，孤秀耸曾城。都是斜川当日境，吾老矣，寄馀龄。

【注释】

①斜川：地名，在今江西星子县鄱阳湖畔，距陶渊明旧居不远。南朝宋永初二年（421）辛酉正月五日，陶渊明偕二三邻人同游斜川，作《游斜川》诗。

②班坐：坐成一排。

③南阜：南山，即庐山。

④曾城：山名，据说就是今星子县郊鄱阳湖中的落星墩。

⑤元丰壬戌：即宋神宗元丰五年（1082）

⑥雪堂：苏轼谪黄州（今湖北黄冈）期间在东坡上亲自营造的草屋。由于它在大雪天动工修建，遂命名为"雪堂"。苏轼还亲书"东坡雪堂"四字榜于堂上。

⑦挹：牵引。四望亭：亭名，在雪堂之南。

⑧北山：雪堂以北的山岗；山下有微泉，从雪堂西面流过。

【鉴赏】

这首词作于苏轼贬谪黄州期间，抒发了随遇而安，乐而忘忧的旷达襟怀。

水 龙 吟 （似花还似非花）

次韵章质夫杨花词①

似花还似非花②，也无人惜从教③坠。抛家傍路，思量却是，无情有思④。萦损柔肠，困酣娇眼⑤，欲开还闭。梦随风万里，寻郎去处，又还被、莺呼起⑥。

不恨此花飞尽，恨西园、落红难缀⑦。晓来雨过，遗踪何在，一池萍碎⑧。春色三分，二分尘土，一分流水⑨。细看来，不是杨花，点点是、离人泪。

【注释】

①章质夫：名楶（jié），浦城（今属福建）人，历官吏部郎中、知越州，

终资政殿学士。元丰中，提点湖北刑狱，以《水龙吟·杨花》词寄苏轼。苏轼得之甚喜，回信说："柳花词妙绝，使来者何以措词。本不敢继作，又思公正柳花飞时出巡按，坐想四子，闭门愁断，故写其意，次韵一首寄去。"（《与章质夫》简）时家属未至，独居定慧院，故云"坐想四子"。因知作于元丰三年（1080）春间。宋张炎《词源》称此词"真是压倒今古"。清沈谦《填词杂说》谓此篇"幽怨缠绵，直是言情，非复赋物。"王国维《人间词话》则说："东坡《水龙吟·咏杨花》，和韵而似原唱，章质夫词原唱而似和韵，才之不可强也如是。"

②"似花"句：梁萧绎《咏阳云楼檐柳》："杨柳非花树，依楼自觉春。"况周颐《蕙风词话续编》卷一云："此句可作全词评语，盖不离开即也。"

③从教（jiāo）：听任、任从。

④无情有思：杜甫《白丝行》："落絮游丝亦有情。"思，与柳丝之"丝"谐音双关。

⑤娇眼：以柳眼喻美人之眼。唐元稹《生春》诗之九："何处生春早，春生柳眼中。"

⑥"梦随风"三句：化用唐金昌绪《春怨》诗："打起黄莺儿，莫教枝上啼。啼时惊妾梦，不得到辽西。"

⑦落红难缀：落花难以重缀枝头。

⑧一池萍碎：作者自注："杨花落水为浮萍，验之信然。"其实只是巧合，并不科学。姚宽《西溪丛话》卷下云："杨、柳二种，杨树叶短，柳树叶长。花即初发时黄蕊，子为飞絮。今絮中有小青子，着水泥沙滩上，即生小青芽，乃柳之苗也。东坡谓絮化为浮萍，误矣。"

⑨春色三分：李调元《雨村词话》卷一谓语本叶清臣《贺圣朝》词："三分春色二分愁，更一分风雨。"

【鉴赏】

苏轼的豪放词无人可及，婉约词亦不让他人，这是一首唱和之作，词人明写杨花，暗抒离别的愁绪。

定 风 波（莫听穿林打叶声）

三月七日①，沙湖②道中遇雨。雨具先去，同行皆狼狈，余独不觉。已而遂晴。故作此。

莫听穿林打叶声，何妨吟啸③且徐行。竹杖芒鞋④轻胜马，谁怕，一蓑⑤烟雨任平生。

料峭⑥春风吹酒醒，微冷。山头斜照⑦却相迎。回首向来萧瑟处⑧，归去，也无风雨也无晴。

【注释】

①三月七日：指元丰五年（1082）的三月七日，即苏轼贬黄州后的第三个春天。

②沙湖：在黄州东南三十里处。苏轼这次到沙湖，是来相田。

③吟啸：吟诗长啸。表现出一种不为风雨所困，洒脱自若的神态。《晋书·谢安传》："尝与孙绰等泛海，风起浪涌，诸人并惧，安吟啸自若。"

④芒鞋：芒草编织的鞋。

⑤蓑（suō 缩）：蓑衣，用草编制的雨衣。

⑥料峭：风寒貌，多指春寒。

⑦斜照：指夕阳。

⑧萧瑟处：指上片风雨"穿林打叶"处。

【鉴赏】

本词写于苏轼谪居黄州之时，叙述了词人在路上遭遇一场阵雨的经历，字里行间显现出词人宠辱不惊的生活态度，蕴涵着深邃的哲理。

定 风 波 （两两轻红半晕腮）

十月九日，孟亨之置酒秋香亭①。有双拒霜独向君猷而开②，坐客喜笑，以为非使君③莫可当此花，故作是篇。

两两轻红半晕腮④，依依独为使君回。若道使君无此意，何为，双花不向别人开？

但看低昂烟雨里，不已，劝君休诉十分杯⑤。更问尊前狂副使⑥，来岁，花开时节为谁来？

【注释】

①孟亨之：名震，东平《今属山东》人，进士及第，此时任黄州通判。

②拒霜：木芙蓉花的别称。君猷：徐大受之字，时知黄州。秦观《闲轩记》谓建安（今福建建瓯）之北，"则东海徐君大正燕居之地也"。大正为大受之弟，元丰七年曾赴黄州探视其兄，可知大受亦建安人，前人谓为东海人，实指郡望而言。苏轼贬黄州，君猷待之厚。君猷任满后于元丰六年十一月卒于道，苏轼有祭文挽词悼之。

③使君：指知府徐君猷。

④"两两"句：形容芙蓉花的娇艳。

⑤休诉：此为唐宋词常用语，

意为不要推辞饮酒。十分杯：指满杯。

⑥尊前：酒宴之前。狂副使：苏轼自指，时为黄州团练副使。

【鉴赏】

这首词作于元丰三年作者在黄州之时，描写了一个喝酒的场面，词风疏朗，韵味十足。

水 龙 吟 (小舟横截春江)

闾丘大夫孝终公显，尝守黄州，作栖霞楼，为郡中绝胜。元丰五年，余谪居黄，正月十七日，梦扁舟渡江，中流回望，楼中歌乐杂作，舟中人言：公显方会客也。觉而异之，乃作此曲，盖越调鼓笛慢。公显时已致仕，在苏州①。

小舟横截春江②，卧看翠壁红楼起。云间笑语，使君高会③，佳人半醉。危柱哀弦④，艳歌余响，绕云萦水⑤。念故人老大，风流未减，空回首，烟波里⑥。

推枕惘然不见，但空江，月明千里。五湖闻道，扁舟归去，仍携西子⑦。云梦南州，武昌东岸⑧，昔游应记。料多情梦里，端来见我，也参差是⑨。

【注释】

①越调鼓笛慢：水龙吟也叫鼓笛慢，属越调。致仕：古代官员辞官退休。

②横截春江：指乘船从长江中流横渡。

③云间笑语：谓从江心小舟听到高楼上的谈笑声，仿佛自云间飘来。使君：指闾丘孝终。

④危柱：拧得很紧的弦枕木。哀弦：谓弦声凄怨。

⑤"艳歌"两句：形容美妙的歌声在云端回旋，在水面缭绕。

⑥"空回首"二句：指谓友人为烟波所隔，自己只能回头瞻望。

⑦"扁舟"二句：以范蠡为喻，说同丘孝终退出官场，寄身江湖。据《世说新语》载，春秋时越国大夫范蠡，在辅佐越王勾践平灭吴国后，即携带西施，乘坐扁舟，泛游五湖，隐遁起来。

⑧云梦南州：指黄州，黄州在云梦泽之南。武昌：今湖北鄂城县，与黄冈隔江相对，不是今天的武昌。

⑨端来：准来。参差是：仿佛是，依稀是。白居易《长恨歌》："雪肤花貌参差是。"

【鉴赏】

这首词有今有昔，以昔喻今，情真意切，别出心裁。

念 奴 娇（凭高眺远）

中 秋

凭高眺远，见长空万里，云留无迹。桂魄①飞来，光照处，冷浸一天秋碧。玉宇琼楼②，乘鸾来去③，人在清凉国④。江山如画，望中烟树历历⑤。

我醉拍手狂歌，举杯邀月，对影成三客。起舞徘徊风露下⑥，今夕不知何夕⑦。便欲乘风，翻然归去，何用骑鹏翼⑧！水晶宫⑨里，一声吹断横笛。

【注释】

①桂魄：月之别称。段成式《酉阳杂俎》："月中有桂，高五百丈，下有

一人常斫之，树创随合。"因称月为桂魄。

②玉宇琼楼：本指美丽宏伟的殿宇。此指月宫。

③乘鸾来去：柳宗元《龙城录》载唐玄宗游月宫，见一座大宫府，榜书"广寒清虚之府"，"有素娥十馀人，皆皓衣，乘白鸾往来，舞于大桂树下。"

④清凉国：指月亮。又称清凉宫。柳宗元《自衡阳移桂十馀本植零陵所住精舍》诗："路远清凉宫，一雨悟无学。"注："清凉宫，指月也。"

⑤历历：分明可数。

⑥"我醉拍手狂歌"四句：李白《月下独酌四首》其一："花间一壶酒，独酌无相亲。举杯邀明月，对影成三人。……我歌月徘徊，我舞影零乱。"

⑦今夕不知何夕：《周秦行纪》载，一次，牛僧孺偶行一处，求借宿一宵，无意中竟见到许多古代美人，如王嫱、绿珠、杨贵妃等。她们都一一作诗，牛僧孺也应邀写诗一首："香风引到大罗天，月地云阶拜洞仙。共道人间惆怅事，不知今夕是何年？"

⑧"便欲乘风"三句：《列子·黄帝篇》："（列子）乘风而归。……随风东西……竟不知风乘我邪？我乘风邪？"翻然：亦作幡然，旋转飞翔的样子。鹏翼：《庄子·逍遥游》："北冥有鱼，其名为鲲。鲲之大，不知其几千里也；化而为鸟，其名为鹏。鹏之背，不知其几千里也。怒而飞，其翼若垂天之云。……《谐》之言曰：'鹏之徙于南冥也，水击三千里，抟扶摇而上者九万里……'"

⑨水晶宫：此指月宫。欧阳修《内直对月》诗："水晶宫锁黄金阙，故比人间分外寒。"

【鉴赏】

这首词是1082年中秋，苏轼在黄州时写的，表现了作者对自由生活和美好现实的追求。

满 江 红 （忧喜相寻）

董毅夫名钺，自梓漕得罪，罢官东川，归鄱阳，过东坡于齐安。怪其丰暇自得，余问之。曰："吾再娶柳氏，三日而去官，吾固不戚戚，而忧柳氏不能忘怀于进退也。已而欣然，同忧患若处富贵，吾是以益安焉。"命其侍儿歌其所作《满江红》。嗟叹之不足，乃次其韵①。

忧喜相寻，风雨过，一江春绿②。巫峡梦，至今空有，乱山屏簇③。何似伯鸾携德耀④，箪瓢未足清欢足⑤。渐灿然、光彩照阶庭，生兰玉⑥。

幽梦里，传心曲。肠断处，凭他续。文君婿⑦知否？笑君卑辱。君不见周南歌汉广，天教夫子休乔木⑧。便相将、左手抱琴书，云间宿⑨。

【注释】

①词序据元本。傅注本题首有"杨元素本事曲集"七字，无"罢官东川"，"余问之"等字，"嗟叹"上有"东坡"二字。丰暇自得：指肌肤腴润，容止悠闲。戚戚：忧惧的样子。《论语·述而》："君子坦荡荡，小人长戚戚。"次韵：依照所和词中的韵及其用韵先后次序写词。董钺《满江红》原词不传。

②"忧喜"这三句：意谓董钺虽被罢官，然而却有再娶的志趣相投的柳氏伴随，其心境犹如雨后的一江平静的春水。

③巫峡梦：用宋玉《高唐赋》所载楚怀王梦见巫山神女的故事。注见《永遇乐》（明月如霜）。屏簇：形容巫山诸峰如乱屏簇拥。

④"何似"句《后汉书·逸民传》载，梁鸿字伯鸾，有高节。其妻孟光，取字曰"德耀"，夫妇相敬如宾，曾隐居山中，"以耕织为业，咏诗书，弹琴以自娱"。此以梁鸿、孟光喻董钺与柳氏。

⑤ "箪瓢"句：《论语·雍也》："子曰：'一箪食，一瓢饮，在陋巷，人不堪其忧，回（颜回）也不改其乐！贤哉回也！'"此借以赞叹董钺夫妇能够安贫乐道。

⑥ "渐灿然"二句：《晋书·谢玄传》记载"（谢）安尝戒约子侄，因曰：'子弟亦何预人事，而正欲使其佳？'"诸人莫有言者，玄答曰："譬如芝兰玉树，欲使其生于庭阶耳'。安悦。"此处谓董钺将来必然世德流芳，门户生辉。

⑦ 文君婿：指司马相如。

⑧ "君不见"二句：《诗经·周南·汉广》：是流传于江汉间的一首描写男子求偶失望的诗歌，其中有句云："南有乔木，不可休思。汉有游女，不可求思。"此反用其意。

⑨ "便相将"二句：白居易《草堂记》："左手引妻子，右手抱琴书，终老于斯，以成就我平生之志。"此化用其意。

【鉴赏】

在此词中，作者敞开心扉，坦露胸怀，即景怀古，抒写了内心的心情。

满 庭 芳①（三十三年）

有王长官者，弃官黄州三十三年，黄人谓之王先生。因送陈慥来过余，因为赋此。

三十三年，今谁存者？算只君与长江。凛然苍桧，霜干②苦难双。闻道司州③古县，云溪上、竹坞④松窗。江南岸，不因送子，宁肯过吾邦。摐摐⑤，疏雨过，风林舞破，烟盖云幢⑥。愿持此邀君，一饮空缸。居士⑦先生老矣，真梦里、相对残釭⑧。歌声断，行人未起，船鼓已逢逢⑨。

【注释】

①《满庭芳》：词牌，又名《锁阳台》。分上下两片，上片四处平韵，下片五处平韵，共九十五字。

②干（gàn）：树的主干。

③司州：据《旧唐书·地理志》，武德三年，以黄陂县置南司州，七年州废。此言司州古县，即指黄陂县，宋代属黄州，在黄州西北。

④坞（wù）：小城，土堡，此处指王先生所居处。

⑤摐摐（chuāng）：象声词，此处形容雨声。

⑥幢（chuáng）：古代以羽毛为饰的旗，或作帷幕；此处用以形容云絮在树林上空飘拂。

⑦居士：不作官的儒生。

⑧釭（gāng）：灯。

⑨逢（péng）逢：鼓声。

【鉴赏】

这首词是苏轼发配黄州时的作品，饱含了作者对于王先生人品的仰慕之情。

念 奴 娇 (大江东去)

赤壁①怀古

大江东去，浪淘尽、千古风流人物②。故垒西边，人道是、三国周郎赤壁③。乱石穿空，惊涛拍岸，卷起千堆雪④。江山如画，一时多少豪杰！

遥想公瑾当年，小乔初嫁了，雄姿英发⑤。羽扇纶巾⑥，谈笑间，樯橹灰飞烟灭⑦。故国神游⑧，多情应笑我，早生华发⑨。人生如梦，一樽还酹江月⑩。

【注释】

①赤壁：今湖北省境内名为赤壁的地方有五、六处之多，现一般认为周瑜战败曹兵的赤壁在嘉鱼县东北长江南岸。一说是蒲圻县西北的赤壁山。这里的赤壁，指黄冈城西的赤壁矶（一名赤鼻矶）。

②大江：指长江。浪淘尽：《容斋续笔》卷八《诗词改字》条："向巨源云：元不伐家有鲁直所书东坡《念奴娇》与今人歌不同者数处，如'浪淘尽'为'浪声沉'。"《词综》卷六："按他本'浪声沉'作'浪淘尽'，与调未协。"《词洁》卷四："予谓'浪淘'字虽粗，然'声沉'之下，不能接'千古风流人物'六字，盖此句之意，全属'尽'字，不在'淘'、'沉'二字分别。"此说是。风流人物，指对历史进程发生了一定影响的杰出人物。

③人道是：意谓据人们说是，亦即俗传是的意思。有人以为苏轼把黄冈赤壁误作赤壁之战的战场，其实，苏轼在这里抱有存疑态度。他不过是据传闻姑且即地怀古，而非考证其真伪，所以用"人道是"一语。周郎：周瑜，字公瑾，建安三年（198 年），孙策亲自迎请周瑜，授建威中郎将，瑜时年二十四，吴中皆呼为周郎。事见《三国志·吴志》。

④这三句集中写赤壁的雄奇景象：奇峭不平的石崖高插云层，骇人的巨浪拍裂了江岸，江面上涌起无数堆奔腾的浪涛。傅注本、毛本"崩云"作"穿空"，"裂岸"作"拍岸"。《容斋续笔》卷八《诗词改字》条："'拍岸'为'掠岸'"。

⑤小乔：乔玄的幼女，嫁给了周瑜。孙策攻取皖城，"得桥公两女，皆国色也，策自纳大桥，瑜纳小桥。"（《三国志·吴志·周瑜传》）桥通乔，后人遂作"乔"。英发：卓异不同寻常。孙权与陆逊评论周瑜、吕蒙等人时说，吕蒙的学问筹略可以比得上周瑜，"但言议英发不及之耳！"（同上书）按，《词综》卷六："至于'小乔初嫁'宜句绝，'了'字属下句，乃合。"《古今词话》引毛稚黄语："论调则'了'字当属下句，论意则'了'字当属上句。"《词洁》："'惟了'字上下皆不属，应是凑字。"《听秋声馆词话》卷十三："考宋人词，后段第二、三句作上五下四者甚多。仄韵《念奴娇》本不止一体，似不必比而同之。"

⑥羽扇：羽毛扇。纶（guān）巾：青丝带的头巾。傅注：《三国志·蜀志》写诸葛亮与司马懿交战时，"葛巾毛扇，指麾三军，皆从其进止"。《太平御览》卷三百七十引东晋裴启《语林》，也说诸葛亮"著葛巾，持毛扇，指挥三军"，在后来的小说戏曲中，"羽扇纶巾"似乎成了诸葛亮独有的装束。其实不然，如《晋书·谢万传》说谢万"著白纶巾，鹤氅裘"；同书《顾荣传》载顾荣与陈敏作战时"麾以羽扇，其众溃散"；叶梦得《永遇乐》（天末山横）词："纶巾羽扇，一尊饮罢，目送断鸿千里。"其"纶巾羽扇"指自己的装束。由此可见，这种装束乃是儒将常有的打扮，虽无确证说明周瑜亦曾"羽扇纶巾"，但苏轼移用来刻画周瑜的形象，是为了说明他风流儒雅，临战从容镇定，符合上下文意。

⑦此指周瑜火烧曹军史事。当时周瑜采纳部将黄盖的建议，用蒙冲战舰数

十艘，装上薪草，灌上膏油，裹上帷幕，诈称来降，驶向北岸曹操水军，一齐发火，时风猛火烈，霎时烟炎张天，烧光了曹船。樯橹，指曹军的战船。樯橹，朱本，龙笺本作"强虏"。《野客丛书》卷二十四："淮东将领王智夫言：尝见东坡亲染所制水调词，其词谓'樯橹'为信然"。《草堂诗余正集》卷四："'樯橹'二字优于'强虏'。"按，"樯橹"较妥，从之。

⑧即神游故国。神游，神往。故国，指三国的陈迹。

⑨即应笑我多情早生华发。刘驾《山中夜坐》诗有"谁遣我多情，壮年无鬓发"之句。

⑩人间：一作"人生"。如梦：《容斋续笔》卷八《诗词改字》条："如梦"为"如寄"。酹（lèi）：洒酒祭奠，这里是对江中月影而言，所以说"酹"。

【鉴赏】

　　全词借古抒怀，将写景咏史、抒情容为一体，借咏史抒发作者积极入世但年已半百，仍功业无成的感慨。

满 庭 芳① (归去来兮)

余谪居黄州五年②，将赴临汝，作《满庭芳》一篇别黄人③。既至南都，蒙恩放归阳羡④，复作一篇。

归去来兮，清溪无底，上有千仞嵯峨⑤。画楼东畔，天远夕阳多⑥。老去君恩未报，空回首、弹铗悲歌⑦。船头转，长风万里⑧，归马驻平坡⑨。

无何⑩，何处有？银潢尽处，天女停梭，问何事人间，久戏风波⑪？顾谓同来稚子⑫，应烂汝、腰下长柯⑬。青衫破，群仙笑我，千缕挂烟蓑⑭。

【注释】

①此词元丰八年（1085）二月作于南京（今河南商丘）。

②谪居黄州五年：苏轼以乌台诗案于元丰三年（1080）初贬为黄州团练副使，至元丰七年（1084）四月量移汝州时始离去，前后共五年。

③临汝：即汝州。

④阳羡：今江苏宜兴。时属常州府，苏轼旧有田产在阳羡。

⑤"清溪"二句：写宜兴山水之美。一般八尺为仞，千仞，形容山势极高。嵯峨：高峻貌。

⑥画楼：指在宜兴的住宅。天远：指距汴京甚远。

⑦弹铗：战国时齐国孟尝君食客冯谖，因未受重视，歌曰："长铗归来乎，食无鱼。"后又歌曰："长铗归来乎，出无车。"（见《战国策·齐策》）此喻才华未展。清刘熙载《艺概》卷四以为"词以不犯本位为高"，以上三句"语诚慷慨，然不若《水调歌头》'我欲乘风归去，又恐琼楼玉宇，高处不胜寒'，尤觉空灵蕴藉。"

⑧长风万里：《宋书·宗悫传》："愿乘长风破万里浪。"

⑨"归马"句：形容速度之快。宋周必大《益公题跋·书东坡宜兴事》："军中谓壮士驰骏马下峻坡为注坡。"并称此三句"盖喻归兴之快如此"。苏轼《百步洪》诗亦有"骏马下注千丈坡"之句，喻水流之速。

⑩无何：无何有之乡的省称。《庄子·列御寇》："彼至人者，归精神乎无始，而甘冥乎无何有之乡。"此指脱离尘俗的空想境界。

⑪"银潢"四句：谓银河边的织女停梭问作者，为何在人间久戏风波。

⑫稚子：当指作者之子苏过。

⑬长柯：相传古代王质至信安郡石室山伐木，见童子数人，下棋唱歌。一会儿，斧柯（柄）烂尽，既归，同时代的人都已不在。见《述异记》。此喻世事变迁之快。

⑭"青衫"三句：喻由官转为民。青衫：低级官服。烟蓑：渔蓑，渔蓑。

【鉴赏】

这首词作于词人元丰八年二月在南京时，表达了词人心中的想法，层层深入，动人心魄。

水调歌头（落日绣帘卷）

快哉亭^①作

落日绣帘卷，亭下水连空。知君为我新作，窗户湿青红^②。长记平山堂^③上，欹枕^④江南烟雨，杳杳没孤鸿。认得醉翁语，山色有无中^⑤。

一千顷，都镜净，倒碧峰。忽然浪起，掀舞一叶白头翁^⑥。堪笑兰台公子，未解庄生天籁，刚道有雌雄^⑦。一点浩然气，千里快哉风^⑧！

【注释】

①快哉亭：在黄州。苏辙《黄州快哉亭记》说："清河张君梦得谪居齐安（黄州），即其庐之西南为亭，以览观江流之胜，而余兄子瞻名之曰'快哉'。"

②窗户湿青红：窗户上新涂饰上青油朱漆。

③平山堂：在扬州西北蜀冈上，欧阳修知扬州时所建。作者在写这首词之前，曾"三过平堂下"（《西江月·平山堂》），最后一次在元丰二年四月，故云"长记"。

④欹枕：倚枕（遥望）。叶梦得《避暑录话》："平山堂壮丽为淮南第一。上据蜀冈，下临江南数百里，真、润、金陵三州，隐隐若可见。"

⑤醉翁：指欧阳修，他自号醉翁。其《朝中措·平山堂》词云："平山栏槛倚晴空，山色有无中。"按"山色"句实本王维《汉江临泛》："江流天地外，山色有无中。" 认得：体会到。

⑥一叶：指小舟。白头翁：本为鸟名，这里借指驾驭轻舟的白发老翁。

⑦兰台公子：指宋玉，他曾侍从楚襄王游兰台之宫，任兰台令。庄生：指庄周。天籁：自然界的奇妙声响。此代指风。《庄子·齐物论》："女（汝）闻

人籁而未闻地籁，女闻地籁而未闻天籁。"刚道：硬说。雌雄：宋玉曾把风分成"大王之雄风"与"庶人之雌风"。

⑧浩然气：《孟子·公孙丑上》："我善养吾浩然之气。"这是一种"至大至刚"、"塞于天地之间"的正气。快哉风：宋玉《风赋》："有风飒然而至，王乃披襟而当之曰：'快哉此风！'"

【鉴赏】

这首词的独到的特色就是它把写景、抒情和议论熔为一炉，表现作者身处逆境，泰然处之，大气凛然的精神世界。

如 梦 令① （为向东坡传语）

为向东坡传语②，人在玉堂③深处。别后④有谁来？雪压小桥无路。归去，归去，江上一犁春雨⑤。

【注释】

①此词作于元祐二年（1087）前后。傅干注云："寄黄州扬使君二首，公时在翰苑。"苏轼于元祐元年九月除翰林学士，四年春三月除龙图阁学士知杭州。词当作于此一时期。

②"为向"句：意谓托杨使君向东坡捎句话。东坡：指贬谪黄州时的旧居以及邻人。

③玉堂：指翰林苑。《汉书·李寻传》王先谦补注引何焯："汉时待诏于玉堂殿，唐时待诏于翰林苑。至宋以后，翰林遂蒙玉堂之号。"

④别后：苏轼于元丰七年（1084）四月离开黄州。

⑤一犁春雨：浸透一犁深泥土的春雨。谓雨量充足，恰宜春耕。俞成《萤雪丛说》卷上《诗随景物下语》："杜诗'丹霞一缕轻'、胡少汲诗'隋堤烟雨一帆轻'；至若骚人，于渔父则曰'一蓑烟雨'，于农夫则曰'一犁春雨'，于舟子则曰'一篙春水'：皆曲尽形容之妙也。"

【鉴赏】

这首词抒发词人怀念黄州之情，表现旧耕东城之意，是作者当时特定生活和心理状态的真实反映及流露。

鹧 鸪 天 (林断山明竹隐墙)

林断山明竹隐墙,乱蝉衰草小池塘。翻空白鸟时时见,照水红蕖细①细香。

村舍外,古城旁,杖藜徐步转斜阳②。殷勤③昨夜三更雨,又得浮生④一日凉。

【注释】

①红蕖:红色的荷花。蕖,芙蕖,荷花的别称。

②"杖藜"句:杜甫《绝句漫兴九首》其四有"杖藜徐步立芳洲"之句。

③殷勤:此指雨下得及时,可人意。

④浮生:旧时认为人生飘忽不定,故称为浮生。

【鉴赏】

此词为作者贬谪黄州时所作,是他当时乡间幽居生活的写照,词中所表现的是作者雨后游赏的欢快。

点 绛 唇 (我辈情钟)

己巳重九和苏坚①

我辈情钟②，古来谁似龙山宴③？而今楚甸，戏马馀飞观④。

顾谓佳人，不觉秋强半⑤。筝声远，鬓云撩乱，愁入参差雁⑥。

【注释】

①己巳重九：即元祐四年（1089）重阳节。　苏坚：字伯固，北宋澧州澧阳人。曾官杭州通判，助苏轼修西湖。二人交厚，彼此唱和颇多。

②"我辈"句：《世说新语·伤逝》载王戎语："圣人忘情，最下不及情。情之所钟，正在我辈。"

③龙山宴：晋代征西大将军桓温尝于九月九日设宴于龙山（今湖北江陵县西北），宾僚咸集，皆着戎装。孟嘉时为参军，风吹帽落，初不自觉。桓温令孙盛作诗嘲之，嘉即时以答，四坐叹服。

④"而今"二句：回忆元丰元年（1078）在徐州度重阳节而兴起感慨。熙宁十年徐州大水，未庆重阳；元丰元年始庆重阳，故苏轼《九日黄楼作》诗云："去年重阳不可说，南城夜半千沤发。""岂知还复有今年，把盏对花容一呷。"楚甸：徐州古为楚地，故称。戏马：台名，项羽所建，在徐州市南。晋安帝义熙十二年（416），刘裕为宋公时，曾在北征途中于重阳日登灵光殿赋："阳榭外望，高楼飞观。"曹植《东征赋》："登城隅之飞观兮，望六师之所营。"

⑤秋强半：重阳节在九月初九，勉强算是秋季的一半。

⑥参差雁：筝上弦柱斜列如雁行。晏几道《菩萨蛮》（哀筝一弄江南曲）有"纤指十三弦"、"玉柱斜飞雁"之句。因其不齐，故曰参差。此句云佳人

弹筝，将自己的愁情注入弦音之中。

【鉴赏】

这首词抒发了作者的内心世界，含蓄委婉，境界高迈。

西 江 月（点点楼头细雨）

重阳栖霞楼①作

点点楼头细雨，重重江外平湖。当年戏马会东徐②，今日凄凉南浦③。
莫恨黄花④未吐，且教红粉⑤相扶。酒阑不必看茱萸⑥，俯仰人间今古。

【注释】

①栖霞楼：黄州（今湖北黄冈）佳胜之地，同邱孝终任黄州太守时建。

②戏马：戏马台，在徐州城南，项羽所筑。南朝刘宋时，宋武帝刘裕及谢
瞻、谢灵运等著名文士曾于重阳在台上置宴，送孔靖辞事东归。徐：徐州。

③南浦：指送别之地。江淹《别赋》："春草碧色，春水渌波。送君南浦，
伤如之何！"

④黄花：菊花。

⑤红粉：一般指美女，此当指侍女。

⑥阑：残，尽。茱萸：一种植物，有香气，可入药。古人逢重阳有佩茱萸
囊或头插茱萸的风俗，认为可以避邪恶、御初寒。

【鉴赏】

这首词抒发了词人心中的愁绪，情景交融，意境幽深。

黄庭坚①

水调歌头 (瑶草一何碧)

游览

瑶草②一何碧，春入武陵溪，溪上桃花无数，枝上有黄鹂。我欲穿花寻路，直入白云深处，浩气展虹霓。只恐花深里，红露湿人衣。

坐玉石，倚玉枕，拂金徽。谪仙③何处，无人伴我白螺杯。我为灵芝仙草，不为朱唇丹脸④，长啸亦何为？醉舞下山去，明月逐人归。

【注释】

①黄庭坚：(1045～1105)，字鲁直，又号山谷道人、涪翁，祖籍洪州分宁（今属江西修水）。宋英宗治平四年（1067）中进士，受新旧党争之祸，一生仕途不顺，但以文名世，早年师从苏轼，为"苏门四学士"之一。他诗、词俱佳，尤其善诗，是江西诗派的祖师。其词与秦观齐名，秀逸豪放兼得。著有《山谷集》。

②瑶草：这里指仙草。

③谪仙：代指李白。

④朱唇丹脸：指世俗中专注于功名的人。

【鉴赏】

本词写于词人被贬期间，通过对一次春游的描述，表达了词人对俗世的厌倦和不与世俗同流合污的高洁品质，同时也体现出了他在出、入世问题上的踌躇心态。

虞美人 (天涯也有江南信)

宜州见梅作

天涯①也有江南信，梅破知春近。夜阑风细得香迟，不道晓来开遍向南枝。

玉台弄粉②花应妒，飘到眉心住。平生个里愿杯深，去国十年老尽少年心。

【注释】

①天涯：代指词人此时被贬之地。

【鉴赏】

这首词托物言志，饱含着词人去国怀乡、仕途失意的落寞之情，同时也流露出因天涯见梅而生发的欣喜之情，哀而不伤。

念 奴 娇 （断虹霁雨）

八月十七日，同诸生步自永安城①，过张宽夫园待月。偶有名酒，因以金荷酌众客。客有孙彦立，善吹笛。援笔作乐府长短句，文不加点。

断虹霁雨，净秋空，山染修眉新绿。桂影扶疏②，谁便道，今夕清辉不足？万里青天，姮娥何处，驾此一轮玉。寒光零乱，为谁偏照醽醁③？

年少从我追游，晚凉幽径，绕张园森木。共倒金荷，家万里，难得尊前相属。老子平生，江南江北，最爱临风笛。孙郎微笑，坐来④声喷霜竹⑤。

【注释】

①永安城：指白帝城，地理位置十分重要。

②扶疏：枝叶分披貌，意为枝叶繁茂。

③醽醁：好酒。

④坐来：马上。

⑤霜竹：竹笛。

【鉴赏】

全词意气纵横，充分显示了词人不惧人生坎坷、世事艰险的旷达胸怀，反映出其宠辱不惊、坐看风云的人生态度。

南 乡 子 (诸将说封侯)

重阳日，宜州城楼宴集，即席作。

诸将说封侯，短笛长歌独倚楼。万事尽随风雨去，休休，戏马台南金络头①。

催酒莫迟留，酒味今秋似去秋。花向老人头上笑，羞羞，白发簪花不解愁。

【注释】

①金络头：精美的马笼头，代指功名。

【鉴赏】

这首词是黄庭坚在生前最后一个重阳节所作，堪称绝笔之作。词人在词中对自己的风雨一生表达了无限的感慨，字里行间流露着其对世俗名利的厌弃，同时抒发了对酒当歌、及时行乐的旷达之情。

定风波 （万里黔中一漏天）

次高左藏使君韵

万里黔中一漏天，屋居终日似乘船。及至重阳天也霁，催醉，鬼门关外蜀江前。

莫笑老翁犹气岸，君看，几人黄菊上华颠①？戏马台南追两谢②，驰射，风流犹拍古人肩。

【注释】

①华颠：白头。
②两谢：即谢瞻和谢灵运。

【鉴赏】

这首词作于词人被贬黔州之时。通过对重阳佳节的描述，显示出词人身处逆境而宠辱不惊的旷达胸襟，表现出词人身老而的心不老的积极进取精神。

秦 观①

望 海 潮 (梅英疏淡)

　　梅英②疏淡，冰澌溶泄③，东风暗换年华④。金谷俊游⑤，铜驼巷陌⑥，新晴细履平沙⑦。长记误随车⑧。正絮翻蝶舞，芳思⑨交加。柳下桃蹊，乱分春色到人家⑩。

　　西园夜饮鸣笳⑪。有华灯碍月⑫，飞盖妨花。兰苑未空⑬，行人⑭渐老，重来是事⑮堪嗟。烟暝⑯酒旗斜。但倚楼极目，时见栖鸦。无奈归心，暗随流水到天涯。

【注释】

　　①秦观：（1049～1100），字少游，号淮海居士，扬州高邮（今属江苏）人，元丰八年（1085）进士。"苏门四学士"之一。北宋后期著名婉约派词人，其词多描写男女情爱和抒发仕途失意，音律谐美、文字工巧。其代表作有《鹊桥仙》（纤云弄巧）等。著有《淮海集》。

②梅英：梅花。

③冰澌溶泄：冰块溶化流动。澌，本应为"澌。"

④"东风"句：东风吹拂，不觉又入新年。年华，年岁、时光。

⑤金谷俊游：金谷胜侣。金谷，晋石崇别墅名园，在洛阳城西。石崇豪富奢靡，金谷为其饮宴玩乐之处。俊游，高朋胜侣。

⑥铜驼巷陌：洛阳铜驼街。

⑦细履平沙：漫步于坦道。平沙，路上草尚未长。

⑧"长记"句：长记，常记。误随车，无意中错随别家眷车辆。

⑨芳思：犹言春情。

⑩"柳下"二句：《史记·李将军列传》："谚曰：桃李不言，下自成蹊。"王涯《游春词》："经过柳陌与桃蹊"。

⑪"西园"句：写名园夜宴。西园，洛阳、开封俱有之。此处明指洛阳西园，实指开封西园。鸣笳，吹奏胡笳。胡笳，古管乐器。汉时流行塞北及西域。

⑫华灯碍月：明灯妨碍欣赏月色。

⑬兰苑未空：名园尚未荒芜。兰苑，指园林。

⑭行人：此处作者自指。

⑮是事：事事。

⑯烟暝：夜雾迷漫。

【鉴赏】

此词不仅在于追怀过往的游乐生活，还有政治失意之慨叹包含其中，以昔衬今，极富感染力。

水 龙 吟（小楼连苑横空）

小楼连苑横空，下窥绣毂雕鞍骤①。朱帘半卷，单衣初试，清明时候。破暖轻风，弄晴微雨②，欲无还有。卖花声过尽，斜阳院落，红成阵③、飞鸳甃④。

玉佩丁东别后⑤，怅佳期、参差难又⑥。名缰利锁⑦，天还知道，和天也瘦⑧。花下重门，柳边深巷，不堪回首。念多情，但有当时皓月，向人依旧。

【注释】

①"小楼"二句：有少游《水龙吟》云："小楼连苑横空，下窥绣毂雕鞍骤。"犹且不免为东坡见诮。《艇斋诗话》云："小楼连苑横空，为都下一妓姓楼名琬字东玉，词中欲藏'楼琬'二字。然少游亦自用出处。张籍诗云：'妾家高楼连苑起。'"绣毂雕鞍，指华贵的车骑。

②"破暖"二句：谓春风送暖，雨过天晴。

③红成阵：红花凋落如阵雨。

④飞鸳甃：落花飞坠鸳井。鸳甃，井壁之砖两两相对。

⑤"玉佩"句：玉做的佩饰相击发出丁东之声。一说"玉佩丁东"暗含营妓娄婉字东玉之意。

⑥参差难又：机会错过难再逢。参差，这里指失错。

⑦名缰利锁：为名利所束缚。

⑧"天还知道"二句：前人谓此本李贺《金铜仙人辞汉歌》之"天若有情天亦老"之意。还知道：如若知道。和：连。

【鉴赏】

此词写一位妇人一整天的相思之情。

满 庭 芳 (山抹微云)

山抹微云，天连衰草，画角声断谯门①。暂停征棹，聊共引离尊②。多少蓬莱旧事③，空回首，烟霭纷纷。斜阳外，寒鸦万点，流水绕孤村④。

销魂，当此际，香囊暗解，罗带轻分⑤。谩赢得，青楼薄幸名存⑥。此去何时见也，襟袖上，空惹啼痕。伤情处，高城望断，灯火已黄昏⑦。

【注释】

①画角：古代军乐器，出自西羌。形如竹筒，供吹奏的一端细，另一端粗大，用竹木或皮革制成，也有用铜制成的，外施彩绘，故名画角。谯门：即谯楼。古时建在城门上的高楼，用来瞭望敌情。

②征棹：远行的船。棹，船桨。引离尊：指饯别时不停地举杯相属。引，举起。

③蓬莱旧事：此处指恋爱往事。据此，蓬莱当指会稽蓬莱阁。

④"寒鸦万点"二句：隋炀帝诗："寒鸦千万点，流水绕孤村。"这两句出于此。

⑤"香囊"句：是说自己偷偷地解下所佩香袋赠给对方，作为别后的纪念。"罗带轻分"句：是说对方轻轻解开用罗带打成的同心结来表达别情。

⑥谩：空，徒然。青楼：妓院。

⑦"伤情处"三句：写一片伤心之中，回头远望，不见离人，只看到日

暮时分的满城灯火。

【鉴赏】

这首《满庭芳》是秦观最杰出的词作之一，该词层次递进，井然不紊，抒写了惜别、流连难舍之意。

满 庭 芳① （红蓼花繁）

红蓼花繁，黄芦叶乱，夜深玉露初零②。霁天空阔，云淡楚江清③。独棹孤篷小艇，悠悠过，烟渚沙汀④。金钩细，丝纶慢卷，牵动一潭星⑤。

时时，横短笛，清风皓月，相与忘形⑥。任人笑，生涯泛梗飘萍⑦。饮罢不妨醉卧，尘劳事⑧，有耳谁听。江风静，日高未起，枕上酒微醒。

【注释】

①此词咏秋江钓隐之乐。

②红蓼：一种生长水边的草本植物，花淡红色。黄芦：秋天的芦苇。零：坠。

③霁天：天气放晴清朗的天空。楚江：古楚地的河流。

④棹：指驾船。悠悠：自由自在的样子。渚：水中小洲。汀：水边平地。沙汀，沙滩。

⑤金钩：钓钩。丝纶：钓线。

⑥相与忘形：指人与自然融为一体，忘了自我形体的存在。

⑦生涯：生活。泛梗飘萍：比喻漂泊不定。泛，浮。

⑧尘劳事：使人烦恼、劳累的世俗事务。

【鉴赏】

此词当作于公元1097年作者谪处郴州时，词之上片描绘楚江月夜独钓的情景，下片侧重与楚江月夜独醉，全词如诗如画。

江 城 子① （西城杨柳弄春柔）

西城杨柳②弄春柔，动离忧，泪难收。犹记多情③曾为系归舟。碧野朱桥④当日事，人不见，水空流。

韶华⑤不为少年留，恨悠悠，几时休？飞絮落花时候，一登楼。便做春江都是泪，流不尽，许多愁。

【注释】

①作于绍圣元年（1094）春三月即将离开汴京之时。当时秦观被贬为杭州通判，将离京赴任。

②西城杨柳：指汴京。

③多情：指柳树。古诗词中常以杨柳比喻人之多情。

④碧野朱桥：指游乐之地。

⑤韶华：青春时光。

【鉴赏】

此为少游前期的暮春别恨之作，抒发了其愁情别恨，言尽而情不尽。

江 城 子① （南来飞燕北归鸿）

南来飞燕北归鸿②，偶相逢，惨愁容。绿鬓朱颜，重见两衰翁③。别后悠悠君莫问，无限事，不言中。

小槽春酒滴珠江④，莫匆匆，满金钟。饮散落花流水，各西东。后会不知何处是，烟浪远，暮云重⑤。

【注释】

①元符三年（1100）在雷州（今广乐海康县）时作。苏轼于同年六月二十五日过雷州与秦观相会。

②"南来"句：南来燕，作者自喻，时作者屡屡遭贬而南迁。北归鸿喻苏轼由琼州北还。

③绿鬓朱颜：黑发红颜，指青春年少时容貌。两衰翁：指苏轼与作者自己。

④"小槽"句：化用唐·李贺《将进酒》诗句："琉璃钟，琥珀浓，小槽酒滴真珠红。"指酒的色味俱绝。小槽，酿酒器具。春酒，美酒。珠红，酒名，即珍珠红。

⑤暮云重：喻友人关山远隔。

【鉴赏】

两友偶然重逢，彼此经历世事，青春已逝，别离后的种种经历，两人亦无须再相问，一切尽在不言中，其中夹杂着词人的一抹哀痛。

鹊 桥 仙 (纤云弄巧)

纤云弄巧①，飞星传恨②，银汉③迢迢暗度④。金风玉露一相逢⑤，便胜却、人间无数⑥。

柔情似水⑦，佳期如梦⑧，忍顾鹊桥归路⑨。两情若是久长时⑩，又岂在、朝朝暮暮⑪。

【注释】

①纤云弄巧：缕缕云彩做弄出巧妙形状。纤云，纤细之云缕。

②飞星传恨：飞星，流星。传恨，想拟之词，以牵牛、织女两星平时不得相会，相互间应有无限愁苦。

③银汉：银河，天河。

④迢迢暗度：传说七月七日织女渡过银河与牵牛相会。

⑤"金风"句：指七夕相会。金风，秋风。玉露，白露。金风玉露用以指秋天。

⑥"便胜却"句：谓相见虽稀，然天长地久，情爱永在，比之犹胜过人间。

⑦柔情似水：喻温柔多情之甚。

⑧佳期如梦：佳会之时恍若梦境。

⑨"忍顾"句：谓怎忍想到回去。鹊桥：织女渡银河时乌鹊相聚成桥。

⑩ "两情"句：杜甫《牵牛织女》诗："飒然精灵合，何必秋遂逢。"
意同。

⑪朝朝暮暮：意为每日每夜。

【鉴赏】

这是一首咏七夕的节序词。此词融写景、抒情与议论于一炉，叙写牵牛、织女二星相爱的神话故事，赋予这对仙侣浓郁的人情味，讴歌了真挚、细腻、纯洁、坚贞的爱情。

千 秋 岁 (水边沙外)

水边沙外，城郭春寒退。花影乱，莺声碎①。飘零疏酒盏，离别宽衣带②。人不见，碧云暮合空相对③。

忆昔西池会，鵷鹭同飞盖④。携手处，今谁在？日边清梦断，镜里朱颜改⑤。春去也，飞红万点愁如海！

【注释】

① "花影乱"二句：写春深景物。唐杜荀鹤《春宫怨》诗："风暖鸟声碎，日高花影重。"

② "离别"句：柳永《凤栖梧》词："衣带渐宽终不悔，为伊消得人憔悴。"

③ "人不见"二句：南朝江淹《休上人怨别》诗："日暮碧云合，佳人殊未来。"

④ "忆昔西池会" 二句：此处作者回忆元祐七年三月中浣日的 "西城宴集" 情景。西池，指金明池，在当时汴京城西郑门外。鹓鹭，指朝官的行列。因其整齐有序有似鹓鹭的队形。《隋书·音乐志》："怀黄绾白，鹓鹭成行。"

⑤ 日边：古人以日喻帝王，这里借指皇帝身边。朱颜：此处泛指青春年华。

【鉴赏】

这首词将身世之感融入其中，感情深挚悲切，通过该词浓郁的意境渲染来表达其悲切之情。

踏 莎 行 (雾失楼台)

雾失楼台①，月迷津渡②。桃源望断无寻处③。可堪④孤馆闭春寒，杜鹃声里斜阳暮⑤。

驿寄梅花⑥，鱼传尺素⑦。砌成此恨无重数⑧。郴江幸自绕郴山，为谁流下潇湘去⑨。

【注释】

①雾失楼台：夜雾笼罩楼台，遮失不见。

②月迷津渡：月光使渡口看不分明。津渡，渡口。

③ "桃源" 句：极目远望，桃花源无处可寻，桃源，指陶潜《桃花源记》中所写隔绝人世之理想境界。

④可堪：哪堪。

⑤"杜鹃"句：谓日暮时闻杜鹃悲啼，尤惹人产生乡愁。杜鹃，即子规鸟。

⑥驿寄梅花：《荆州记》："宋陆凯与范晔相善，自江南寄梅花与晔，并赠诗曰：'折梅逢驿使，寄与陇头人。江南无所有，聊赠一枝春。'"后常以此写朋友之思。

⑦鱼传尺素：李白《赠汉阳辅录事》二首之二云："汉口双鱼白锦鳞，令传尺素报情人。"王琦注云："杨升庵曰：古乐府：'尺素如残雪，结成双鲤鱼。要知心里事，看取腹中书。'"据此知古人民素结为鲤鱼形，即缄也。

⑧"砌成"句：谓亲友之关注慰问，更增加一己之离恨。

⑨"郴江"二句：谓郴江本铅郴山，为何流去潇湘之远处？郴江，水名，源自郴州东面黄岑山，北流入湘江之支流耒水。幸自，本自。

【鉴赏】

此词表达了词人失意的凄苦和哀怨的心情，流露了对现实政治一定程度的不满。

蝶 恋 花（晓日窥轩双燕语）

晓日窥轩双燕语①。似与佳人，共惜春将暮。屈指艳阳都几许②。可无时霎③闲风雨。

流水落花④无问处。只有飞云，冉冉来还去⑤。持酒劝云云且住。凭君碍断春归路⑥。

【注释】

①晓日窥轩：谓朝阳在不知不觉中照进户内。窥轩，向窗内偷看。

②都几许：算来几许。

③时霎：即霎时，依词律倒装。

④流水落花：李煜《浪淘沙》词："流水落花春去也，天上人间。"

⑤"只有"句：僧休《山居》诗："绿遍空阶云冉冉。"冉冉，徐徐飞动。

⑥"持酒"二句：苏轼《虞美人》词："持杯遥劝天边月，愿月圆无缺。"句意相似。

【鉴赏】

此词表达了词人一种无奈的心境，构思巧妙，言辞哀婉。

浣 溪 沙 (漠漠轻寒上小楼)

漠漠①轻寒上小楼。晓阴②无赖③似穷秋④。淡烟流水⑤画屏幽。 自在飞花轻似梦⑥，无边丝雨⑦细如愁。宝帘闲挂小银钩。

【注释】

①漠漠：寂静无声。

②晓阴：清晨阴晦。

③无赖：无聊，无趣。

④穷秋：晚秋，深秋。

⑤淡烟流水：指画屏上景致。

⑥自在句：冯延巳《鹊踏枝》词："撩乱春愁如柳絮，悠悠梦里无寻处。"俱有相似处。然少游"自在飞花"句自是创语。自在，闲静安适。杜甫《放船》诗："江流大自在，坐稳兴悠哉！"

⑦无边丝雨：状雨之广被而细。

【鉴赏】

此词抒写的是淡淡春愁，它以轻淡的色笔，白描的手法，十分熨帖地写出了环境氛围，抒发了主人公那轻轻的寂寞和百无聊赖的闲愁。

浣 溪 沙（锦帐重重卷暮霞）

锦帐重重卷暮霞。屏风①曲曲斗红牙②。恨人③何事苦离家。
枕上梦魂飞不去，觉来红日又西斜。满庭芳草衬残花。

【注释】

①屏风：室内隔扇，以木为之，多有雕绘。

②斗红牙：竞拍红牙演唱也。斗，此指竞相演奏。红牙，红木拍板，演奏时用以节乐。

③恨人：失意抱恨者。此处作者自指。

【鉴赏】

这首词暗示了主人公内心的无限哀思，展现了荒凉凄冷之美。

如 梦 令 (楼外残阳红满)

楼外残阳红满，春入柳条将半。桃李不禁风，回首落英①无限。肠断②，肠断，人共楚天③俱远。

【注释】

①落英：落花。

②肠断：形容悲伤之极。

③楚天：楚地的天空。古代楚国在荆湘一带，因以泛指南方。

【鉴赏】

这首词借景抒情，抒发了词人心中的悲伤情感，催人泪下。

如 梦 令 （池上春归何处）

池上春归何处，满目落花飞絮^①。孤馆悄无人，梦断月堤归路^②。无绪，无绪，帘外五更风雨^③。

【注释】

① "池上"二句：是说池塘岸边，花落絮飞，暗示着春天已经离去。

② "梦断"句：是说正梦见"月堤归路"，忽地醒来。

③ "帘外"句：欧阳修《浪淘沙》词："帘外五更风，吹梦无踪。"

【鉴赏】

该词描绘了词人内心的孤寂落寞、情感深沉。

临 江 仙 （千里潇湘接蓝浦）

千里潇湘接蓝^①浦，兰桡^②昔日曾经。月高风定露华清。微波澄不动，冷浸一天星^③。

独倚危樯^④情悄悄，遥闻妃瑟^⑤泠泠^⑥。新声含尽古今情。曲终人不见，江上数峰青^⑦。

【注释】

①接蓝：义同"揉蓝"。本指染色，此指蓝色。白居易《春池上戏赠李郎中》诗："直似接蓝新汁色，与君南宅染罗裙。"

②兰桡：以木兰制成之船桨。

③微波二句：白居易《宿湖中》诗："浸月冷波千顷练"。欧阳炯《西江月》词："月映长江秋水，分明冷浸星河。"秦河与之皆有似处。

④危樯：高竖之船桅。

⑤妃瑟：湘妃所奏瑟。湘灵，湘水之神，即湘夫人，传为舜妃。

⑥泠泠：琴瑟之音。

⑦"曲终"二句：借用钱起《湘灵鼓瑟》诗成句。

【鉴赏】

这首词写于宋哲宗绍圣三年作者贬官郴州时，回忆昔日曾经潇湘的苦涩历程。上片写景下片写情，通过写湘妃瑟声所表达的对舜帝的思念，来抒发作者的幽怨。

临 江 仙 （髻子偎人娇不整）

髻子偎人娇不整，眼儿失睡微重。寻思模样早惺忪①。断肠携手，何事太匆匆。

不忍残红犹在臂，翻疑梦里相逢②。遥怜南埭③上孤篷④。夕阳流水，红满泪痕中。

【注释】

①"寻思"句：谓思索己之模样而忽然明白即将分手。惺忪，苏醒、清醒貌。

②"翻疑"句：晏几道《鹧鸪天》词："今宵剩把银釭照，犹恐相逢是梦中。"相似。俱脱胎自杜诗《羌村》。

③《南埭》堤名。在南京。李商隐《咏史》诗："北湖南埭水漫漫，一片降旗百尺竿。"冯浩注："李雁湖注王荆公诗引《建康志》，南埭，今上水闸也，正对青溪闸。"埭，堵水之土堤。

④孤篷：小篷船。

【鉴赏】

该词写了离情别绪，把一腔愁思表现得凄婉动人，让人读之黯然。

好 事 近 (春路雨添花)

梦中作①

春路雨添花，花动一山春色。行到小溪深处，有黄鹂千百。

飞云当面化龙蛇，夭矫转空碧②。醉卧古藤阴下，了不知③南北。

【注释】

①该词绍圣二年（1095）作于处州（今浙江丽水县），见惠洪《冷斋夜话》。

②天矫：形容纵恣飞腾。

③了不知：全然不知。了：全，都。

【鉴赏】

此词名扬于时，先写山中漫游，再写飞云空中变幻和醉卧在藤阴下，整首词出语奇警，意境幽绝。

添 春 色① (唤起一声人悄)

唤起一声人悄。衾冷②梦寒窗晓。瘴雨③过，海棠④开，春色又添多少。社瓮⑤酿成微笑。半缺瘿瓢⑥共舀。觉健倒⑦，急投床，醉乡广大人间小。

【注释】

①《全宋词》校："案此首原无调名，据《全芳备祖》前集卷七海棠门。"徐案：此首早见于宋胡仔《苕溪渔隐丛话》前集卷五十及阮阅《侍话总龟》卷十五，皆引《冷斋夜话》云，东坡爱之，"恨不得其腔。"《花草粹编》卷四调名作"醉乡春"。

②衾冷："苕溪"作"衾暖"，"总龟"作"衾枕"。

③瘴雨：旧时谓湖广一带湿热蒸郁易致病的雨水。

④海棠开：《冷斋》作"海棠晴"。

⑤社瓮：指春社所用的酒。

⑥半缺瘿瓢：谓破损的瓢。瓢，剖葫芦为二而成。瘿，圆形肿瘤，形容瓢之形状。汲古阁本《淮海词》作"椰"，椰瓢为岭南产物，义较胜。案"半

缺"《冷斋》作"半破"。

⑦觉健倒：汉古阁本《淮海词》作"觉倾倒"。

【鉴赏】

这首词婉丽而豁达，表达了词人由忧郁到喜兴的心情，再没有落在异乡为异客的苦感了。

画 堂 春(东风吹柳日初长)

春 情①

东风吹柳日初长。雨余芳草斜阳。杏花零落燕泥香②。睡损红妆。

香篆③暗消鸾凤，画屏萦绕潇湘④。暮寒轻透薄罗裳。无限思量。

【注释】

①《全宋词》案："此首别见明刻本《豫章黄先生词》。"徐案：毛晋汲古阁本《淮海词》题下附注："或言山谷年十六年。"然不足信，以其皆后于黄升《花庵词选》也。

②"雨余"二句：王国维《词辨》谓："温飞卿《菩萨蛮》：'雨后却斜阳，杏花零落香。'少游之'雨余芳草斜阳，杏花零落燕泥香'，虽自此脱胎，而实有出蓝之妙。"

③香篆：毛本作"宝篆"，即今之盘香。

④潇湘：谓屏风上绘的潇湘风景。萦绕，毛本作"云锁"。

【鉴赏】

全词写一位美人的春睡，妙处在于白昼里红窗睡稳，夜晚间枕畔难安，以白昼与黑夜对照，说明女主人公正常的生活规律被打乱，足见其心中必有所思。

木兰花慢 （过秦淮旷望）

过秦淮①旷望，迥萧洒②、绝纤尘。爱清景风蛩③，吟鞭醉帽④，时度疏林。秋来政⑤情味淡，更一重烟水一重云。千古行人旧恨，尽应分付今人。

渔村。望断衡门⑥。芦荻浦、雁先闻。对触目凄凉，红凋岸蓼，翠减汀苹。凭高正千嶂黯，便无情到此也销魂。江月知人念远，上楼来照黄昏。

【注释】

①秦淮：秦淮河，在今江苏南京市内。

②萧洒：寥廓凄清貌。

③风蛩：风中蛩声。

④ "吟鞭"句：吟鞭，指诗人之鞭。醉帽，醉酒时所戴之帽。

⑤政：能"正"。

⑥衡门：横木为门的陋室。

【鉴赏】

该词以景抒情，表达了词人心中无限的空聊之情，意境深远，意味深长，具有极强的艺术感染力。

青 门 饮 (风起云间)

风起云间，雁横天末，严城画角①，梅花三奏②。塞草西风，冻云笼月，窗外晓寒轻透。人去香犹在，孤衾长闲余绣③。

恨与宵长，一夜熏炉，添尽香兽④。前事空劳回首。虽梦断春归，相思依旧。湘瑟⑤声沉，庾梅⑥信断，谁念画眉人瘦。一句难忘处，怎忍辜、耳边轻咒。任人攀折，可怜又学，章台杨柳。

【注释】

①严城：戒备森严之城。画角：军中号角。

②梅花三奏：即《梅花三弄》，琴曲名，全曲主调出现三次，故称"三弄"。《全宋词》校："案'奏'原作'弄'，改从《花草粹编》卷十二。"此处因叶韵作"奏"。

③余绣：谓绣被多余的一半。本句形容孤眠。

④香兽：指搏成兽形的炭。

⑤湘瑟：湘妃所鼓之瑟。

⑥庾梅：庾岭之梅。庾岭，在今江西、广东交界处。

【鉴赏】

这首词叙述了相思之苦，将相思之情，描写得惟妙惟肖，感人肺腑。

夜 游 宫 <small>（何事东君又去）</small>

何事东君又去。空满院①、落花飞絮。巧燕呢喃向人语。何曾解、说伊家、些子②苦。

况是伤心绪。念个人、又成暌阻③。一觉相思梦回处。连宵雨、更那堪、闻杜宇④。

【注释】

①空满院：《历代诗余》作"满空院"。

②些子：一些。

③又成暌阻：又要暌违、间阻。

④杜宇：即杜鹃。其鸣声似"不如归去。"

【鉴赏】

这首词景致幽静，意境深微，隐托痛绝的情怀，情景交融，感人至深。

醉 蓬 莱① (见扬州独有)

见扬州独有，天下无双，号为琼树②。占断天风，岁花开两次。九朵一苞，攒成环玉，心似珠玑缀。瓣瓣玲珑，枝枝洁净，世上无花类。冷露朝凝，香风远送，信是琼瑶贵。

料得天宫有，此地久难留住。翰苑③才人，贵家公子，都要看花去。莫吝金钱，好寻诗伴，日日花前醉④。

【注释】

①《全宋词》校："案此首不知所本，疑非秦观作，下二首同。"

②"见扬州"三句：周密《齐东野语》："扬州后土祠琼花，天上无二本，绝类聚八仙，色微黄而有香。"琼花一名玉蕊，据《扬州府志》及朱显祖《琼花志》，后土祠琼花，叶柔平莹泽，花大瓣厚，色淡黄，清馥异常。后土祠在宋为蕃厘观，欧阳修守扬州，曾筑无双亭于花旁。

③翰苑：翰林院。

④"日日"句：冯延巳《鹊踏枝》词："日日花前常病酒，不辞镜里朱颜瘦。"

【鉴赏】

该词以描写琼花来抒发词人心中的感慨，含蓄蕴藉，感人至深。

满 江 红 (越艳风流)

妹 丽

越艳①风流，占天上、人间第一。须信道②、绝尘③标致，倾城④颜色。翠绾垂螺⑤双髻小，柳柔花媚娇无力。笑从来、到处只闻名，今相识。

脸儿美，鞋儿窄。玉纤嫩，酥胸白，自觉愁肠搅乱，坐中狂客。金缕⑥和杯曾有分，宝钗落枕知何日。谩从今、一点在心头，空成忆。

【注释】

①越艳：指越州（今浙江绍兴）美女。

②须信道：犹须知道。

③绝尘：超尘绝俗。

④倾城：古诗词中常形容绝色女子。

⑤垂螺：古代女子结发为髻，形似螺壳而下垂。

⑥金缕：即《金缕衣》，曲名。

【鉴赏】

这首词先描写了女子的绝美，后抒发其情怀，内涵丰富，意境幽远深沉。

一 斛 珠（碧云寥廓）

秋 闺

碧云寥廓①。倚栏怅望情离索②。悲秋③自怯罗衣薄。晓镜空悬，懒把青丝掠。

江山满眼今非昨。纷纷木叶风中落。别巢燕子辞帘幕。有意东君，故把红丝缚④。

【注释】

①寥廓：辽阔旷远。

②离索：离群索居。

③悲秋：宋玉（九辩）："悲哉秋之为气也……"

④东君：指春神。红丝：此喻姻缘。

【鉴赏】

这是一首闺怨词，全词意境清丽，言辞哀婉，读来令人深思。

眼 儿 媚①（楼上黄昏杏花寒）

楼上黄昏杏花寒②，斜月小阑干。一双燕子，两行归雁，画角声残。
绮窗③人在东风里，无语对春闲。也应似旧，盈盈秋水，澹澹春山④。

【注释】

①《眼儿媚》词牌。又名《秋波媚》。分上下两片，上片三处平韵，下片
两处平韵，共四十八字。

②杏花寒：《花候考》："雨水：一候菜花，二候杏花，三候李花。""二候
杏花"正值雨水时，天气乍暖还寒。

③绮窗：花窗。

④"盈盈秋水"二句：是说佳人眼如秋水之清，眉如春山之秀。

【鉴赏】

这是一首相思词，全词情思委婉、深挚，辞采自然凝练，构思巧妙。

忆　秦　娥①（暮云碧）

暮云碧，佳人不见愁如织②。愁如织，两行征雁，数声羌笛③。

锦书④难寄西飞翼，无言只是空相忆。空相忆，纱窗月淡，影双人只。

【注释】

①《忆秦娥》：词牌。又名《秦楼月》。以李白所作为最早，因其中有"秦娥梦断秦楼月"之句，故有此别称。分上下两片，每片各有三处仄韵，一处叠韵，共四十六字。

②"暮云碧"二句：南朝梁江淹《休上人怨别》诗："日暮碧云合，佳人殊未来"。这两句自此脱化而出。

③羌笛：此处指幽咽的笛韵。《风俗通义·卷六·笛部》："武帝时丘仲之所作也……其后又有羌笛。"

④锦书：《说郛》本《侍儿小名录》："前奏窦滔镇襄阳，与宠姬阳台之任，绝其妻苏氏音问。苏悔恨自伤，因织锦回文，题诗二百余首寄滔。滔览锦字，感其妙绝，因具车从迎苏氏。"

【鉴赏】

这是一首思情念远之作，虚实相映，情景交融，构思巧，言语简洁，富有极强的感染力。

捣 练 子（心耿耿）

心耿耿①，泪双双，皎月清风冷透窗。
人去秋来宫漏永，夜深无语对银釭②。

【注释】

①耿耿：形容心中烦躁不安。"耿耿，犹儆儆也。"王逸注："耿耿，犹儆儆，不寐貌也。"补注："耿耿，不安也。"

②银釭：银灯。晏几道《鹧鸪天》词："今宵剩把银釭照，犹恐相逢是梦中。"

【鉴赏】

这首词是借景抒情，语言蕴藉，意象清丽，深动地刻画了主人公心中的不安。

鹧 鸪 天①（枝上流莺和泪闻）

枝上流莺和泪闻，新啼痕间旧啼痕。一春鱼鸟②无消息，千里关山劳梦魂。

无一语，对芳樽。安排断肠到黄昏。甫能③炙得灯儿了，雨打梨花深闭门。

【注释】

①《鹧鸪天》：词牌。又名《思佳客》。分上下两片，每片各有三处平韵，共五十五字。上片第三、四句，下片第一、二句，通常做对偶句。

②鱼鸟：相当于"鱼雁"，指书信。

③甫能：方才。"雨打"句：唐代刘方平《春怨》诗："寂寞空庭春欲晚，梨花满地不开门。"宋代吴聿《观林诗话》："半山（王安石）酷爱唐乐府'雨打梨花深闭门'之句。"疑作者是引用前人成句。

【鉴赏】

这首词写思妇凌晨在梦中被莺声唤醒，远忆征人，泪流不止，写了她的思念之情，表达了绵绵无尽的相思。

金 明 池 (琼苑金池)

春 游

琼苑金池①，青门紫陌②，似雪杨花③满路。云日淡、天低昼永，过三点两点细雨④。好花枝、半出墙头⑤，似怅望、芳草王孙⑥何处。更水绕人家，桥当门巷，燕燕莺莺飞舞。怎得东君⑦长为主，把绿鬓朱颜，一时留住。

佳人唱、金衣莫惜⑧，才子倒、玉山休诉⑨。况春来、倍觉伤心，今故国情多，新年愁苦。纵宝马嘶风，红尘拂面⑩，也则寻芳归去。

【注释】

①琼苑金池：即琼林苑和金明池。与宜春苑、玉津园，谓之四园。琼林苑，北宋乾德二年（964）置，在开封城西，与金明池南北相对，为皇帝赐宴

新科进士之处。

②青门：指京城城门。紫陌：指京都郊野的道路。

③似雪杨花：形容柳絮飘飞似雪。东晋王凝之妻谢道韫，聪明有才辩。叔父谢安尝于雪天内集，与儿辈讲论文义。谢安问："白雪纷纷何所似？"侄儿谢朗答："撒盐空中差可拟。"道韫答："未若柳絮因风起。"谢安大悦。

④"过三点"句，吴融《闲望》诗："三点五点映山雨，一枝两枝临水花。"

⑤"好花枝"二句：叶绍翁《游园不值》诗："春色满园关不住，一枝红杏出墙来。"

⑥芳草王孙：《楚辞·招隐士》："王孙游兮不归，芳草生兮萋萋。"

⑦东君：指司春之神。

⑧"佳人"二句：杜秋娘《金缕衣》："劝君莫惜金缕衣，劝君惜取少年时。花开堪折直须折，莫等无空折枝。"金衣，指《金缕衣》曲。

⑨"才子"二句：《世说新语·容止》："山公曰：'嵇叔夜之为人也，岩岩若孤松之独立。其醉也，傀俄若玉山之将崩。'"李白《襄阳歌》："清风明月不用一钱买，玉山自倒非人推。"

⑩"红尘拂面"二句：刘禹锡《元和十年自朗州承召至京戏赠看花诸君子》诗："紫陌红尘拂面来，无人不道看花回。"

【鉴赏】

这首词的特点是采用赋体，充分利用长调幅大，容量多的优势，尽量铺叙，尽情抒写，结合风景的描绘寄寓身世之慨，笔触细腻，委婉动人。

菩 萨 蛮 （金风簌簌惊黄叶）

科 闱

金风簌簌①惊黄叶，高楼影转银蟾②匝。梦断绣帘垂，月明乌鹊飞③。
新愁知几许，欲似丝千缕。雁已不堪闻，砧声何处村？

【注释】

①簌簌：风声劲疾貌。鲍照《芜城赋》："棱棱霜气，簌簌风威。"

②银蟾：古神话谓月中有蟾，后因称月为银蟾。白居易《中秋月》诗："照他几许人肠断，玉兔银蟾远不知。"匝，《蓼园词选》："按'匝'字从'转'生来，匝月由东而西，转于高楼之上者，已匝也。"

③"月明"句：曹操《短歌行》其一："月明星稀，乌鹊南飞。绕树三匝，何枝可依？"

【鉴赏】

这首词抒发了词人心中的愁绪，借景抒情，极有韵味，耐人玩味。

贺 铸①

青 玉 案（凌波不过横塘路）

凌波不过横塘路②，但目送、芳尘去。锦瑟华年③谁与度？月桥花院，琐窗朱户④，只有春知处。

飞云冉冉蘅皋⑤暮，彩笔⑥新题断肠句。试问闲愁都几许⑦？一川⑧烟草，满城风絮，梅子黄时雨⑨。

【注释】

①贺铸：（1052～1125）字方回，卫州共城（今河南汲县）人，祖籍会稽山阴（今浙江绍兴），宋孝惠皇后族孙。因长身耸目，面色铁青，人称贺鬼头。为人刚直不阿，仕途坎坷。晚年定居苏州，自号庆湖遗老。他诗、词、文皆善，尤长于作词度曲。其词题材丰富，多刻画闺情离思，也抒发爱国忧时之情。其词风格纷呈，兼有婉约、豪放之长，情思缠绵的作品秾丽哀婉，怀才不遇之作多悲愤激昂，各极其妙，善练字句，多佳篇名句。著有《庆湖遗老集》

和《老山词》（一名《东山寓声乐府》）。

②凌波：曹植《洛神赋》有"凌波微步，罗袜生尘"句，凌波形容女子步态轻盈。下句"芳尘"取"罗袜生尘"意，指美女的踪迹，这里指代美女。横塘：苏州一地名，作者住处附近。

③锦瑟华年：语出李商隐《锦瑟》开头句"锦瑟无端五十弦，一弦一柱思华年"。这里指美好的时光。

④琐窗朱户：雕花窗户，红色大门。

⑤蘅皋：指长有香草的水边高地。蘅，香草。皋，水边。

⑥彩笔：五色笔。形容人极有才情。《南史·江淹传》记载江淹晚年梦见郭璞对他说："吾有笔在卿处多年，可以见还。"江淹掏出一枝五色笔给郭璞，从此写诗作文缺乏文采，人称"江郎才尽"。

⑦都几许：共有多少。

⑧一川：遍地。

⑨梅子黄时雨：春夏之交阴雨连绵的时节正是梅子成熟的时候，俗称"梅雨"。

【鉴赏】

这首词是贺铸晚年的作品，诗人寄忧愤于明丽的春景，抒发仕途坎坷的失意苦闷。

感 皇 恩 (兰芷满汀洲)

兰芷满汀洲①，游丝②横路。罗袜尘生③步，迎顾。整鬟颦黛④，脉脉两情难语。细风吹柳絮，人南渡。

回首旧游，山无重数。花底深朱户，何处？半黄梅子⑤，向晚⑥一帘疏雨。断魂分付与，春将去。

【注释】

①兰芷：香草。汀洲：水边和水中的陆地，这里指水边。

②游丝：垂柳。

③罗袜尘生：指美女的踪迹，代指美女。

④鬟：云鬟，年轻女子的一种发式。颦：微皱。黛：古代女子用来画眉的青黑色颜料，这里代指女子的眉毛。整句写人物的情貌。

⑤半黄梅子：春夏之交的梅雨季节。

⑥向晚：黄昏。

【鉴赏】

这首词以芳菲之辞抒写"离愁"，别有一番寄托，语浅情深，风格清新淡雅。

薄 幸 （淡妆多态）

淡妆多态，更的的频回眄睐①。便认得琴心②先许，欲绾③合欢双带。记画堂风月逢迎，轻颦浅笑娇无奈。向睡鸭炉边，翔鸳屏里，羞把香罗暗解。

自过了烧灯④后，都不见踏青挑菜⑤。几回凭双燕，丁宁深意，往来却恨重帘碍。约何时再，正春浓酒困，人闲昼永无聊赖。厌厌睡起，犹有花梢日在。

【注释】

①的的：娇艳明媚的样子。眄睐：暗送秋波。
②琴心：卓文君守寡后，司马相如以琴声传情，文君遂与之私奔。
③绾：结。
④烧灯：元宵节放灯游赏。
⑤踏青挑菜：古代的一种春游活动，以二月二日为挑菜节。

【鉴赏】

整首词写相思之情由初生到急切再到怨恨与无奈的辛酸，层层翻进，以景传情，笔致深婉细密。

减字浣溪沙 （楼角初销一缕霞）

楼角初销一缕霞，淡黄杨柳暗栖鸦①，玉人和月②摘梅花。
笑捻粉香归洞户③，更垂帘幕护窗纱，东风寒似夜来些④。

【注释】

①暗栖鸦：乌鸦暗栖于嫩黄的杨柳之中。

②和月：趁着皎洁的月色。

③捻：摘取。粉香：代指梅花。

④夜来：昨天。

【鉴赏】

这首小令描绘的是一幅初春夕照图，画面清新而引人遐想。

天 门 谣 （牛渚天门险）

登采石蛾眉亭①

牛渚天门险，限②南北、七雄豪占③。清雾剑，与④闲人登览。
待月上潮平波滟滟⑤，塞管轻吹新阿滥⑥。风满槛，历历数、西州更点⑦。

【注释】

①登采石蛾眉亭：采石山（在安徽马鞍山）北面临江有矶石，称采石矶或牛渚，其上有蛾眉亭。江中两山对峙状如门户，故称天门。它也形似美人的两道蛾眉，故名蛾眉亭。

②限：阻断。

③七雄豪占：建都于金陵的六朝和南唐雄踞于此。

④与：提供机会。

⑤滟滟：水波浩淼的样子。

⑥阿滥：即阿滥堆，是骊山的一种鸟名。唐玄宗依据其鸣叫声谱成新曲，名《阿滥》。

⑦西州更点：西州，在金陵台城以西，此处代指金陵。更点，报时的更鼓声。

【鉴赏】

这是一首借山水名胜抒写历史兴亡感慨的小令，作者不是泛泛怀古感叹，而是得出江山守成在德不在险的历史感悟，别具一格。

石 州 慢① (薄雨收寒)

薄雨收寒，斜照弄晴，春意空阔。长亭柳色才黄，远客一枝先折。烟横水际，映带几点归鸿，东风销尽龙沙②雪。犹记出关③来，恰而今时节。

将发。画楼芳酒，红泪④清歌，顿成轻别⑤。回首经年，杳杳尘都绝⑥。欲知方寸⑦，共有几许新愁？芭蕉不展丁香结⑧。枉望断天涯，两厌厌风月⑨。

【注释】

①古州慢：或作"石州引"。

②龙沙：塞外的通称。

③关：此指河北临城。

④红泪：指佳人胭脂沾满了离别的泪水。

⑤轻别：不经意的离别。

⑥音尘：音信。

⑦方寸：指心。

⑧"芭蕉"句：这句是化用李商隐《代赠》里的诗："芭蕉不展丁香结，同向春风各自然。"芭蕉不展，丁香花蕾丛生，常用来比喻人愁心不解。

⑨厌厌：愁苦的样子。风月：指风景。

【鉴赏】

这是一首伤别词，以景衬情，比喻言愁，词作感情沉郁，笔势手法变化多端。

望　湘　人 （厌莺声到枕）

厌莺声到枕，花气动容，醉魂愁梦相半。被惜余薰①，带惊剩眼②。几许伤春春晚。泪竹③痕鲜，佩兰香老，湘天浓暖。记小江风月佳时，屡约非烟④游伴。

须信鸾弦⑤易断，奈云和⑥再鼓，曲终人远。认罗袜无踪，旧处弄波清浅。青翰棹舣⑦，白蘋洲畔。尽目临皋⑧飞观。不解⑨寄、一字相思，幸有归来双燕。

【注释】

①余薰：余香。

②带惊剩眼：腰带还有多余的眼孔，形容人憔悴消瘦。

③泪竹：斑竹。尧有二女娥皇、女英嫁给舜为妃。舜死后，她们思念不已，泪水洒落竹上形成点点斑痕。

④非烟：即飞烟，唐武公的庞妾。这里指自己的情人。

⑤鸾弦：相传海上有仙人用凤喙鸾角制成的胶能接续弓弦，使弦的两头相合为一，叫续弦胶。这里指男女之事。

⑥云和：乐器名称，指琴瑟均可。

⑦青翰：刻有青鸟形图案的船。舣：船靠岸。

⑧临皋：亭名。

⑨不解：不懂得。

【鉴赏】

这首词是感春怀人之作，上阕着重写景，下阕着重抒情，各有侧重又情景交融，将怀人之思表达得深婉曲折。

周邦彦①

鹊桥仙令 (浮花浪蕊)

浮花浪蕊，人间无数，开遍朱朱白白。瑶池一朵玉芙蓉②，秋露洗、丹砂真色。

晚凉拜月，六铢③衣动，应被姮娥认得④。翩然欲上广寒宫⑤，横玉度、一声天碧⑥。

【注释】

①周邦彦：（1057～1121），北宋词人。字美成，晚号清真居士。钱塘（今浙江杭州）人。他的词音律严整，语言工丽，又多创调，如《兰陵王·柳阴直》《瑞酒》等名篇，代表了他的词风特色。集有《片玉词》。

②玉芙蓉：《牡丹谱》："牡丹一种，名玉芙蓉。"

③六铢衣：《长阿含经》："忉利天衣重六铢。"

④姮娥：即嫦娥。

⑤广寒宫：月宫。

⑥"横玉"句：崔鲁《闻笛》诗："横玉叫云天似水，满空霜逐一声飞。"

【鉴赏】

这首词借景抒情，情感真挚感人，意境冷峭清幽，显示了词人深厚的艺术功力。

双 头 莲 (一抹残霞)

一抹残霞，几行新雁，天染云断，红迷阵影①，隐约望中，点破晚空澄碧，助秋色。门掩西风，桥横斜照，青翼②未来，浓尘自起，咫尺凤帏，合有人相识。

叹乖隔③，知甚时恣与，同携欢适④。度曲传觞，并鞯飞辔⑤，绮陌画堂连夕。楼头千里，帐底三更，尽堪泪滴。怎生向，无聊但只听消息。

【注释】

①"天染"两句：此二句一作"天染断红，云迷阵影"。

②青翼：刘复《游仙寺》："寄音青鸟翼，谢尔碧海流。"此处当借指传信青鸟。

③乖隔：乖违，分离。

④同携欢适：同携手，共在一道。

⑤并鞯飞辔：并排驾着马飞驰。鞯，衬托马鞍的垫子。辔，驾驭牲口的缰绳。

【鉴赏】

　　本篇描写了词人心中的愁苦，格调清疏，绘景言情浑然天成，情真意切，感人肺腑。

南　柯　子 (宝合分时果)

　　宝合分时果①，金盘弄赐冰②。晓来阶下按新声，恰有一方明月、可中庭③。

　　露下天如水④，风来夜气清。娇羞不肯傍人行，扬⑤下扇儿拍手、引流萤。

【注释】

　　①时果：时鲜果品。

　　②赐冰：《周礼·天官·凌人》："夏颁冰掌事。"疏："'夏颁冰'者，据颁赐群臣。言'掌'者，谓主此赐冰之事。"

　　③可中庭：正当中庭。

　　④天如水：杜牧《秋夕》诗："天阶夜色凉如水，卧看牵牛织女星。"

　　⑤扬：丢下。

【鉴赏】

　　这首词描绘了一个清秀淡雅的图画，意境优美，让人回味无穷。

长 相 思（举离觞）

晓 行

举离觞，掩洞房，箭水泠泠刻漏长[1]，愁中看晓光[2]。

整罗裳，脂粉香，见扫门前车上霜，相持泣路旁。

【注释】

①"箭水"句：阎朝隐《明月歌》："云雾四起月苍苍，箭水泠泠刻漏长。"

②看晓光：等待天亮。

【鉴赏】

这首词是一所送别词，浸透着离情别绪，借景抒情，看似平庸，其实是情思使然，给人留下深刻印象。

夜 游 宫 (一阵斜风横雨)

一阵斜风横雨，薄衣润、新添金缕①。不谢铅华更清素②，倚筠窗，弄么弦③，娇欲语。

小阁横香雾，正年少、小娥④愁绪。莫是栽花被花妒，甚春来，病恹恹⑤，无会处。

【注释】

①金缕：金缕衣。这里指华贵的衣服。
②清素：清淡素朴。
③么弦：细弦。
④小娥：郑文焯《致夏敬观信》云："'小'字与上句复。虽宋词不避复字，而此'小娥'之'小'字，又与'年少'义复。疑有讹误。"
⑤恹恹：同"厌厌"，精神不振貌。

【鉴赏】

这首词刻画了主人公的愁绪，情景交融，独具匠心，情感真挚，感人肺腑。

渔 家 傲 （灰暖香融销永昼）

灰暖香融销永昼。葡萄架上春藤秀①，曲角栏干群雀斗。清明后。风梳万缕亭前柳。

日照钗梁光欲溜。循阶竹粉沾衣袖。拂拂面红如著酒②。沉吟久。昨宵正是来时候。

【注释】

①藤秀：秀丽清绝的蔓藤。
②著酒：盛酒。

【鉴赏】

这是一首咏情词，借一个昨宵与情人欢会的女子，次日仍沉湎在喜悦兴奋中的情态，歌颂人间醇如美酒的爱情，风格含蓄明快。

【国学精粹珍藏版】

◎尽览中国古典文化的博大精深 ◎读传世典籍，赢智慧人生 ——受益终生的传世经典

宋词名篇鉴赏

卷三

民主与建设出版社
·北京·

庆 春 宫 （云接平冈）

云接平冈①，山围寒野，路回渐转孤城②。衰柳啼鸦，惊风③驱雁，动人一片秋声④。倦途休驾⑤，淡烟里、微茫⑥见星。尘埃憔悴⑦，生怕黄昏，离思牵萦⑧。

华堂旧日逢迎，花艳⑨参差，香雾飘零。弦管当头，偏怜娇凤⑩，夜深簧暖笙清⑪。眼波传意，恨密约、匆匆未成⑫。许多烦恼，只为当时，一晌留情⑬。

【注释】

①平冈：平坦的山头。苏轼《江城子》词："锦帽貂裘，千骑卷平冈。"冈，山脊、山岭。

②"路回"句：沿着曲折迂回的道路，渐渐地走近一座孤城。

③惊风：疾风。

④秋声：指秋天的风声、落叶声和虫鸟鸣声等。见北宋欧阳修《秋声赋》。这句说：一片秋声触动人的愁思。

⑤休驾：停下马车。

⑥微茫：隐约模糊。

⑦尘埃憔悴：旅途奔波，风尘仆仆，令人消瘦疲惫。

⑧"生怕"两句：最怕到了晚上被离愁别绪所缠绕。生怕，最怕。牵萦，缠绕。

⑨花艳：指如花般艳丽的女子。

⑩娇凤：指娇美的女子。怜：爱。

⑪簧：乐器中有弹性的薄片，用以振动发声。笙：一种吹奏乐器。

⑫"眼波"两句：她用眼神示意，遗憾的是仓促之中未成密约。眼波，比喻目光似流动的水波。

⑬"许多"三句：此后无穷的烦恼，都因那秋波一转引起。一晌，片刻，一会儿。

【鉴赏】

此首是羁旅伤别词，质朴真挚，抒以真情。

丁　香　结 (苍藓沿阶)

苍藓沿阶①，冷萤粘屋②，庭树望秋先陨③。渐雨凄风迅。淡暮色、倍觉园林清润④。汉姬纨扇在⑤，重吟玩、弃掷未忍。登山临水，此恨自古、销磨⑥不尽。

牵引⑦。记试酒⑧归时，映月同看雁阵。宝幄香缨⑨，熏炉象尺⑩，夜寒灯晕⑪。谁念留滞故国，旧事劳方寸⑫。唯丹青相伴，那更尘昏蠹损⑬。

【注释】

①苍藓：深绿色的苔藓。藓，生长在阴湿地上的一种隐花植物。这句说：沿台阶生满了深绿色的苔藓。

②冷萤：指秋凉后的萤火虫。这句话：秋凉后萤火虫粘留在屋角里。

③望秋先陨：《晋书·顾悦之传》：顾悦之"与简文同年，而发早白。帝问其故，对曰：'松柏之姿，经霜犹茂，蒲柳常质，望秋先零。'"这里说：入

秋以来，庭院里的树木已开始凋零。陨：坠落、凋零。

④"渐雨"两句：入秋以后，一阵秋风，一阵秋雨，近黄昏，更觉园林里清冷湿润。

⑤汉姬：指汉成帝时的宫女班婕妤。此代指作者家中的妻妾。纨扇：丝绢制成的扇子。

⑥销磨：慢慢地消失。

⑦牵引：这里指牵动和引起愁思。

⑧试酒：品尝新酒。试酒时候在四月初。

⑨宝幄：华丽的帷帐。幄，帐幕。香缨：妇女的装饰品，用五彩丝做成。一说即香囊。

⑩熏炉：用来熏香的炉子。象尺：不详，疑为象牙制的尺。

⑪晕：光影四周呈模糊不清状。

⑫"谁念"两句：谁会劳心费神地思念我久留京都时的往事。故国，此指京都。方寸，指心。

⑬"唯丹青"两句：只有亲人的画像伴着我，可又被虫蛀蚀，蒙上了灰尘。丹青，原是画画用的两种颜料，后引申指图像。此指心爱女子的画像。蠹，蛀虫。

【鉴赏】

这首词描写了主人公心中的愁思，寓情于景，情景交融，含蓄蕴藉，意味深长。

烛影摇红（芳脸匀红）

　　芳脸匀红，黛①眉巧画宫妆浅。风流天付与精神，全在娇波眼②。早是萦心可惯③，向尊前、频频顾昒。几回相见，见了还休，争如④不见。

　　烛影摇红，夜阑饮散春宵短⑤。当时谁会⑥唱《阳关》，离恨天涯远。争奈云收雨散，凭阑干、东风泪满。海棠开后，燕子来时，黄昏庭院⑦。

【注释】

　　①黛：青黑色的颜料，古代用以画眉。

　　②"风流"两句：那双娇波欲流的眼睛，集中地表现她天然生成的风流气质。

　　③萦心：萦系于心。可惯：称心爱宠。

　　④争如：怎似，何如。

　　⑤"烛影"两句：红色的烛光摇晃着，更深夜残，筵席散了。美好的春宵，我们只是觉得它太短。

　　⑥谁会：谁知道。《阳关》：即《渭城曲》。唐代王维作。其词曰："渭城朝雨浥轻尘，客舍青青柳色新。劝君更进一杯酒，西出阳关无故人。"后乐工增衍

为《阳关三叠》，成为别筵上流行的曲子。"唱《阳关》"也就成为离别的代词。

⑦"争奈"五句：有什么办法啊，一切都已经雨散云收了。当海棠花在春风里开尽，燕子也从南方飞回来的时候，我只能倚着栏干，泪流满面，在黄昏的庭院里苦苦地思念着你。

【鉴赏】

这首词表达了主人公心中的思念之情，情感真挚，感人肺腑。

凤 来 朝 (逗晓看娇面)

佳 人

逗①晓看娇面，小窗深弄②明未遍。爱残朱宿粉云鬟乱。最好是、帐中见。说梦双蛾微敛，锦衾温酒香未断。待起难舍抌③，任日炙④、画栏暖。

【注释】

①逗：逗留，停留。

②弄：《字汇》："巷也。"深弄，深巷。

③待起难舍抌：汲古阁本原注云："《清真集》作'待起又如何抌'。"意谓要想起来又难以舍弃。

④日炙：太阳光有点熏热。

【鉴赏】

这首词情景交融，句句含情，笔调细腻，过渡自然。

芳　草　渡（昨夜里）

别　恨

昨夜里，又再宿桃源①，醉邀仙侣②。听碧窗风快，珠帘半卷疏雨。多少离恨苦，方留连啼诉。凤帐③晓，又是匆匆，独自归去。

愁睇。满怀泪粉，瘦马冲泥寻去路。谩回首、烟迷望眼，依稀见朱户。似痴似醉，暗恼损、凭栏情绪。淡暮色、看尽栖鸦乱舞。

【注释】

①桃源：桃花源。

②仙侣：赵嘏《寄杨中丞十无诗》：“樽前为问神仙伴，肯向三清慰荐无。”

③凤帐：绣着凤凰的帐幄。李商隐《七夕》诗：“鸾扇斜分凤幄开，飞桥横过鹊飞回。”

【鉴赏】

全篇以时间为序，以追忆的方式，抒写了作者青年时代汴京的一段哀艳情事。

感 皇 恩 _{（露柳好风标）}

标 韵①

露柳好风标②，娇莺能语，独占春光最多处。浅颦轻笑，未肯等闲分付。为谁心子里，长长苦。

洞房见说，云深无路③，凭仗青鸾④道情素。酒空歌断⑤，又被涛江催去。怎奈向⑥、言不尽，愁无数。

【注释】

①标韵：标格气韵。

②风标：气骨品调。

③云深无路：贾岛《访隐者不遇》诗："只在此山中，云深不知处。"

④青鸾：传说的凤鸟，赤羽多者为凤，青羽多者为鸾。此处当借作青鸟，传说西王母的使者。

⑤歌断：《江亭王阆州筵饯萧遂州》诗："老畏歌声断。"

⑥怎奈向：一本作"怎向"。

【鉴赏】

这首词抒发了作者心中无限的愁苦，沉郁深厚，极有韵致。

锁 阳 台 (白玉楼高)

白玉楼①高，广寒宫阙②，暮云如幛褰开③。银河一派，流出碧天来④。无数星躔玉李⑤，冰轮⑥动、光满楼台。登临处、全胜瀛海⑦，弱水浸蓬莱⑧。

云鬟⑨香雾湿。月娥韵压⑩，云冻江梅。况餐花饮露，莫惜徘徊⑪。坐看人间如掌⑫，山河影、倒入琼杯⑬。归来晚，笛声吹彻，九万里尘埃⑭。

【注释】

①白玉楼：传说中天上的宫楼。李商隐《李长吉小传》："（天）帝成白玉楼，立召君（李贺）作记。"

②广寒宫阙：传说中的月宫楼观。《龙城录》："唐玄宗于八月十五日游月中，见一大宫府，榜曰：'广寒清虚之府。'"后人便称月宫为广寒宫。阙，宫殿前的楼观。

③褰：同"搴"，揭开。幛：俗以布帛题字为庆吊之礼，称幛子。这里指暮云如悬挂空中的幛幕，刚被揭开。

④"银河"两句：银河一道从青天流泻出来。一派，一脉，一道。

⑤躔：星辰运行的位次。李：星座名。见《史记·天官书》。玉李，对李星的美称。

⑥冰轮：指皎洁如冰、圆转如轮的明月。

⑦瀛海：大海。此疑指瀛洲，传说中的海上仙山名。

⑧弱水：相传浮力很弱，连芥子或鸿毛都不能浮载的水。古籍所载多处，这里指传说中的蓬莱仙山周围的水。蓬莱：传说中的海上仙山名。以上二句说：登上宫楼所见美景，胜过海上的仙山。

⑨云鬟：女子发髻的美称。此句化用杜甫《月夜》诗："香雾云鬟湿"。这里指嫦娥的云发被香雾沾湿了。

⑩月娥：嫦娥的别称。韵：指风度气韵。

⑪莫惜徘徊：尽情地欢乐留连。

⑫"坐看"句：从天上俯视人间，只觉人间窄小，犹如手掌一般。

⑬琼杯：美玉制的酒杯。这句说：地上的山河倒映在酒杯中。

⑭"笛声"两句：指笛声悠扬，穿越太空和尘埃，响彻天上人间。

【鉴赏】

该词情景交融，神游天地，浑天天成，是传颂千古的名篇。

迎 春 乐 （桃溪柳曲闲踪迹）

桃溪柳曲闲踪迹，俱曾是、大堤①客。解春衣、赊酒城南陌②。频醉卧、胡姬侧③。

鬓点吴霜④嗟早白，更谁念、玉溪消息⑤。他日水云⑥身，相望处、无南北。

【注释】

①大堤：在襄阳府城外。

②解春衣：杜甫《曲江二首》之二："朝回日日典春衣，每日江头尽醉归。"赊：赊欠。

③频醉卧、胡姬侧：《世说新语》："阮公（籍）邻家妇，有美色，当垆酤酒。阮与王安丰常从妇饮酒，阮醉，便眠其妇侧。夫始殊疑之，伺察，终无他意。"

④鬓点吴霜：李贺《还自会稽歌》："吴霜点归鬓。"

⑤玉溪消息：玉溪生，李商隐号。李有《九日》诗云："十年泉下无消息，九日尊前有所思。"

⑥水云：各在水云一方。

【鉴赏】

此词抒发了词人心中一种淡淡的哀伤，情感真切，是难得的佳作。

月 中 行（蜀丝趁日染干红）

怨 恨

蜀丝趁日染干红①，微暖面脂融。博山②细篆霭房栊，静看打窗虫。
愁多胆怯疑虚幕，声不断、暮景疏钟③。团团四壁小屏风，啼尽梦魂中④。

【注释】

①干红：红色的一种。

②博山：古代的一种香炉，制形摹仿海中博山，下置汤盘，使润气蒸香。

③"愁多"两句：愁苦过度，使她变得十分敏感。哪怕是风吹帘幕，她也会无端害怕起来。何况已到了黄昏日暮，远近的钟声不停地敲响着，更加深了紧迫凄惶的气氛。

④"团团"两句：在团团围绕的四面小屏风当中，她终于沉沉睡去。在梦中，她哭得那样悲切，那样长久！

【鉴赏】

该词借景抒情，抒发了主人公心中的无限哀怨愁恨之情，情真意切令人感动。

浣 溪 沙 （日射欹红蜡蒂香）

日射欹红蜡蒂①香，风干微汗粉襟②凉，碧纱对掩簟纹光③。
自剪柳枝明画阁④，戏抛莲菂⑤种横塘，长亭无事好思量。

【注释】

①欹红蜡蒂：指午睡闺人发髻上所戴纸花。

②粉襟：沾粉的衣襟，这里实指闺人。

③碧纱：指纱窗。簟纹光：谓席纹光洁水滑。

④自剪柳枝明画阁：阁为柳枝所遮，剪之使明也。

⑤莲菂：莲子。

【鉴赏】

该词简小精悍，感情真挚，音韵和婉，可谓匠心独运，妙笔生花。

浣 溪 沙 （翠葆参差竹径成）

翠葆参差竹径成，新荷跳雨①泪珠倾，曲栏斜转小池亭。
风约帘衣归燕急，水摇扇影戏鱼惊②，柳梢残日弄微晴。

【注释】

①新荷跳雨：刚出水的荷花上跳动着雨珠。
②鱼惊：使鱼惊。

【鉴赏】

这首词把景物描写的清新鲜活，清灵隽永，伶俐可人。

蝶 恋 花 _{（蠹蠹黄金初脱后）}

蠹蠹黄金初脱后①，暖日飞绵②，取次③粘窗牖。不见长条低拂酒，赠行应已输纤手④。

莺掷金梭飞不透⑤，小榭危楼⑥，处处添奇秀。何日隋堤萦马首⑦，路长人倦空思旧。

【注释】

①蠹蠹：幼小稚嫩的样子。这句说：嫩嫩的柳条刚脱下了金黄色的外衣。

②飞绵：即飞絮，柳花似棉絮。

③取次：任意、随便。

④纤手：指女子细嫩的手。

⑤梭：梭子，织布机上引线穿织的工具。这句形容柳条浓密，黄莺在其间掷梭似的穿飞竟飞不过去。

⑥榭：有屋顶的台，供人游赏。危楼：高楼。

⑦隋堤：指汴水上的堤岸，因修筑于隋代，所以叫隋堤。萦：回旋缠绕。这句说：哪一天能重回汴京，步马于隋堤之上，让长长的柳条轻轻地绕拂马头。

【鉴赏】

这是一首描写离愁别绪的词，新奇别致，含蓄蕴藉。

蝶　恋　花（月皎惊乌栖不定）

早　行

月皎惊乌栖不定①，更漏将阑②，辘轳牵金井③。唤起两眸清炯炯④，泪花落枕红绵冷⑤。

执手霜风吹鬓影⑥，去意徘徊⑦，别语愁难听。楼上阑干横斗柄⑧，露寒人远鸡相应⑨。

【注释】

①"月皎"句：月光皎洁，夜明如昼，使乌鸦时时惊起，不能安静地在树上栖息。

②漏：即漏壶，古时用来滴水计时的工具。阑：完、尽。

③辘轳：即辘轳，井上引水的工具。金井：井的美称。

④唤起：指屋外乌啼声、井上汲水声和室内滴漏声把人催起。眸：眼珠。炯炯：明亮。这里形容情人泪花闪烁的眼神。

⑤红绵：红色的绵枕。这句说：泪水浸透了枕芯，红枕又冷又湿。表明女主人公彻夜未眠，泪流不止。

⑥霜风：秋风。鬓影：鬓发在风中拂动的影子。

⑦去意徘徊：悬徨无主，要走心中又舍不得离开。

⑧阑干：横斜的样子。斗柄：北斗七星的柄，即七星中第五颗至第七颗星。这句说：楼头上空的北斗星已经横转斗柄。表示天色将晓。

⑨鸡相应：鸡鸣之声此起彼应。这句说：路上露寒霜滑，人愈去愈远，只有晨鸡的啼叫，此起彼应。

【鉴赏】

此首纯写离情，将依依不舍的惜别之情，表达得历历如绘，使读者有身临其境之真实感。

一　剪　梅（一剪梅花万样娇）

一剪①梅花万样娇。斜插疏枝，略点眉梢。轻盈微笑舞低回，何事樽前，拍手相招②。

夜渐寒深酒渐消。袖里时闻，玉钏轻敲。城头谁恁③促残更，银漏④何如，且慢明朝。

【注释】

①一剪：剪下一枝。

②招：通"韶"，虞舜时乐名。

③恁：如此，这样。

④银漏：银壶滴漏。

【鉴赏】

这首词短小精妙，情景交融，蕴藉深沉，言有尽而意无穷。

解 连 环 (怨怀无托)

怨怀无托。嗟情人断绝，信音辽邈①。纵妙手、能解连环②，似风散雨收，雾轻云薄。燕子楼空③，暗尘锁、一床弦索④。想移根换叶，尽是旧时，手种红药。

汀洲渐生杜若⑤。料舟移岸曲，人在天角。谩记得、当日音书，把闲语闲言，待总烧却。水驿⑥春回，望寄我、江南梅萼⑦。拼今生、对花对酒，为伊⑧泪落。

【注释】

①辽邈：渺茫。

②解连环：《战国策·齐策》载：秦始皇尝遣使者遗君王后以玉连环，曰："齐多智，而解此环否？"君王后以示群臣，不知解。君王后引椎破之，谢秦使曰："谨以解矣。"此处喻解开难分的感情纠葛。

③燕子楼空：白居易《燕子楼三首》序云："徐州故张尚书有爱妓曰盼盼，雅多风态。……尚书既殁，归葬东洛；而彭城有张氏旧第，第中有小楼名燕子，盼盼因念旧爱而不嫁，居是楼十余年，幽独块然，于今尚在。"此事流传甚广，皆附会于唐时尚书张建封。据陈振孙考证，关盼盼乃是张建封之子张愔的歌妓。彭城，今江苏徐州市。苏轼《永遇乐》云："燕子楼空，佳人何在？空锁楼中燕。"亦指关盼盼事。

④弦索：指乐器。

⑤杜若：多年生草，茎高一二尺，夏日开六瓣白花，产于林野阴地。

⑥水驿：江边的驿站。

⑦江南梅萼:《荆州记》载:吴陆凯从江南将梅花寄给长安的好友范晔,并赠诗云:"折梅逢驿使,寄与陇头人。江南无所有,聊赠一枝春。"

⑧伊:人称代词,犹言"他""她"或"那人"。古时不论男女皆可用"伊"指称。

【鉴赏】

这首词与一般写相思别情词不同,相思离情还有可托情之人,如今却是"怨怀无托",词中抒发的便是由于"怨怀无托"而生发出来的种种曲折,矛盾的失意情绪。

风 流 子 (枫林凋晚叶)

枫林凋晚叶①,关河迥、楚客惨将归②。望一川暝霭③,雁声哀怨;半规④凉月,人影参差。酒醒后、泪花销凤蜡⑤,风幕卷金泥⑥。砧杵韵高⑦,唤回残梦,绮罗⑧香减,牵起余悲。

亭皋分襟地⑨,难堪处、偏是掩面牵衣。何况怨怀长结,重见无期。想寄恨书中,银钩⑩空满;断肠声里,玉箸⑪还垂。多少暗愁密意,唯有天知⑫!

【注释】

①"枫林"句:深秋的傍晚,枫树林里到处飘落着红叶。杜甫《秋兴》八首之一:"玉露凋伤枫树林。"

②关河:关山河流。迥:遥远。楚客:作者自指。这时周邦彦客居江陵,江陵旧属楚地,故自称。宋玉《九辩》:"登山临水兮送将归。"

③暝霭：黄昏时分的雾气。

④半规：半圆形。规，原为校正圆形的工具，此指圆弧形。

⑤销：熔化。凤蜡：即蜡烛。《南齐书·王僧虔传》："僧虔年数岁，独正坐采蜡烛珠为凤凰。"这句暗用杜牧《赠别》诗中："蜡烛有心还惜别，替人垂泪到天明"的句意。

⑥金泥：用来涂饰物品的金粉。这里指帘幕上的涂金花饰。李煜《临江仙》词："画帘珠箔，惆怅卷金泥。"这句说：夜风卷起了画帘。

⑦砧杵：古代妇女用来捣衣的工具。韵：这里指捣衣声均匀的节拍。

⑧绮罗：有花纹的丝织品。此指衣裙罗帕一类女性用品。

⑨亭皋：水边平地。分襟：分别。罗邺《途中寄友人诗》："秋庭怅望别君初，折枝分襟十载余。"

⑩银钩：原形容书法笔势。晋索靖《书势》："盖草书之为状也，宛若银钩，漂若惊鸾。"后泛指字迹。白居易《写新诗寄微之偶题卷后》："写下吟看满卷愁，浅红笺纸小银钩。"

⑪玉箸：比喻美人的眼泪。南朝梁刘孝威《独不见》："谁怜双玉箸，流面复流襟。"这二句说：伤心的泪水伴着悲凉的乐曲不断流淌。

⑫"多少"两句：深藏的愁思和隐秘的情意究竟有多少？只有老天知道。

【鉴赏】

此词写作者离开客居五年的荆州同当地一位相好的女子分别时的情景，化实为虚，将离情别苦写得回味无穷，用笔密致，典朴，拙丽，相得益彰。

风 流 子 (新绿小池塘)

新绿①小池塘，风帘动、碎影舞斜阳。羡金屋②去来，旧时巢燕；土花③缭绕，前度霉墙④。绣阁凤帏⑤深几许？曾听得理丝簧⑥。欲说又休，虑乖芳信⑦；未歌先咽，愁近清觞⑧。

遥知新妆了，开朱户，应自待月西厢⑨。最苦梦魂，今宵不到伊行⑩。问甚时说与，佳音密耗⑪，寄将秦镜⑫，偷换韩香⑬？天便教人，霎时厮见⑭何妨！

【注释】

①新绿：王明清《挥麈余话》云："新绿、待月（见下）均主簿轩名。"

②金屋：《汉武故事》载汉武帝幼时曾说："若得阿娇作妇，当作金屋贮之也。"

③土花：指苔藓。李贺《金铜仙人辞汉歌》："三十六宫土花碧。"

④霉墙：长着霉苔的墙。

⑤凤帏：绣有丹凤图案的帐幔。

⑥丝簧："丝"指琴弦；"簧"指乐器的簧片，振动可发声。这里合指乐器。

⑦乖：违误。芳信：美好的信息。

⑧清觞：盛着酒的杯子。

⑨待月西厢：元稹《莺莺传》记莺莺赠张生诗："待月西厢下，迎风户半开，拂墙花影动，疑是玉人来。"这里借用此典，盖有隐喻思念情人之意。

⑩伊行：她的身边。

⑪密耗：密约。

⑫秦镜：汉代秦嘉妻徐淑赠秦嘉明镜。秦嘉赋诗答谢。

⑬韩香：西晋韩寿美仪容，贾充之女悦之，窃御赐西域奇香赠寿。

⑭厮见：相见。

【鉴赏】

全词叙写了一位男子对所爱女子的渴念之情，巧用比喻，刻画细腻，用典贴切，富于感染。

叶梦得①

贺 新 郎 (睡起流莺语)

　　睡起流莺语，掩苍苔房栊②向晚，乱红无数。吹尽残花无人见，惟有垂杨③自舞。渐暖霭、初回轻暑。宝扇重寻明月影，暗尘侵、上有乘鸾女④。惊旧恨，遽如许⑤。

　　江南梦断横江渚⑥。浪粘天、葡萄涨绿⑦，半空烟雨。无限楼前沧波意，谁采蘋花寄取⑧？但怅望、兰舟容与⑨。万里云帆何时到？送孤鸿、目断千山阻。谁为我，唱金缕⑩？

【注释】

　　①叶梦得：（1077～1148）字少蕴，苏州吴县（今江苏苏州）人。晚年因居奇石林立的主卞山（今浙江），所以自号石林居士，绍兴四年（1134）进士。累官中书舍人、翰林学士、吏部尚书、龙图阁直学士。能诗工词，词风早年婉丽缠绵，其作多不传。南渡后多感怀国事，简淡之中有雄阔之气，词风苍

劲悲凉，清旷淡远。著有《建康集》《石林词》《石林诗话》《石林燕语》等。

②房栊：窗户。

③垂杨：也作"垂阳"。

④乘鸾女：仙女。

⑤遽如许：这般强烈。

⑥渚：水中的小块陆地。

⑦葡萄涨绿：化用李白《襄阳歌》中的诗句"遥看江水鸭头绿，恰似葡萄初发醅"，写江潮景色。

⑧采蘋花寄取：柳宗元诗："春风无限潇湘意，欲采蘋花不自由。"这里有采取蘋花寄赠友人表示思念之意。

⑨容与：徘徊不前的样子。

⑩金缕：指乐曲《金缕衣》。

【鉴赏】

这是作者早年所作的一首婉约词，主要借暮春景色抒发怅恨失意的无限相思、青春虚掷的无限感慨。写景情新明快、词风婉丽，但抒情深婉，情深意长。

虞 美 人 （落花已作风前舞）

雨后同干誉、才卿置酒来禽花下作①

落花已作风前舞，又送黄昏雨。晓来庭院半残红②，惟有游丝③，千丈袅④
晴空。

殷勤花下同携手，更尽杯中酒。美人不用敛蛾眉，我亦多情，无奈酒
阑⑤时。

【注释】

①来禽：沙果，也称花红。古时是林檎的别称

②半残红：花已飘零过半。

③游丝：飞扬的柳丝。

④袅：在空中柔美细长的样子。

⑤酒阑：酒醉。

【鉴赏】

这首别离词无论写暮春景色还是抒离别愁绪都别具一格，写别离春景不觉
凄然，抒离愁别绪不见凄伤，叶词的简淡雄杰之风可见一斑。

李清照①

南 歌 子 (天上星河转)

天上星河转，人间帘幕垂。凉生枕簟泪痕滋。起解罗衣、聊问夜何其②？
翠贴莲蓬小，金销藕叶稀。旧时天气旧时衣，只有情怀、不似旧家③时！

【注释】

①李清照：(1084～1155？)，自号易安居士，历城（今山东济南）人。李
格非女，赵明诚妻。婚后屏居青州十年，夫妇致力收藏金石。南渡后，明诚病
卒，辗转流离于杭、越、婺诸州。诗、文、词俱工原有文集十二卷，今佚。有
辑本《李清照集》三卷，《漱玉词》一卷。

②夜何其：《诗·庭燎》篇："夜如何其？夜未央。"其：音'姬'，语
助词。

③旧家：从前也。

【鉴赏】

这首词抒发了国破家亡之恨，字字句句锻炼精巧。

渔　家　傲 （天接云涛连晓雾）

天接云涛连晓雾，星河欲转千帆舞。仿佛梦魂归帝所①，闻天语，殷勤问我归何处。

我报路长嗟日暮，学诗谩有惊人句②。九万里风鹏正举③。风休住，蓬舟吹取三山④去。

【注释】

①帝所：上帝所居之处也。

②惊人句：杜甫《江上值水如海势聊短述》诗："为人性僻耽佳句，语不惊人死不休。"

③九万里风鹏正举：《庄子·逍遥游》："穷发之北，有冥海者，天池也。……有鸟焉，其名为鹏，背若泰山，翼若垂天之云，抟扶摇羊角而上者九万里。"

④三山：《史记·封禅书》："自威、宣、燕昭使人入海，求蓬莱，方丈，瀛洲。"指三神山。

【鉴赏】

这首词隐喻对南宋黑暗社会现实的失望，对理想境界的追求和向往。

如 梦 令① (尝记溪亭日暮)

尝记溪亭②日暮，沉醉不知归路。兴尽晚回舟，误入藕花③深处。争渡④，争渡，惊起一滩鸥鹭⑤。

【注释】

①作于李清照十六岁（宋哲宗元符二年，1099 年）之时。是时她初到汴京，此词亦当是她的处女之作。

②溪亭：一说此系济南七十二名泉之一，位于大明湖畔；一说系词人原籍章丘明水附近的一处游憩之所，其方位当在历史名山华不注之阳。

③藕花：荷花。

④争渡：夺路急归，从而打破天籁宁静，惊起荷丛深处之栖鸟。

⑤鸥鹭：泛指概称鸥鹭的水鸟。

【鉴赏】

这是一首追怀昔日郊游的小令，全词用语通俗易懂，以白描手法写出，给人清新高丽之感，颇值得玩味。

如 梦 令 （昨夜雨疏风骤）

　　昨夜雨疏风骤，浓睡不消残酒①。试问卷帘人②，却道海棠依旧。知否？知否？应是绿肥红瘦③。

【注释】

　　①残酒：指昨夜残留的酒意。

　　②卷帘人：指侍女。当时正在卷帘，故叫卷帘人。

　　③绿肥红瘦：肥瘦言多少。指经过一夜的风雨，红花谢落，减少了，绿叶则更显得滋润繁茂。

【鉴赏】

　　这是词人年轻时写的一首小令，通过对女主人公早起后一个生活细节的描写，抒发了惜花之情。

菩 萨 蛮 (风柔日薄春犹早)

风柔日薄春犹早，夹衫乍着心情好。睡起觉微寒，梅花①鬓上残。

故乡何处是，忘了除非醉。沉水②卧时烧，香消酒未消。

【注释】

①梅花：据《宋书》记载，南朝宋武帝的女儿寿阳公主，人日（阴历正月初七）卧于含章殿檐下，梅花飘落额上，成五出之花，拂之不去。此后便有"梅花妆"（亦称"寿阳妆"）。

②沉水：即沉香，瑞香科植物，为著名香料。

【鉴赏】

这首词是作者晚年的作品，抒发了深切的思乡之情，以美好的春色反衬有家难归的悲凄，深切感人。

菩 萨 蛮 （归鸿声断残云碧）

归鸿声断残云碧，背窗雪落炉烟直。烛底凤钗明，钗头人胜①轻。
角声催晓漏②，曙色回牛斗。春意看花难，西风留旧寒。

【注释】

①人胜：首饰名。古代每年正月初七为人日。这一天妇女用金箔镂刻人像首饰或用彩绸做花卉首饰，这种首饰称为人或胜。

②晓漏：拂晓时的滴漏。漏：古代一种计时仪器。

【鉴赏】

此词写早春思乡之情，用语质朴，生动感人。

浣 溪 沙 _{（莫许杯深琥珀浓）}

莫许杯深琥珀①浓，未成沉醉意先融，疏钟已应晚来风。
瑞脑②香消魂梦断，辟寒金③小髻鬟松，醒时空对烛花红。

【注释】

①琥珀：代指美酒。

②瑞脑：香名。

③辟寒金：金钗。王嘉《拾遗记》卷七："昆明国贡嗽金鸟，形如雀而色黄，羽毛柔密，常吐金屑如粟，铸之可以为器。此鸟畏霜雪，乃起小屋处之，名曰辟（避）寒台。宫人争以鸟叶之金，用饰钗珮，谓之辟寒金。故宫人相嘲曰：'不服（佩带）辟寒金，那得帝王心。'"

【鉴赏】

深闺寂寂，故欲以酒浇愁，而杯深酒腻，未醉即先已意蚀魂消，该词抒发了词人怅然若失之情。

浣　溪　沙（小院闲窗春色深）

春　景

小院闲窗春色深，重帘①未卷影沉沉。倚楼无语理瑶琴②。
远岫出云③催薄暮，细风吹雨弄轻阴④。梨花欲谢恐难禁。

【注释】

①重帘：一层又一层帘子。

②瑶琴：琴之美称。瑶，美玉。

③远岫出云：山有洞穴叫做岫。谢朓《郡内高斋闲望答吕法曹》诗："窗中列远岫。"陶渊明《归去来辞》："云无心以出岫。"薄暮，傍晚。《初学记》卷一引梁元帝《纂要》："日将落曰薄暮。"

④弄轻阴：作弄阴天。秦观《八六子》："那堪片片飞花弄晚，蒙蒙残雨笼晴。"弄字与此同义。

【鉴赏】

这是一首写闺中春怨的词，婉曲蕴藉，韵味无限。

凤凰台上忆吹箫① （香冷金猊）

　　香冷金猊②，被翻红浪，起来慵自梳头。任宝奁③尘满，日上帘钩。生怕④离怀别苦，多少事、欲说还休。新来瘦，非干病酒，不是悲秋。

　　休休，这回去也，千万遍《阳关⑤》，也则难留。念武陵人⑥远，烟锁秦楼⑦。惟有楼前流水，应念我、终日凝眸。凝眸处，从今又添，一段新愁。

【注释】

　　①此首当写于词人与其丈夫"屏居乡里十年"结束，赵明诚重返仕途之时。

　　②金猊：狮形金属香炉。

　　③宝奁：镜匣的美称。

　　④生怕：最怕。

　　⑤阳关：王维《送元二使安西》："渭城朝雨發轻尘，客舍青青柳色新。劝君更尽一杯酒，西出阳关无故人。"后以为送别曲。

　　⑥武陵人：陶潜《桃花源记》有关于晋太元中武陵郡渔人入桃花源的记载，所以桃花源又称武陵源。

　　⑦秦楼：指秦穆公女弄玉与恋人萧史所居之楼。（详见《列仙传》）。

【鉴赏】

　　这首词作于北宋末年，抒发了词人心中的相思之苦，此词感情真切直率，用语浅近，甚是感人。

一 剪 梅 （红藕香残玉簟秋）

红藕①香残玉簟秋。轻解罗裳②，独上兰舟③。云中谁寄锦书④来？雁字⑤回时，月满西楼⑥。

花自飘零水自⑦流。一种相思，两处闲愁。此情无计可消除，才下眉头，却⑧上心头。

【注释】

①红藕：红色荷花。玉簟秋：坐在精美的竹席上感觉发凉，方知秋天来了。簟，竹席。

②罗裳：质地轻细的丝织的衣裳。裳，裙，古代男女都可穿。

③兰舟：用木兰树制造的华美的小船。

④锦书：世传前秦窦滔有妻苏蕙，但在外娶了妾。苏蕙织锦为《回文璇玑图》诗寄给丈夫，夫终醒悟。这里指书信。

⑤雁字：雁在空中飞行时常排成"一"或"人"字形，故称"雁字"。回：返回。

⑥西楼：指思念者的居所。唐韦应物《寄李儋元锡》诗："闻道欲来相问讯，西楼望月几回圆。"唐李益诗《写情》："从此无心爱良夜，任他月明下西楼。"

⑦自：自然，当然。

⑧却：可是。

【鉴赏】

本词乃作于女词人与其夫赵明诚远离后，是一首别离词，抒发了相思之情，感人肺腑。

蝶 恋 花（泪湿罗衣脂粉满）

晚止昌乐馆寄姊妹

泪湿罗衣脂粉满，四叠阳关^①，唱到千千遍。人道山长山又断，潇潇^②微雨闻孤馆。

惜别伤离方寸^③乱，忘了临行，酒盏深和浅。好把^④音书凭过雁，东莱^⑤不似蓬莱远。

【注释】

①四叠阳关：阳关，曲名。王维《送元二使安西》："渭城朝雨浥轻尘，客舍青青柳色新。劝君更尽一杯酒，西出阳关无故人。"后来歌入乐府，以为送别之曲，至阳关句反复唱三遍，谓之阳关三叠。四叠阳关，极言其不忍离别。

②潇潇：下小雨的声音。

③方寸：即心。

④"好把"句：古代有凭雁足传书的故事。凭，依靠。

⑤东莱：郡名，在今山东省掖县。时赵明诚守莱州。

【鉴赏】

本词作于宣和三年秋天，时赵明诚为莱州守，李清照从青州赴莱州途中宿昌禾县驿馆时寄给其家乡姊妹的，表现了其深情厚谊。

蝶 恋 花（暖雨晴风初破冻）

　　暖雨①晴风初破冻，柳眼②梅腮，已觉春心动③。酒意诗情谁与共？泪融残粉花钿④重。

　　乍试夹衫金缕缝，山枕⑤斜欹，枕损钗头凤⑥。独抱浓愁无好梦，夜阑⑦犹剪灯花弄。

【注释】

　　①"暖雨"句：春天来临的象征。

　　②柳眼：指早春的杨柳。因初生的柳叶如人睡眼初展，所以叫柳眼。梅腮：言梅花露出红色如美人的腮。

　　③春心动：万物萌动，春天来临。

　　④花钿：做成花朵形的装饰品。

　　⑤"山枕"句：欹：倾侧。古人用欹枕，多是愁恨时的表现。如李后主《乌夜啼》："烛残漏滴频欹枕，起坐不能平。"

　　⑥钗头凤：钗头饰作凤凰，这是古代妇人头上的装饰物。

　　⑦"夜阑"句：因为浓愁不能入睡，所以深夜还在剪弄灯花。夜阑：夜深。灯花：灯芯的灰烬结成花形。

【鉴赏】

　　词人用细微的笔触，刻画了自己闺中的寂寞生活，写得极为细致、生动。

鹧 鸪 天 （寒日萧萧上锁窗）

寒日萧萧上锁窗，梧桐应恨夜来霜。酒阑①更喜团茶苦，梦断偏宜瑞脑香。

秋已尽，日犹长，仲宣怀远②更凄凉。不如随分③樽前醉，莫负东篱菊蕊黄。

【注释】

①酒阑：指酒喝到快不喝了。团茶：将茶叶制作成团饼形，称团茶。

②仲宣怀远：建安诗人王粲，字仲宣，山阳高平（今属山东）人。因避战乱，南下依附刘表。

③随分：随便。

【鉴赏】

此词为李清照南渡后所作，这首词写晚愁霜晨庭院中凄寒肃杀的景象及女主人一醉解千愁的浓重的家园之思。

小 重 山^①（春到长门春草青）

春到^②长门春草青，江梅^③些子破，未开匀^④。碧云^⑤笼碾玉成尘，留晓梦^⑥，惊破^⑦一瓯春。

花影压重门，疏帘^⑧铺淡月，好黄昏。二年三度^⑨负东君，归来也，著意^⑩过今春。

【注释】

①《小重山》：词牌名。五代花间派词人韦庄、薛昭蕴等始用此调。又名《小冲山》《小重山令》《柳色新》等。

②"春到"句：借用五代词人薛昭蕴《小重山》词之首句。长门，汉代皇帝在长安的一处别宫名。

③江梅：梅花的一种。些子：有一些。唐代罗虬《比红儿》诗："应有红儿些子貌，却言皇后长深宫。"破：绽开。

④匀：普遍的意思。北宋万俟咏《恋芳春慢》词："帝里繁华，昨夜，细雨初匀。"

⑤"碧云"句：是说一笼碧绿的春茶碾得细碎如尘。碧云：以碧如烟云的形色指代茶叶。笼：盛茶叶的器具。《新五代史·王熔传》："匿昭诲（人名）于茶笼中。"碾：唐宋时采下茶叶先制成饼，饮用之前用茶碾粉碎之。

⑥留晓梦：滞留在梦境之中。留，停留。

⑦"惊破"句：意谓饮过一杯春茶，滞留于晓梦中的意识，才被惊醒过来。一瓯春：一杯春茶。唐·郑谷诗："顾渚一瓯春有味，中林话旧亦潸然。"瓯，盆盂一类用来盛酒、茶等的容器。

⑧疏帘：用细竹条编制的透空的帘子。

⑨二年三度：指已经过去了的两年中的春天和将要过去的这个春天。东君：太阳神。唐代成彦雄《柳枝词》（之三）："东君爱惜与先春，草泽无人处也新。"

⑩著意：很用心的意思。著，同"着"，宋玉《九辩》："闵流涕以聊虑兮，惟著意而得之。"

【鉴赏】

这首词闲适淡雅，表惜春之情，为作者早期作品。小词将热烈真挚的情感抒发得直率深切，表现出易安词追求自然，不假雕琢的一贯风格。

双调忆王孙（湖上风来波浩渺）

　　湖上风来波浩渺，秋已暮、红稀香少。水光山色与人亲，说不尽、无穷好。

　　莲子已成荷叶老，清露洗、蘋①花汀草。眠沙②鸥鹭不回头，似也恨、人归早。

【注释】

　　①蘋：亦称田字草，多年生浅水草本蕨类植物。

　　②"眠沙"三句：颇有现代相声中逗哏的意味：沙滩上的鸥鹭为什么像在赌气，扭过头去，不与游人道别？噢，原来它们是恨游人归去太早，辜负了大好景致。

【鉴赏】

　　这首词体现出词人少年时期的那种积极的、开阔的胸怀和乐观进取的精神。

临 江 仙 (庭院深深深几许)

　　欧阳公作《蝶恋花》，有"深深深几许"之句，予酷爱之。用其语作"庭
院深深"数阕，其声即旧《临江仙》也。

　　庭院深深深几许①，云窗雾阁常扃②。柳梢梅萼③渐分明，春归秣陵④树，
人老建康⑤城。

　　感月⑥吟风多少事，如今老去无成。谁怜憔悴更凋零⑦，试灯⑧无意思，踏
雪⑨没心情。

【注释】

　　①几许：犹言几何，多少的意思。

　　②扃：关闭。

　　③梅萼：梅花的花萼。

　　④秣陵：金陵的别名，今为江宁县。

　　⑤建康：即今南京市。

　　⑥"感月"句：感月吟风，指写作，有吟咏自然风光，怡然自得的意思。

　　⑦凋零：本指草木凋残零落。此谓自己已是垂暮之年。

　　⑧试灯：正月十五日灯节前预赏灯节谓之试灯。

　　⑨踏雪：《清波杂志》云："顷见易安族人，言明诚在建康日，易安每值
天大雪，即顶笠披蓑，循城远览，以寻诗，得句必邀其夫赓和，明诚每苦之
也。"踏雪之事即指此。

【鉴赏】

南渡以后，清照词风从清新秀丽变为苍凉沉郁，此曲抒发了其对国破家亡及个人愁苦的忧郁之情。

临 江 仙 (庭院深深深几许)

庭院深深深几许，云窗雾阁春迟。为谁憔悴损芳姿①，夜来清梦好，应是发南枝②。

玉瘦檀轻③无限恨，南楼羌管休吹④。浓香吹尽有谁知，暖风迟日也，别到杏花肥⑤。

【注释】

①芳姿：美丽的姿态。

②南枝：向阳的梅枝。

③玉瘦檀轻：是说梅花又轻又瘦。

④羌管休吹：羌管，即羌笛。相传汉武帝时丘仲所作，长一尺四寸，因为出在羌中，所以叫羌管。（见《风俗记》）羌笛中有"梅花落"一曲，休吹，是害怕梅花凋落。

⑤杏花肥：春风一吹，杏花盛开。

【鉴赏】

这首词以咏梅为题，人花合写，把闺人幽独的离思与韶华易逝的怅惘，极其高华而深至地表现了出来。

醉 花 阴 <small>(薄雾浓云愁永昼)</small>

薄雾浓云①愁永昼，瑞脑销金兽②。佳节又重阳③，玉枕纱厨④，半夜凉初透。

东篱⑤把酒黄昏后，有暗香盈袖。莫道不消魂，帘卷西风，人似⑥黄花瘦。

【注释】

①薄雾浓云：晏殊《蝶恋花》词有"薄雨浓云"句。此处指天气阴沉，以此衬托词人愁闷的心情。

②金兽：此处指兽形的金属香炉。

③重阳：阴历九月九日为重阳节，又称重九。

④纱厨：厨形的纱帐，夏季以避蚊虫。

⑤东篱：语出陶潜《饮酒》诗二十首其五："采菊东篱下，悠然见南山。"暗香盈袖：当取意于《古诗·庭中有奇树》的"馨香盈怀袖"等以下四句。

⑥似：他本多作"比"，此处取"似"屏"比"，是一种"类比"，即作者推想，离愁之于人，犹如风霜对黄花的侵袭，伉俪睽违给年轻主人公带来的体损神伤，就像东篱初开的黄花将在肃杀的秋风中枯萎一样。

【鉴赏】

在这首词里词人叙写了重阳当日的情事，抒发了佳节怀人的情思。

好 事 近 (风定落花深)

风定①落花深，帘外拥红堆雪。长记②海棠开后，正③伤春时节。

酒阑④歌罢玉尊空，青缸⑤暗明灭。魂梦不堪幽怨，更一声啼鴂⑥。

【注释】

①"风定"二句：意谓大风过后，落花满地。深：犹厚。拥红堆雪：飘落而堆积的红、白花瓣。

②"长记"句：即对其少女时期所作咏海棠的"绿肥红瘦"《如梦令》一词写作心态的追忆。

③正：恰好。

④"酒阑"句：此句意谓灯红酒绿、歌舞升平的时光已成过去。酒阑：酒残。玉尊：玉制酒杯，泛指精美贵重的酒杯。尊，同"樽"。

⑤青缸：这是指油灯。此灯之青光不仅忽明忽暗，甚至自动熄灭，可见环境之冷寂阴森。

⑥啼鴂：亦作"鹈鴂"、"鶗鴂"等。此处当泛指催春之鸟。

【鉴赏】

这是一首抒发伤春情怀的词，通过室内外景物的刻画，把自己的凄凉浓愁寄寓其中，感情深沉、凝重。

诉 衷 情（夜来沉醉卸妆迟）

枕畔闻梅香

夜来沉醉卸妆迟，梅萼插残枝。酒醒①熏破春睡，梦远不成归。人悄悄②，月依依，翠帘垂。更挼③残蕊，更捻余香，更得些时。

【注释】

①"酒醒"二句：此二句的表层语义为：酒劲渐消，梅花的浓香将我从春睡中熏醒，使我不能在梦中返回日夜思念的遥远的故乡。而其深层语义当为：梅香把人熏醒，不得返回故里，重温往日夫妻恩爱的美梦。

②"人悄悄"三句：其中"人悄悄"句当化用《诗·邶风·柏舟》的"忧心悄悄"之句意，极言忧愁之深。

③"更挼"三句：意谓词人用揉搓残梅来消磨难熬的时光。挼：原为"挼"的异体字，现已规范为"挼"，在此词中当揉搓讲。捻：用手搓转，如捻麻绳，其揉搓程度比挼更进一层。

【鉴赏】

作者以梦写愁，抒发了其怀念故国家乡的思想感情。

行 香 子 <small>（草际鸣蛩）</small>

七 夕

　　草际鸣蛩①，惊落梧桐。正人间、天上愁浓。云阶月地②，关锁千重。纵浮槎③来，浮槎去，不相逢。

　　星桥鹊驾④，经年才见，想离情、别恨难穷。牵牛织女⑤，莫是离中。甚霎儿晴，霎儿雨，霎儿风⑥。

【注释】

　　①蛩：（qióng 穷）蟋蟀。

　　②云阶月地：指天宫。杜牧《七夕》诗："云阶月地一相过，未抵经年别恨多。"

　　③"纵浮槎"三句：浮槎：指来往于海上和天河之间的木筏。

　　④星桥鹊驾：传说七夕牛郎织女在天河相会时，喜鹊为之搭桥，故称鹊桥。

　　⑤牵牛织女：二星宿名。

　　⑥甚霎儿：甚为领字，含有"正"的意思。霎儿：一会儿。

【鉴赏】

　　这首词具体创作年代不详，大约是词人同丈夫婚后又离居的时期，主要借牛郎织女的神话传说，写人间的离愁别恨，凄恻动人。

孤 雁 儿① _(藤床纸帐朝眠起)

世人作梅词，下笔便俗。予试作一篇，乃知前言不妄②耳。

藤床③纸帐朝眠起，说不尽无佳思④。沈香⑤烟断玉炉寒，伴我⑥情怀如水。笛里三弄⑦，梅心惊破⑧，多少春情⑨意。

小小风疏雨萧萧⑩地，又催下千行泪。吹箫人⑪去玉楼空，肠断⑫与谁同倚。一枝折得，人间天上，没个人堪寄⑬。

【注释】

①《孤雁儿》：词牌名。又名《御街行》。

②不妄：不过分。耳：语气词。

③藤床：藤条编的床。纸帐：用纸做的帐子。纸帐上常画以花鸟。

④无佳思：意谓心绪很坏。

⑤沈香：即沈水香，熏炉中燃焚的香料。玉炉：熏炉的美称。烟断：一作"断续"。

⑥"伴我"句：意谓只有寒冷的玉炉与情怀冰冷如水的我为伴。情怀：心情。

⑦笛里三弄：谓听到吹梅花三弄曲的笛声。笛里：笛声。三弄：即梅花三弄，古琴曲名，又叫《梅花引》《梅花曲》等。弄，遍的意思。

⑧梅心惊破：意谓梅花被笛声惊得绽苞露蕊，借指闺人闻笛声而动春情。

⑨春情：指男女相爱之情。

⑩萧萧：一作"潇潇"，形容风雨声。地：语尾助词，无实义。

⑪吹箫人：指仙人萧史，此以萧史指代丈夫。

⑫肠断：形容伤心到了极点。同倚：在一起。

⑬没个人堪寄：是说，折得梅花也无人可以相赠。堪，可，能。

【鉴赏】

这是一首悼亡之词，明为写梅，暗寄词人对亡夫的深切哀思，含蓄蕴藉，感人至深。

玉 楼 春（红酥肯放琼苞碎）

红 梅

红酥肯放琼苞碎，探著南枝开遍未。不知酝藉^①几多香，但见包藏无限意。

道人^②憔悴春窗底，闷损阑干愁不倚。要来小酌^③便来休，未必明朝风不起^④。

【注释】

①酝藉：《汉书·薛广德传》："广德为人，温雅有酝藉。"谓传主宽和有涵容。但在此词中与下句的"包藏"意思相近。

②道人：《汉书·京房传》："道人始去。"颜师古注："道人，谓有道术之人也。"在此词中系作者自称。憔悴：困顿萎蘼的样子。

③小酌：随便地饮宴。休：语助词，含有"呵"的意思。便来休：张相《诗词曲语辞汇释》卷三："此犹云快来呵。"

④未必明朝风不起：此句紧承前句，字面上意谓说不定明天大风一起，即使还没有开放的红梅，也可能被天折；其寓托之意当是：说不定何时党争加剧，我这个年纪轻轻已被折磨得愁闷憔悴不堪的人，可能更加遭殃。

【鉴赏】

这是一首著名的咏梅词，不仅写活了梅花，而且活画出赏梅者愁闷而复杂的矛盾心态。

清 平 乐 （年年雪里）

年年雪里，常插梅花醉①。捼②尽梅花无好意，赢得满衣清泪。

今年海角天涯③，萧萧④两鬓生华。看取晚来风势，故应难看梅花。

【注释】

①插梅花醉：头上插着梅花，被它的香气熏迷而沉醉。

②捼：按揉的意思。

③海角天涯：极言其远。

④"萧萧"句：头发花白稀疏的样子。

【鉴赏】

这是一首典型的赏梅词作，词意含蓄蕴藉，感情悲切哀婉，以赏梅寄寓自己的今古之感和亡国之状，感慨深沉。

鹧 鸪 天 （暗淡轻黄体性柔）

暗淡①轻黄体性柔，情疏②迹远只香留。何须③浅碧轻红色，自是花中第一流。

梅定妒，菊应羞，画栏④开处冠中秋。骚人⑤可煞无情思，何事⑥当年不见收。

【注释】

①"暗淡"句：是说，桂花开放时，颜色淡黄，姿貌柔美。体性：本指人之体貌与情性。

②"情疏"句：是说，桂树像情操高尚的隐士一样，性情疏放，踪迹隐逸，但香存人间。

③何须：何必，有什么必要。轻红色，一作"深红色"。

④画栏：饰有彩绘的栏杆。此指有彩栏护围的花园。冠：位居第一。开处，一作"开岁"。

⑤骚人：此指诗人屈原，屈原作《离骚》，故称为骚人。后也泛指忧愁失志的文人。可煞：可是，疑问词。情思：想念。

⑥"何事"句：为什么当年《离骚》中未咏桂花呢！作者认为屈原《离骚》中歌咏过的花草不少，不该漏掉桂花。

【鉴赏】

这是一篇盛赞桂花的作品，风格独特，颇得宋诗之风，即以议论入词，托物抒怀。

添字丑奴儿 （窗前谁种芭蕉树）

芭 蕉

窗前谁种芭蕉树，阴满中庭。阴满中庭。叶叶心心，舒卷有余情。
伤心枕上三更雨，点滴霖霪①。点滴霖霪。愁损北人②，不惯起来听。

【注释】

①霖霪（yín）：本为久雨，这里指接连不断的雨声。
②北人：南渡后作者自指。

【鉴赏】

这首词写于词人南渡之后，通过对芭蕉的描写，抒发了对颠沛流离、怀远念归生活的感慨。

永 遇 乐 (落日熔金)

　　落日熔金，暮云合璧，人在何处①？染柳烟浓，吹梅笛怨②，春意知几许？元宵佳节，融和天气，次第③岂无风雨？来相召④，香车宝马，谢⑤他酒朋诗侣。

　　中州⑥盛日，闺门多暇，记得偏重⑦三五。铺翠冠儿⑧，捻金⑨雪柳，簇带⑩争济楚。如今憔悴，风鬟霜鬓⑪，怕见⑫夜间出去。不如向帘儿底下，听人笑语。

【注释】

　　①人在何处：是词人自指，"何处"指临安，身在临安，故意设问，表达了词人流落异乡的不安心情。

　　②吹梅笛怨：梅指《梅花落》乐曲，吹奏《梅花落》乐曲的笛声幽怨。

　　③次第：转眼之间，接着。

　　④召：邀请。

　　⑤谢：辞谢。

　　⑥中州：通常称河南省为中州，因其古时地处九州的中心。此指北宋都城汴京（今河南开封）。

　　⑦偏重：特别看重。三五：一般指阴历十五，此指正月十五元宵节。

　　⑧铺翠冠儿：以翡翠羽毛装饰的帽子，是北宋元宵节妇女应时的装饰品。

　　⑨捻金：以金线捻丝。雪柳：绢或纸做的花。捻金雪柳也是元宵节妇女应时的装饰。

　　⑩簇带：簇，丛聚；带，通戴，即头上插戴很多装饰物，宋时方言。济

楚：齐整、漂亮，亦宋时方言。

⑪风鬟霜鬓：指头发蓬乱，鬓发霜白。

⑫怕见：宋时口语，犹言"懒得"。

【鉴赏】

这首词是作者晚年寓居杭州时作，流露出去国怀乡，思念故人的落寞心情。

蝶 恋 花① (永夜恹恹欢意少)

上巳召亲族

永夜恹恹②欢意少，空梦长安③，认取长安道。为报今年春色好，花光月影宜相照。

随意④杯盘虽草草，酒美梅酸，恰称人怀抱。醉莫插花花莫笑，可怜春似人将老。

【注释】

①此首当作于建炎二年（1128）春，是年作者初到江宁（今南京），汴京沦陷将近一年，在寂静的夜晚，每当想起京都，心情总是很沉重。但是这一年，在其家庭和自身既有可喜可贺之事，又有令其伤心败兴之感（详见本书附录一《李清照年谱》），所以此时在作者的笔下，悲苦之言和欢愉之辞交并。其感慨所系则是年年岁岁花相似，岁岁年年人不同！上巳：节日名。秦汉时，以阴历三月上旬巳日为"上巳"（见《后汉书·礼仪志上》）。魏晋以后改为三月三日。

②恹恹（yān）：精神不振的样子。

③长安：原为汉唐故都，这里代指北宋都城汴京。

④"随意"三句：杯盘：酒食。梅酸：梅是古代所必须的调味品，故此三句意谓酒席虽简单，但很合口味。

【鉴赏】

这首词作于建炎二年，是一首寄寓南渡之恨的力作，抒写对汴京被占的哀思和沉痛。

武 陵 春 (风住尘香花已尽)

风住尘香花已尽，日晚倦梳头。物是人非事事休，欲语泪先流。
闻说双溪①春尚好，也拟泛轻舟。只恐双溪舴②艋舟，载不动，许多愁。

【注释】

①双溪：浙江金华城南有两条水汇合，一是源出东阳大盆山的东港，一是源出缙云黄碧山的南港，故名双溪，是优美的风景区。

②舴（zé）艋（měng）舟：指小船。"舴艋"亦作"蚱蜢"。

【鉴赏】

该词以第一人称的口吻，用低沉忧郁的旋律，抒发了内心深处的苦闷和忧愁。

声 声 慢 (寻寻觅觅)

寻寻觅觅，冷冷清清，凄凄惨惨戚戚①，乍暖还寒时候，最难将息②。三杯两盏淡酒，怎敌他晚来风急。雁过也③，正伤心，却是旧时相识。　满地黄花堆积，憔悴损，如今有谁堪摘④？守著窗儿，独自怎生⑤得黑？梧桐更兼细雨，到黄昏，点点滴滴。这次第⑥，怎一个愁字了得。

【注释】

①戚戚：忧愁的样子。

②将息：将养休息的意思。

③"雁过也"三句：这三句是说伤心时，有雁儿飞过，而这雁原来是替她带过书信的"旧时相识"，这就使她更加难受了。

④有谁堪摘：言无甚可摘也。谁：何，什么。

⑤生：语助词。

⑥这次第：这许多情况。

【鉴赏】

这首词作于南渡之后，全词通过对秋景的描绘，渲染出一种凄凉、伤感的氛围，抒写了词人在漂流境遇中无限伤感、落寞的情怀。

点 绛 唇 _{（寂寞深闺）}

寂寞深闺^①，柔肠一寸愁千缕^②。惜春春去，几点催花雨。

倚遍^③阑干，只^④是无情绪。人何处^⑤，连天芳草^⑥，望断^⑦归来路。

【注释】

①闺：古代女子居住的内室。

②缕：条，量词。柔肠：一作"愁肠"。

③"倚遍"句：古代诗词常用"倚阑"表示人物心情抑郁无聊。温庭筠《更漏子》词："虚阁上，倚阑望，还似去年惆怅。"这里是说，靠遍了阑干，也未能消解心中的忧愁。

④只：仅仅。

⑤人何处：亲人在哪里呢？人：指丈夫。

⑥芳草：芳香的青草。

⑦望断：望到尽头。

【鉴赏】

这是一首闺怨词，全词由寂寞之愁，到写伤春之愁，到写伤别之愁，到写盼归之愁，层层深入地表现了闺中女子心中愁情沉淀积累的过程。

浪 淘 沙① (帘外五更风)

帘外五更风，吹梦无踪。画楼重上与谁同？记得玉钗斜拨火，宝篆②成空。

回首紫金峰③，雨润烟④浓，一江春浪⑤醉醒中。留得罗襟前日泪，弹与征鸿。

【注释】

①题解：《续草堂诗余》题作"闺情"。

②宝篆：篆香，一种香料。

③紫金峰：盖山名，南京市郊的紫金山，王仲闻《校注》考《景定建康志》等书，当时尚无此名。王云：疑即紫金色之山峰，非有一峰名紫金也。

④烟：《历代诗余》等作"云"。

⑤一江春浪：《词洁》等作"一腔春恨"。

【鉴赏】

全词写对往事的追念，抒发了孑然一身，孤苦伶仃的感慨。

浣 溪 沙 （髻子伤春懒更梳）

髻子①伤春懒更梳，晚风庭院落梅初，淡云来往月疏疏。

玉鸭熏炉②闲瑞脑，朱樱斗帐③掩流苏，通犀④还解辟寒无。

【注释】

①"髻子"句：谓闺人因感伤春天即将逝去，心绪恶劣，连头发也懒得梳理。髻：挽束在头顶的发式。更：再。《史记·韩长孺列传》："太后、长公主更赐安国，可直千余金。"

②玉鸭熏炉：漂亮的鸭形熏炉。玉，言其熏炉的美丽贵重，并非指其质地。熏炉，古时用作熏香和取暖的炉子。瑞脑：香料名。

③朱樱斗帐：红色小帐。流苏：帐上结缕下垂的五彩缨络，系装饰品。王维《扶南曲歌词》："翠羽流苏帐。"

④"通犀"句：意谓小帐上虽然挂着避寒的犀角，却无法消去室内的寒冷。通犀，即犀牛之角，因犀角下有一条白线直通顶端而得名。传说，通犀有避寒的功能。

【鉴赏】

这是一首反映贵族女子伤春情态的小调，运用正面描写，反面衬托的手法，着意刻画出一颗孤寂的心。

浣 溪 沙 （绣面芙蓉一笑开）

绣面①芙蓉一笑开，斜飞②宝鸭衬香腮，眼波才动被人猜。

一面③风情深有韵，半笺④娇恨寄幽怀，月移花影⑤约重来。

【注释】

①绣面：唐宋以前妇女面额及颊上均贴纹饰花样，《木兰辞》之"对镜贴花黄"可证。绣面指妇女面上贴花如绣。芙蓉：荷花，此处指很好看。

②飞：《历代诗余》等作"偎"。宝鸭：指两颊所贴鸭形图案，可参敦煌壁画供养人之妇女绘画。或以为指钗头形状为鸭形的宝钗。钗，古代妇女头上的饰物。香腮：美丽芳香的面颊。宋·陈师道《菩萨蛮》："玉腕枕香腮，荷花藕上开。"

③一面：整个脸上。风情：男女爱慕之情。韵：标致。

④笺：纸，指信笺、诗笺。宋·孙夫人《烛影摇红》："若见宾鸿试问，待相将彩笺寄恨。"

⑤月移花影：宋·王安石《春夜》："春色恼人眠不得，月移花影上阑干。"这里指约会的时间，即月斜之际。

【鉴赏】

此词当时是易安早期作品，写一位风韵秀美的女子与心上人幽会，又写信相约其再会的情景，语言活泼自然，格调欢快俊朗。

浪 淘 沙 （素约小腰身）

素约①小腰身，不耐伤春。疏梅影下晚妆新，袅袅婷婷②何样似？一缕轻云。

歌巧动朱唇③，字字娇嗔④。桃花深径⑤一通津，怅望⑥瑶台清夜月，还送归轮。

【注释】

①素约：曹植《洛神赋》："腰如约素。"李善注："约素，谓圆也。"

②袅袅婷婷：袅袅，纤长柔美貌。婷婷，美好貌。

③朱唇：红唇。

④嗔：怒。

⑤径：小路。津：渡口。

⑥怅望：怅然怀想。瑶台：古人想象中的神仙的住处。《离骚》："望瑶台之偃蹇兮，见有娀之佚女。"

【鉴赏】

这首词绮丽、缠绵、销魂，将词人精巧心思和充满爱意的感情无拘束地表露出来。

蔡 伸①

苏 武 慢（雁落平沙）

雁落平沙②，烟笼寒水，古垒鸣笳声断。青山隐隐，败叶萧萧，天际暝鸦零乱。楼上黄昏，片帆千里归程，年华将晚。望碧云③空暮，佳人何处？梦魂俱远。

忆旧游、邃馆朱扉，小园香径，尚想桃花人面④。书盈锦轴，恨满金徽⑤，难写寸心幽怨。两地离愁，一尊芳酒，凄凉危栏倚遍。尽迟留、凭仗西风，吹干泪眼。

【注释】

①蔡伸：（1088～1156）字伸道，自号友古居士，莆田（今属福建）人。徽宗政和五年（1115）进士。曾任大学博士，通判徐州。历知真、饶、徐、楚四州，官至左中大夫。其词笔致雄爽，清新淡雅，间有悲歌慷慨之作。有《友古居士词》。

②平沙：沙滩。

③"望碧云"两句：化用江淹"日暮碧云合，佳人殊未来"一句写相思之情。

④桃花人面：这里写对所爱慕而不能相见的女子的怀念。崔护曾于清明游长安遇一女子靠桃树站着，颇有情意。第二年清明崔又去不遇，因题诗曰："去年今日此门中，人面桃花相映红。人面不知何处去，桃花依旧笑春风。"

⑤徽：系琴弦之绳，是音位的标志。这里指琴。

【鉴赏】

这首词主要抒写羁旅行役之中的游子对闺中之人的思念之情。全词结构紧凑，层次明了，寄情景中，抒情步步推进，婉转深沉。

柳 梢 青（数声鶗鴂）

数声鶗鴂①，可怜又是、春归时节。满院东风，海棠铺绣，梨花飘雪。丁香露泣残枝，算未比②、愁肠寸结。自是休文③，多情多感，不干④风月。

【注释】

①鶗鴂（tí jué）：杜鹃。

②未比：比不上。

③自是休文：从此就像沈约一样郁郁不得志。梁朝的沈约字休文，因不得大用郁郁成病，消瘦异常。

④不干：无关。

【鉴赏】

这首小词通过上下阕所写的暮春之景抒发了深沉的"春愁"。全词有景有情，情景相生，抒情之后以说理作结却含蓄有味，也丰富了本词"春愁"的情感内涵。

岳 飞①

满 江 红 (怒发冲冠)

怒发冲冠②，凭栏处、潇潇③雨歇。抬望眼，仰天长啸④，壮怀激烈。三十功名尘与土，八千里路云和月。莫等闲⑤、白了少年头，空悲切。

靖康耻⑥，犹未雪。臣子恨，何时灭！驾长车，踏破贺兰山缺⑦。壮志饥餐胡虏⑧肉，笑谈渴饮匈奴血。待从头，收拾旧山河，朝天阙⑨。

【注释】

①岳飞：(1103～1142) 字鹏举，相州汤阴 (今属河南) 人。南宋抗金名将，官至枢密副使，封武郡开国公。因不附和议，被秦桧以"莫须有"的罪名杀害。孝宗时，谥武穆。宁宗时追封鄂王，理宗时改谥忠武。著有《岳武穆遗文》(一作《岳忠武王文集》)，诗词散文都慷慨激昂。

②冠：帽子。

③潇潇：形容雨势急骤。

④长啸：感情激动时张口发出清而长的声音，为古人的一种抒情之举。

⑤等闲：轻易。

⑥靖康耻：指北宋靖康二年（1127年），金兵攻陷京城汴梁，掠走徽、钦二帝。

⑦贺兰山缺：在今宁夏回族自治区。此处指金兵占领区。缺：山口。

⑧胡虏：指金兵。

⑨朝天阙：指朝见皇帝。天阙，天子宫殿前的楼观。

【鉴赏】

这是一首气壮山河、传诵千古的名篇。其词英勇悲壮，高亢激越，唱出了千百年来爱国热血之士精忠报国的英雄气概。

范成大①

满 江 红（罨画溪山）

罨画溪山②，行欲遍，风蒲还举。天渐远，水云初静。柁楼③人语。月色波光看不定，玉虹④横卧金鳞舞。算五湖⑤今夜只扁舟，追千古。

怀往事，渔樵侣。曾共醉，松江⑥渚，算今年依旧，一杯沧浦⑦。宇宙此身元是客，不须怅望家何许。但中秋时节好溪山，皆吾土。

【注释】

①范成大：（1126～1193），南宋诗人、词人。字致能，号石湖居士，平江吴郡（今江苏苏州）人。范成大与陆游、杨万里、尤袤齐名，为南宋四大家之一。有《石湖居士诗集》《石湖词》等传世。

②罨画溪山：指溪山美景如着色图画。

③柁楼：楼船上操柁之室。

④玉虹：指桥梁。

⑤五湖：指太湖。太湖有五湖：滆、洮湖、射湖、贵湖及太湖为五湖。

⑥松江：即吴淞江。

⑦沧浦：犹言青浦。浦：大水有小口曰"浦"。

【鉴赏】

该词借景抒情，借古抚今，手法独到，构思精妙，堪称匠心独运，妙笔生花。

千 秋 岁 (北城南埭)

重到桃花坞①

北城南埭②，玉水方流汇。青樾③里，红尘外。万桃春不老，双竹寒相对。回首处，满城明月曾同载。

分散西园盖④。消减东阳带⑤。人事改，花源⑥在。神仙虽可学，功行无边醉。新酒好，就船况有鱼堪买。

【注释】

①桃花坞：在今江苏阊门口。此词大约是作者在重返家乡时游桃花坞所作。

②埭：壅水为堰曰"埭"。

③青樾：绿阴。

④盖：车盖、车伞。

⑤东阳带：沈约齐隆昌（萧昭业年号）元年除吏部郎出为东阳太守，故

世称沈东阳。沈约《与徐勉书》："解衣一卧，支体不复相关，百日数旬，革带常应移孔，以手握臂，率计月小半分。"

⑥花源：陶潜有《桃花源记》。花源，即指桃花源。

【鉴赏】

这首词用笔轻灵，借景抒情，情景交融，意境缥缈，情感真挚。

浣 溪 沙（送尽残冬更出游）

新安驿席上留别①

送尽残冬更出游，风前踪迹似沙鸥。浅斟低唱小淹留。

月见西楼清夜醉，雨添南浦②绿波愁。有人无计恋行舟。

【注释】

①新安驿席上留别：新安驿大约在今安徽歙县附近。这是作者在酒席上留别所作。

②南浦：南边水畔。

【鉴赏】

这是一首留别诗，手法独到，让人回味无穷。

南　柯　子 (怅望梅花驿)

　　怅望梅花驿①，凝情杜若洲②。香云低处有高楼。可惜高楼，不近木兰舟③。

　　缄素双鱼④远，题红片叶⑤秋。欲绕江水寄离愁。江已东流，那肯更西流。

【注释】

　　①梅花驿：陆凯《寄赠范晔》诗："折海逢驿使，寄与陇头人，江南无所有，聊赠一枝春。"

　　②凝情：指思绪感情集中在一点上。杜若：香草名。

　　③木兰舟：形容船的精美。

　　④缄素双鱼：句用古诗"客从远方来，遗我双鲤鱼，呼童烹鲤鱼，中有尺素书。"诗意。

　　⑤题红片叶：据《唐诗纪事》载："卢渥应举之岁，偶临御沟，见一绝句置于巾箱，及宣宗放宫人，卢任范阳日，获其退宫人睹红叶，验其书无不惊讶。诗曰：'流水何太急，深宫尽日闲。殷勤谢红叶，好去到人间。'"

【鉴赏】

　　本词表达了词人心中的离愁，哀婉缠绵，情真意切。

西 江 月 （十月谁云春小）

十月谁云春小①，一年两见红娇。人间霜叶满庭皋②。别有东风不老。
百媚朝天淡粉，六铢步月生绡③。云英寂寞倚蓝桥④，谁伴玉京霜晓。

【注释】

①十月谁云春小：十月时，天气像春天一样和暖，所以有称十月为子春的。

②庭皋：居于高地的庭院。

③六铢：谷神子《博异志》："贞观中岑文本于山亭避暑，有叩门云：'上清童子。'文本问曰：'衣服皆轻细，何土所出？'对曰：'此上清五铢服'。又问曰：'比闻六铢者，天人衣，何五铢之异？'对曰：'尤细者则五铢也。'出门忽不见，惟于院墙下得古钱一枚。"绡：丝织品，丝绸。

④"云英"二句：《裴铏传奇》："裴航秀才佣巨舟于湘汉，同载有樊夫人，使袅烟持诗一章曰：'一饮琼浆百感生，元霜捣尽见云英。蓝桥便是神仙窟，何必崎岖上玉京。'航后经蓝桥驿，见老妪求浆。妪曰：'云英擎一瓯浆来。'俄于苇箔下出双玉手捧瓷瓯，航接饮之，真玉液也。"

【鉴赏】

此词写景生动鲜活，语言贴切自然，给人一种清新淡雅的感觉。

西 江 月 （北客开眉乐岁）

北客开眉乐岁①，东君著意华年②。遮风藏雨晚云天。应怕杏梢红浅。不惜灯前放夜③，从教雪后留寒。水晶帘箔万花细④。听彻南楼晓箭⑤。

【注释】

①北客：作者或指出使金国在燕山作客时自称。开眉：展眉愁解之意。

②东君：谓春神。著意：等于说存心、有意。

③放夜：《西都杂记》："西都京城街衢有执金吾，晓暝传呼，以禁夜行。惟正月十五夜敕许弛禁前后各一日谓之放夜。"

④万花钿：谓万花艳丽如美人头上钿钗。

⑤晓箭：指破晓漏壶所投之箭声。

【鉴赏】

全词意境空灵美妙，创造了一种独特的精神境界。

鹊　桥　仙 (双星良夜)

七　夕

双星良夜①，耕慵织懒，应被群仙相妒。娟娟月姊满眉颦②，更无奈，风姨③吹雨。

相逢草草，争如休见，重搅别离心绪。新欢不抵旧愁多，倒添了，新愁归去。

【注释】

①"双星"二句：谓天上牛郎、织女二星。古代神话传说牛郎耕田，织女纺织，当七夕佳会之期，他们都懒于工作。

②颦：皱眉。

③风姨：喻风神。

【鉴赏】

两千多年来，牛郎织女的故事，不知感动过多少中国人的心灵，在咏牛郎织女的佳作中，范成大的这首词别具匠心，是一首有特殊意义的佳作。

念 奴 娇 (双峰叠障)

双峰叠障,过天风海雨,无边空碧。月姊年年应好在,玉阙琼宫①愁寂。谁唤痴云②,一杯未尽,夜气寒无色。碧城③凝望,高楼缥缈④西北。

肠断桂冷蟾孤,佳期如梦,又把阑干拍。雾鬟风鬓相借问,浮世几回今夕。圆缺晴阴,古今同恨,我更长为客。婵娟⑤明夜,尊前谁念南陌。

【注释】

①玉阙琼宫:犹言琼楼玉宇。

②痴云:凝结不动的云。

③碧城:仙人居住的地方。

④高楼缥缈:指楼非常高远。

⑤婵娟:美好貌。

【鉴赏】

这首词抒写了词人心中的孤独之情,创造出一种悲凉气氛。

念 奴 娇 (湖山如画)

和徐尉游石湖①

湖山如画，系孤篷②柳岸，莫惊鱼鸟。料峭③春寒花未遍，先共疏梅索笑④。一梦三年，松风依旧，萝月何曾老。邻家相问，这回真个归到。

绿鬓新点吴霜⑤，尊前强健，不怕衰翁号。赖有风流车马客，来觅香云花岛。似我粗豪，不通姓字，只要银瓶⑥倒，奔名逐利，乱帆谁在天表⑦。

【注释】

①徐尉：名似道，字渊子。石湖在今苏州城西南十二里处。

②孤篷：小篷船。

③料峭：形容微寒（多指春寒）。此指风著肌微寒貌。

④疏梅索笑：杜甫《舍弟观赴蓝田取妻子到江陵喜寄》诗："巡檐索共梅花笑，冷蕊疏枝半不禁。"

⑤绿鬓新点吴霜：李贺《返自会稽歌》："吴霜点归鬓，身与塘蒲晚。"

⑥银瓶：酒瓶。

⑦天表：天边，天外。

【鉴赏】

该词写了词人游石湖的所见所感。

梦玉人引 （送行人去）

送行人去，犹追路，再相觅。天末交情，长是合堂同席。从此尊前，便顿然少个，江南羁客①。不忍匆匆，少驻船梅驿。

酒斝虽满，尚少如别泪万千滴。欲语吞声②，结心相对呜咽。灯火凄清，笙歌③无颜色。从别后，尽相忘，算也难忘今夕。

【注释】

①羁客：长久寄居他乡的游子。

②吞声：不出声地哭泣。

③笙歌：奏乐唱歌。

【鉴赏】

这首词描绘了词人心中的离愁别绪，情景交融，抒情达意。

如 梦 令 (两两莺啼何许)

两两莺啼何许。寻遍绿阴浓处。天气润罗衣①，病起却忺②微暑。休雨，休雨，明日榴花端午。

【注释】

①天气润罗衣：指溽暑天气使衣裳潮湿。
②忺：高兴，适意。

【鉴赏】

这首词描写细腻，景物感人，撩人心弦。

菩 萨 蛮 (小轩今日开窗了)

小轩今日开窗了。揉蓝①染碧缘阶草。檐佩②可怜风，杏梢烟雨红。
飘零欢事少，鬓点吴霜早。天色不愁人，眼前无限春。

【注释】

①揉蓝：蓝色。

②檐佩：指屋檐前所悬挂的铁马之类。

【鉴赏】

本篇借春景抒发了词人心中的愁情，哀怨缠绵，余音袅袅。

菩 萨 蛮 （黄梅时节春萧索）

黄梅时节春萧索①，越罗香润吴纱薄②。丝雨③日胧明，柳梢红未晴。
多愁多病后，不识曾中酒。愁病送春归，恰如中酒④时。

【注释】

①黄梅时节：农历四、五月间江南多雨，正值梅子成熟时俗称黄梅时节。
萧索：缺乏生机。

②越罗：浙江一带所制造的丝罗。吴纱：江苏一带所制造的纱。

③丝雨：细雨。

④中酒：喝酒过量。

【鉴赏】

本词描绘了黄梅雨节，以及作者见景之所感，用语含蓄，意蕴情深。

临 江 仙（羽扇纶巾风袅袅）

羽扇纶巾①风袅袅，东厢月到蔷薇，新声谁唤出罗帏。龙须将笛绕，雁字入筝飞。

陶写②中年须个里，留连月扇云衣③。周郎④去后赏音稀。为君持酒听，那肯带春归。

【注释】

①羽扇纶巾：羽扇用长羽毛做成的扇子。纶巾，古代一种配有青丝带的头巾。袅袅：形容细长柔软的东西随风摆动。

②陶写：娱情养性，排除忧闷。

③月扇云衣：庾信《北园新斋成应赵王教》诗："文弦入武曲，月扇掩歌儿。"刘向《九叹》："游青雾之飒戾兮，服云衣之披披。"

④周郎：三国时周瑜，精于音律，当时有谚语云："曲有误，周郎顾。"

【鉴赏】

该词以景抒情，以典抒情，加深了作品凄凉哀婉的情调。

鹧　鸪　天（嫩绿重重看得成）

嫩绿重重看得成。曲阑幽槛小红英[①]。酴醾架上蜂儿闹，杨柳行间燕子轻。

春婉娩[②]，客飘零。残花浅酒片时清。一杯且买明朝事，送了斜阳月又生。

【注释】

①红英：红花。
②酴醾：同荼蘼，花名，晚春天放。春婉娩：春日将落时。

【鉴赏】

这是一首歌咏春天的词，词人在歌咏阳春烟景的同时，还流露出了作客他乡的飘零之感，在较深层次上，还含有对青春老去的喟叹。

惜 分 飞 （画戟锦车皆雅故）

南浦舟中与江西帅漕酌别，夜后忽大雪[1]。

画戟锦车皆雅故[2]，箫鼓留连客住。南浦春波暮。难忘罗袜生尘处[3]。

明日船旗应不驻，且唱断肠新句[4]，卷尽珠帘雨。雪花一夜随人去。

【注释】

①南浦在江西省浦城县南门外。江西帅漕，乃刘文潜。文潜名焞，四川成都人，宋赵逵榜进士及第，当时他在江西统管漕运之事，是作者的朋友。

②画戟锦车皆雅故：形容江西帅之雍容威武。雅故，温文尔雅的故人。

③难忘罗袜生尘处：或借指当时饯别筵席上的歌女而言。

④断肠新句：指临别写作的词句。

【鉴赏】

该词写了离愁别绪，旷达中隐含着深切的悲哀。

菩 萨 蛮 （客行忽到湘东驿）

湘东驿①
客行忽到湘东驿。明朝真是潇湘客②。晴碧万重云，几时逢故人。

江南如塞北，别后书难得。先自雁来稀，那堪春半时。

【注释】

①词题：湘东驿，在湖南衡阳县东十二里。

②潇湘客：在潇湘作客。潇湘，湘水合潇水之称，今潇湘合流处，在湖南零陵县北。

【鉴赏】

此词抒写离愁别绪，情深语挚，凄婉动人。

满 江 红 （千古东流）

清江风帆甚快，作此与客剧饮歌之①。

千古东流，声卷地，云涛如屋②。横浩渺，樯竿③十丈，不胜帆腹。夜雨翻江春浦涨，船头鼓急风初熟④。似当年，呼禹乱黄川⑤，飞梭速。

击楫誓⑥，空惊俗。休拊髀，都生肉⑦。任炎天冰海⑧，一杯相属。荻笋蒌芽⑨新入馔，鹍弦凤吹⑩能翻曲，笑人间，何处似尊前，添银烛。

【注释】

①词题：清江在江西省袁江县境，乃袁赣二江之合流。剧饮，痛饮。

②云涛如屋：《兵书·天文志》："坚城之上有黑云如屋，名曰军精，不可攻。"

③樯竿：桅竿。

④风初熟：指风初和暖。

⑤黄川：指黄河。

⑥击楫誓：《晋书·祖逖传》："逖统兵北伐，渡江，中流击楫而誓曰：不能清中原而复济

者，有如此江。"

⑦拊髀、生肉：《三国志·先主传》："住荆州数年。尝于（刘）表坐起至厕，见髀里肉生，慨然流涕。还坐，表怪问备，备曰：吾常身不离鞍，髀肉皆消，今不复骑，髀里肉生。日月若驰，老将至矣，而功业不建，是以悲耳。"

⑧炎天冰海：指南方与北方。

⑨荻笋蒌芽：荻之幼苗似竹之笋可食，故名荻笋。蒌芽，蒌蒿的嫩芽，香脆亦可食。

⑩鹍弦凤吹：用鹍鸡筋做琵琶乐器的弦叫鹍弦；周灵王太子晋，即王子乔好吹笙，声如凤鸣，故曰凤吹。

【鉴赏】

这首词抒发了离别之怨，寓情于景，情景交融，含蓄蕴藉，意味深长。

秦 楼 月（湘江碧）

寒食日湖南提举胡元高家席上闻琴①。

湘江碧。故人同作湘中客。湘中客。东风回雁②，杏花寒食。

温温③月到蓝桥侧，醒心弦④里春无极。春无极，明朝残梦，马嘶南陌。

【注释】

①词题：宋代设立主管专门事务的职官叫提举。胡元高名仰，徽州人，父舜陟，有《胡少师总集》今传。

②回雁：湖南衡阳有回雁峰，相传雁至衡阳则不过，遇春而回。

③温温：朱淑真《探梅》诗："温温天气似春知。"

④醒心弦：指琴弦上弹出曲调，使人神志湛然。

【鉴赏】

该此作者望春生情，构思巧妙，用语精工，委婉缠绵。

玉 楼 春 （佳人无对甘幽独）

梅 花

佳人无对甘幽独，竹雨松风相澡浴。山深翠袖自生寒，夜久玉肌元不粟①。

却寻升树烟江曲，道骨仙风②终绝俗。绛裙缟袂③各朝元，只有散仙名萼绿④。

【注释】

①玉肌元不粟：苏轼《雪后书北台壁》诗："冻合玉楼寒起粟。"这里反用其意。

②道骨仙风：谓标格超凡。

③绛裙缟袂：形容红白梅花。

④朝元：即朝玄，指朝拜玄元皇帝，即道家鼻祖老子。

⑤萼绿：陶弘景《真诰》："萼绿华者自云是南山人，女子年可二十许，颜色绝整，以晋穆帝升平三年十一月降羊权家，授权尸解药。隐景化形而去。"作者撰《梅谱》云："梅花纯绿者，好事者比之九嶷仙人萼绿华云。"

【鉴赏】

这首词短小玲珑，含蓄蕴藉，在词史上占有重要的地位。

醉 落 魄 (马蹄尘扑)

海 棠

马蹄尘扑。春风得意笙歌逐。款门不问谁家竹。只拣红妆①，高处烧银烛。

碧鸡坊里花如屋②。燕王宫下花成谷③。不须悔唱关山曲。只为海棠，也合来西蜀。

【注释】

①红妆：形容海棠花。

②"碧鸡"句：在四川成都县城内西南有碧鸡坊，海棠甚盛。

③"燕王"句：成都燕王宫多海棠。

【鉴赏】

全词虽然看似都是景语，但景中含情，情景交融。

玉 楼 春 （云横水绕芳尘陌）

牡 丹

云横水绕芳尘陌，一万重花春拍拍①。蓝桥仙路不崎岖，醉舞狂歌容倦客。

真香解语②人倾国，知是紫云③谁敢觅。满蹊桃李不能言，分付仙家君莫惜。

【注释】

①春拍拍：这里是说春风吹动花朵。

②真香解语：美人如花，花之胜处在其生香，女之胜处在其解语，此用其意。

③紫云：这里借美女以喻牡丹花。

【鉴赏】

全词写了牡丹花的美丽，表达了词人对其的热爱。

菩 萨 蛮 （冰明玉润天然色）

木芙蓉^①

冰明玉润^②天然色。凄凉拚作西风客。不肯嫁东风，殷勤霜露中。

绿窗梳洗晚，笑把玻璃盏^③。斜日上妆台，酒红和困来。

【注释】

①木芙蓉：落叶乔木。茎高丈许。叶梢呈心脏形，秋冬间开花，色淡红或白色。

②冰明玉润：形容白色的木芙蓉花。

③玻璃盏：指酒杯。

【鉴赏】

这首词描绘了木芙蓉的美丽与高尚，同时借物喻人。

水 龙 吟 （仙翁家在丛霄）

寿留守①

仙翁家在丛霄②，五云八景来尘表③。黄扉紫闼④，化钧⑤高妙。风霆⑥挥扫。漠北⑦寒烟，峤南和气，笑谈都了。自玉麟归去，金牛⑧再款，却回首，人间少。

天与丹台旧籍，笑苍生⑨，祝公难老。春葩秋叶，暄寒易变，壶天长好。物外新闻，凤歌鸾翥，龙蟠虎绕。想知心高会，寒霜夜永，尽横参⑩晓。

【注释】

①这首词大约是送人做寿之词。留守是官名。

②丛霄：犹言层霄。指高空。

③尘表：谓世外。

④黄扉紫闼：指皇帝在朝廷处理机要公务之处。

⑤化钧：即化育钧陶之意。

⑥风霆：即风雷，谓有声威。

⑦漠北：与下文"峤南"是概括全国南北方而言。

⑧金牛：宣城之戚山有金牛洞，作者有题金牛洞诗。

⑨苍生：指老百姓。

⑩参：星名。

【鉴赏】

这是一首送人的词，寄予了作者的感情，给读者以无穷的想象空间。

酹 江 月 (浮生有几)

严子陵钓台①

浮生有几，叹欢娱常少，忧愁相属。富贵功名皆由命，何必区区仆仆②。燕蝠尘中，鸡虫影里，见了还追逐。山间林下，几人真个幽独。

谁似当日严君，故人龙衮③，独抱羊裘④宿。试把渔竿都掉了，百种千般拘束。两岸烟林，半溪山影，此处无荣辱。荒台遗像，至今嗟咏不足。

【注释】

①严子陵钓台：今浙江桐庐县西有富春山，一名严陵山。前临大江，为汉严子陵钓处，人号严陵濑，有东西二钓台，各高数百丈。

②仆仆：烦猥貌。

③龙衮：即龙袍。

④羊裘：羊毛皮袍。

【鉴赏】

这首词抒发了作者对人生的感慨，显示出深厚的艺术功力。

醉落魄(雪晴风作)

雪晴风作。松梢片片轻鸥落。玉楼天半褰珠箔①。一笛梅花②，吹裂冻云幕。

去年小猎漓山脚。弓刀湿遍犹横槊③。今年翻怕貂裘④薄。寒似去年，人比去年觉。

【注释】

①珠箔：指珠帘。

②一笛梅花：古曲中有梅花落曲调。

③这两句批乾道八年作者知静江府（治所在今桂林市）广西经略安抚使时出猎情况。漓山名象鼻山。在广西桂林县南。横槊：苏轼《前赤壁赋》："酾酒临江，横槊赋诗。"槊，长矛。

④貂裘：貂毛皮袍。

【鉴赏】

该词将今朝与往昔放在一起写，对比强烈，构思巧妙。

霜天晓角 (少年豪纵)

少年豪纵①。袍锦团花凤。曾是京城游子，驰宝马，飞金鞚②。
旧游浑似梦。鬓点吴霜重。多少燕情莺意③，都写入，玻璃瓮④。

【注释】

①豪纵：豪迈放纵。

②鞚：指马勒。

③燕情莺意：指歌妓的情意。

④玻璃瓮：酒瓮。

【鉴赏】

该词运笔潇洒，自然生动，完全是从词人的心中流出。

法驾导引 (琳霄境)

步 虚 词①

琳霄②境，却似化人宫③。梵气弥罗④融万象，玉楼十二倚晴空。一片宝
光中。

【注释】

①步虚词：吴兢《光府解题》："步虚词，道家曲也，备言众仙缥缈轻举之美。"

②琳霄：犹言玉霄。

③化人宫：《列子》："周穆王时西域之国有化人来谒王同游，王执化人之祛，腾而上者中天乃止，暨及化人之宫。"

④梵气弥罗：弥罗，广为罗布。

【鉴赏】

该词上天入地，笔势纵横，给人以一种缥缈的感觉。

法驾导引 (刚风起)

刚风①起，背负玉虚②廷。九素烟光寒一色。扶阑四面是青冥③。环拱万珠星。

【注释】

①刚风：即罡风。天空极高处之风。

②玉虚：指仙境。

③青冥：指天空。

【鉴赏】

该词情景交融，神游天地，给人以美的享受。

菩 萨 蛮（彤楼鼓密催金钥）

寓直晚对内殿①

彤楼鼓密催金钥②。沉沉青琐③重重幕。宣唤晚朝天④，五云笼瞑烟。

风急东华路⑤。暖扇遮微雨。看雾扑人衣，上林⑥鸟满枝。

【注释】

①这首词是作者在南宋宫里学士院晚间值宿时即景之作。

②这句是说楼上鼓声紧密催促宫门上锁。彤楼，红楼。金钥，金锁。

③青琐：谓宫门刻为连环文而以青色涂之。

④朝天：古代称朝拜皇帝曰朝天。

⑤东华路：宋时宫城有东华西华两门。

⑥上林：本秦时旧苑名。这里借指南宋宫苑。

【鉴赏】

这是作者在南宋宫里学士院所作，描写了那里的景物，生动感人。

满 江 红（山绕西湖）

　　山绕西湖，曾同泛，一篙春绿①。重会面，未温往事，先翻新曲，劲柏乔松霜雪后，知心惟有孤生竹②。对荒园，犹解两高歌，空惊俗。

　　人更健，情逾熟。樱共柳，冰和玉③。恐相逢如梦，夜阑添烛。别后书来客怅望，尊前酒到休拘束。笑箪瓢④，未足已能狂，那堪足。

【注释】

　　①一篙春绿：指春水有一篙就之深。
　　②这二句是平生共患难的知心朋友而言。
　　③这里樱共柳、冰和玉或指当时侍儿或歌女而言。
　　④箪瓢：《论语·雍也》："一箪食，一瓢饮，在陋巷。"箪：苇器，圆曰箪，方曰笥。

【鉴赏】

　　这首词将景物叙事、抒情融为一体，浑然天成，耐人寻味。

水调歌头 （元日至人日）

人　日

元日至人日，未有不阴时，新年叶气，无处人物不熙熙①。万岁声从天下，一札恩随春到，光采动天鸡。寿域②遍寰海，直过雪山西。

忆曾预，宣王册，捧金卮。如今万里，魂梦空绕五云飞。想见大庭宫馆，重起三山楼观，双指赭黄衣③。此会古无有，何止古来稀。

【注释】

①这两句写当时在成都一片欢乐景象。熙熙：和乐之意。

②寿域：指盛世。

③赭黄衣：指皇帝所服之衣。

【鉴赏】

该词描写的是一片欢乐场景以及作者心中的想法，用词华丽，构思巧妙。

西 江 月 （樱笋园林绿暗）

樱笋园林绿暗。槐榆院落清和^①。年年高会引笙歌，戏采人随燕贺^②。一笑难逢身健，十分休惜颜酡^③。还将瓜枣送金荷^④，遍照金章满座。

【注释】

①清和：清爽和润。
②戏采人随燕贺：指诞辰人来祝贺。
③颜酡：指醉颜红色。
④金荷：酒杯之类。

【鉴赏】

该词用语凝练，结构严谨，独具匠心，是难得的佳作。

满 江 红 (天气新晴)

　　天气新晴，寻昨梦，池塘春早。雨过湔裙①，水上柳丝风袅。却忆去年今日，桃花人面依前好。惟今年，酒量却添多，银杯小。

　　谁劝我，玉山倒②。催细抹③。翻新调。渐金猊④压锦，喷首云绕。笼帕飞来双翠袖，弓弯内样人间少。为留连，春色伴山翁，都休老。

【注释】

　　①湔裙：洗裙。

　　②玉山倒：喻醉倒。

　　③细抹：或指弹琵琶而言。

　　④金猊：指金属铸狻猊形香炉。

【鉴赏】

　　这首词将叙事，写景抒情放在一起写，对比鲜明，效果明显，真切感人。

陆 游①

钗 头 凤（红酥手）

红酥手②，黄藤酒③，满城春色宫墙柳。东风恶，欢情薄，一怀愁绪，几年离索。错！错！错！

春如旧，人空瘦，泪痕红浥鲛绡透④。桃花落，闲池阁⑤，山盟虽在，锦书难托⑥。莫！莫！莫⑦！

【注释】

①陆游：（1125～1210），字务观，号放翁，山阴（今浙江绍兴）人。以荫入仕。历枢密院编修，幕游梁、益，居蜀九年乃归。晚知严州，诏同修国史兼秘书监，以宝文阁待诏致仕。陆游现存词138首。有《渭南文集》五十卷，《剑南诗稿》八十七卷，《放翁词》二卷。

②这首词是陆游为他的前妻唐琬而作。题于禹迹寺南沈园壁上。红酥手：形容女子搽红酥的手。

③黄藤酒：黄藤，酒名。

④浥：润湿。鲛绡：又作蛟绡。鲛，鲛人，神话中的美人鱼，在海底织绡（丝巾），时常到市里售卖。她的眼泪会变成珠子。

⑤池阁：池沼楼阁。

⑥山盟：指山起誓，愿与山一样永久。锦书：书信。

⑦莫！莫！莫！：罢了！罢了！即别提啦。

【鉴赏】

这首词记述了陆游与表妹唐婉的一次别后重逢，抒发了词人幽怨而又无处言说的苦痛。

鹧 鸪 天 (家住苍烟落照间)

家住苍烟落照①间，丝毫尘事不相关。斟残玉瀣行穿竹②，卷罢《黄庭》卧看山③。

贪啸傲④，任衰残，不妨随处一开颜⑤。元知造物心肠别⑥，老却英雄似等闲⑦。

【注释】

①落照：落山的阳光。

②斟：酌酒。玉瀣，酒名。

③黄庭：《黄庭经》，道家论养生的书。

④啸傲：长啸倨傲，行动没有拘束。

⑤开颜：欢笑。

⑥元知：原知。造物：大自然。

⑦似等闲：似乎不当一回事。

【鉴赏】

该词中虽是描写闲逸的隐居生活，但字里行间无不透露着词人忧郁悲愤的心情，轻快中暗含了词人深深的落寞和哀怨。

木 兰 花 (三年流落巴山道)

立春日作

三年流落巴山①道，破尽青衫②尘满帽。身如西徕渡头云③，愁抵瞿唐关④上草。

春盘春酒年年好，试戴银幡判醉倒⑤。今朝一岁大家添，不是人间偏我老。

【注释】

①巴山：大巴山，是陕西四川一带的大山脉，这里指代夔州。

②青衫：低级文官的服色。

③西徕：徕水在夔州，分为东徕、西徕。 渡头云：比喻自己到处漂泊无处归宿。

④瞿唐关：古称江关，位于瞿塘峡上，在夔州东南。

⑤银幡：幡，旗子。古时立春日，士大夫家庭均剪纸为小旗，戴在头上，

亦有剪成蝴蝶等形状的，称为幡胜。判：同拚。

【鉴赏】

这首词是陆游四十七岁任夔州通判时所写的，抒发了其心底抑郁之情。

好 事 近 (岁晚喜东归)

岁晚喜东归，扫尽市朝陈迹[1]。拣得乱山环处，钓一潭澄碧[2]。
卖鱼沽酒醉还醒，心事付[3]横笛。家在万重云外，有沙鸥[4]相识。

【注释】

①迹：痕迹。
②钓一潭澄碧：在碧清的潭水里垂钓。
③付：寄托。
④沙鸥：鸥，飞在水上或海面的鸟；沙鸥，沙洲上的鸥鸟。

【鉴赏】

这首词作者借景抒情，言语简洁，富有极强的感染力。

水调歌头^①（江左占形胜）

多景楼

江左^②占形胜，最数古徐州^③。连山如画，佳处缥缈著危楼^④。鼓角^⑤临风悲壮，烽火连空明灭^⑥，往事忆孙刘^⑦。千里曜戈甲^⑧，万灶宿貔貅^⑨。

露沾草，风落木，岁方秋。使君^⑩宏放，谈笑洗尽古今愁。不见襄阳登览，磨灭游人无数，遗恨黯^⑪难收。叔子^⑫独千载，名与汉江流^⑬。

【注释】

①此词为陆游陪同镇江知府方滋登多景楼时所作。

②江左：指江东。

③古徐州：谓镇江。徐州为古代九州之一，其地在泰山以南，淮水以北。西晋末，北方动乱，故徐州移治广陵（今江苏扬州），再移京口（今江苏镇江），又称为南徐州。

④危楼：高楼。著：突显。

⑤鼓角：战鼓与号角。

⑥烽火：边境报警的烟火。明灭：忽明忽暗。

⑦孙刘：谓孙权、刘备。

⑧曜：照耀。戈：兵器。甲：盔甲。

⑨貔貅：猛兽名，此指军队。

⑩使君：指镇江知府方滋。

⑪黯：黯然伤心，失望之意。

⑫叔子：羊祜，字叔子。

⑬汉江：即汉水，流经襄阳。羊祜督荆州深得民心，因此陆游说他的名气与汉江一样千古长流。

【鉴赏】

词的上片追忆历史人物，下片写今日登临所怀，全词发出对古今的感慨之情，表现了作者强烈的爱国热情。

临 江 仙（鸠雨催成新绿）

离果州作①

鸠②雨催成新绿，燕泥收尽残红。春光还与美人同。论心空眷眷③，分袂却匆匆。

只道④真情易写，那知怨句难工。水流云散⑤各西东。半廊花院月，一帽柳桥风。

【注释】

①果州：今四川南充。

②鸠：鸠鸟。

③眷眷：依恋之情。

④只道：只知。

⑤散：弥散。

【鉴赏】

词人写本词时，正要走上他渴望已久的从戎前线的军幕生活，惜春惜别，该词美景扑人，余味未尽。

蝶 恋 花 （陌上箫声寒食近）

离小益作①

陌上箫声寒食近，雨过园林，花气浮芳润。千里斜阳钟欲暝，凭高望断南楼信。

海角天涯行略尽，三十年间，无处无遗恨。天若②有情终欲问，忍教霜点相思鬓。

【注释】

①小益：益昌，今四川广元，时人呼为小益，与成都称为大益相对。

②若：如果。

【鉴赏】

这首词写得十分婉约，表面上只是抒发了离情别绪，突出的是个人的相思之苦，但实际还饱含着诗人沉痛的悲愤。

秋 波 媚（秋到边城角声哀）

七月十六日晚登高兴亭望长安南山①

秋到边城角声哀，烽火②照高台。悲歌击筑③，凭高酹酒④，此兴悠哉！
多情谁似南山月，特地暮云开。灞桥烟柳⑤，曲江⑥池馆，应待人来。

【注释】

①词人凭高远望长安诸山，收复失地的热情奔腾激荡。

②烽火：边境报警的烟火。军情紧急时，连举三火；前线无事时，只举一火，称为平安火。

③筑：为古代弦乐器，以竹击之，故名筑。

④酹酒：以酒洒地祭奠。

⑤灞桥：在今陕西西安城东灞水上。汉人送客至此，折柳赠别。

⑥曲江：在今西安市东南，唐代以来名胜区。

【鉴赏】

这首词写于宋孝宗乾道八年秋天，陆游四十八岁，词中洋溢着浓厚的爱国激情。

鹧 鸪 天 （懒向青门学种瓜）

懒向青门①学种瓜，只将渔钓送年华。双双新燕飞春岸，片片轻鸥落晚沙。

歌缥缈②，橹呕哑③，酒如清露鲶④如花。逢人问道归何处？笑指船儿此是家。

【注释】

①青门：秦亡后，东陵侯邵平隐于长安青门外，种瓜为生，瓜很美，人都叫东陵瓜，亦名青门瓜。

②缥缈：似有似无，形容歌声辽远。

③呕哑：船橹声。

④鲶：腌鱼。

【鉴赏】

这首词，随手描写眼前生活和情景，毫不费力，而清妍自然之中，又自赏正反兼包，涵蕴深厚，举重若轻之妙，表现得很明显。

双 头 莲 (华鬓星星)

呈范至能待制

　　华鬓星星^①，惊壮志成虚，此身如寄^②。萧条病骥^③，向暗里，消尽当年豪气。梦断故国^④山川，隔重重烟水。身万里，旧社凋零^⑤，青门俊游^⑥谁记？

　　尽道锦里^⑦繁华，叹官闲昼永，柴荆^⑧添睡，清愁自醉，念此际付予何人心事！纵有楚柁吴樯^⑨，知何时东逝^⑩？空怅望，脍美菰香^⑪，秋风又起。

【注释】

　　①华鬓星星：鬓发都显得白了。

　　②此身如寄：如寄是说没有归宿。

　　③萧条病骥：寂寞的病马。骥，千里马。

　　④故国：指家乡。

　　⑤"旧社"句：旧日的集社。凋零，星散。

　　⑥青门俊游：青门，长安的东门。俊游，指当年在朝的一班同僚朋友。

　　⑦锦里：又称锦城，为成都的别称。

　　⑧柴荆：柴门。

　　⑨楚柁吴樯：指回东南去的船只。

　　⑩东逝：向东去。

　　⑪脍美菰香：细切鱼肉；菰，菰米。脍美菰香，写山阴的风味。

【鉴赏】

这首词在困难环境中，反复陈述壮志消沉，怀旧思乡之情，看似消极，却又含悲愤。

鹊 桥 仙（华灯纵博）

华灯纵博，雕鞍驰射，谁记当年豪举①？酒徒②一一取封侯，独去作江边渔父③。

轻舟八尺，低篷三扇，占断萍洲烟雨④。镜湖⑤元自属闲人，又何必君恩赐与？

【注释】

①举：举动。

②酒徒：指当时酣宴军中的同列友人。

③江边渔父：江边的渔翁，泛指隐居者。

④占断：占尽，全都为我独得。萍洲烟雨：萍洲，长着萍草的水边。萍，一种水草。烟雨，细雨，水气袅袅如烟的景象，烟雨空濛的风光。

⑤镜湖：又称鉴湖，在今浙江绍兴境内。湖的范围本来很广，旧跨山阴、会稽二县之界，总的包括二县附近之水，属山阴的称南湖，属会稽的称东湖。宋以后，许多水域渐渐淤积为田。

【鉴赏】

这是陆游闲居故乡时所作，在描写湖山胜景，闲情逸趣的同时，蕴含着壮志未酬，壮心不已的幽愤。

鹊 桥 仙 (一竿风月)

　　一竿风月①，一蓑烟雨②，家在钓台西住③。卖鱼生怕④近城门，况肯到红尘⑤深处？

　　潮生理棹，潮平系缆⑥，潮落浩歌归去。时人错把比严光，我自是无名渔父⑦。

【注释】

　　①一竿风月：在风中月下，手持一根钓竿钓鱼。

　　②一蓑烟雨：在烟雨中身披一件蓑衣过着渔樵生活。

　　③家在钓台西住：东汉严光，字子陵，与光武帝刘秀是同学，他不肯做官，隐居于富春山。

　　④生怕：甚怕。

　　⑤红尘：繁华的地方。

　　⑥理棹：整理船桨。系缆：拴住缆绳，停泊船只。

　　⑦无名渔父：严子陵虽然也是渔隐，但他名气很大，后世留传关于他和光武帝交往的许多故事。

【鉴赏】

　　这首词表面上是写渔父，实际上是作者自己咏怀之作，他写渔父的生活与心情，正是写自己的生活与心情。

青 玉 案① (西风挟雨声翻浪)

与朱景参会北岭

西风挟雨声翻浪，恰洗尽、黄茅瘴②，老惯人间齐得丧③。千岩④高卧，五湖⑤归棹，替却凌烟像⑥。

故人小驻平戎帐，白羽腰间⑦气何壮，我老渔樵⑧君将相。小槽⑨红酒，晚香丹荔⑩，记取蛮江⑪上。

【注释】

①陆游为福州宁德县主簿时，与县尉朱景参情好甚笃。秋晚，与朱景参会于福州北岭僧舍，赋此词以赠。

②黄茅瘴：黄茅草的瘴气。

③齐得丧：谓把人间得失看得一样。

④千岩：千岩亭。

⑤五湖：今太湖。

⑥凌烟像：指为国立功，得到皇帝赞誉。

⑦白羽腰间：白色羽箭挂在腰间。

⑧我老渔樵：我将老于渔民樵夫之间。

⑨小槽：注酒器皿。

⑩晚香丹荔：指晚红，荔枝的一种，熟得最迟。

⑪蛮江：指闽江。

【鉴赏】

该词富有极强的节奏感，声情并茂，未言情，情却深，富有极强的感染力。

清 商 怨 (江头日暮痛饮)

葭萌驿作①

江头日暮痛饮，乍雪晴犹凛②。山驿凄凉，灯昏人独寝③。

鸳机新寄断锦④，叹往事、不堪重省。梦破南楼，绿云堆一枕⑤。

【注释】

①葭萌驿：在今四川广元县西南。

②乍雪：初雪。凛：严寒。

③寝：睡觉。

④锦：书信。

⑤绿云：指女子秀美的鬓发。堆：言甚蓬松、茂密之状。

【鉴赏】

此词写羁旅愁思，暮景衬幽情，更显出愁思的深切温厚。

汉 宫 春 <small>(羽箭雕弓)</small>

初自南郑来成都作①

羽箭雕弓，忆②呼鹰古垒，截虎平川③。吹笛暮归，野帐雪压青毡。淋漓醉墨，看龙蛇④、飞落蛮笺。人误许，诗情将略，一时才气超然。

何事又作南来，看重阳药市⑤，元夕灯山⑥。花时万人乐处，莼帽垂鞭。闻歌感旧，尚时时、流涕尊前。君记取，封⑦侯事在，功名不信由⑧天。

【注释】

①南郑：今陕西汉中。

②忆：回想。

③平川：平地。

④龙蛇：形容笔势飘逸之书法。

⑤重阳药市：九月九日的城市药市。

⑥元夕灯山：古俗正月十五日夜张灯结彩。

⑦封：册封。

⑧由：在于。

【鉴赏】

这首词是作者于公元1173年春在成都所作，隐含了其对当时朝廷压抑主战派、埋没人才的愤怒、控诉。

渔 家 傲 （东望山阴何处是）

寄仲高①

东望山阴②何处是，往来一万三千里。写得家书空满纸，流清泪，书回已是明年事。

寄语红桥③桥下水，扁舟何日寻兄弟？行遍天涯真老矣，愁无寐④，鬓丝几缕茶烟里。

【注释】

①仲高：陆升之，字仲高，陆游从兄，长陆游十二岁。

②山阴：今浙江绍兴。

③红桥：作"虹桥"。

④寐：睡觉。

【鉴赏】

这首词从寄语亲人表达思乡、怀人及自身作客飘零的情状，语有新意，情亦缠绵，在陆游的词中是笔调较为凄婉之作。

沁 园 春① （粉破梅梢）

三荣横溪阁小宴

粉破梅梢，绿动萱②丛，春意已深。渐珠帘低卷，筇枝③微步，冰开跃鲤，林暖鸣禽。荔子扶疏④，竹枝⑤哀怨，浊酒一尊和泪斟。凭栏久，叹山川冉冉⑥，岁月骎骎⑦。

当时岂料如今，漫一事无成霜鬓侵。看故人强半⑧，沙堤黄阁⑨，鱼悬⑩带玉，貂映蝉金⑪。许国虽坚，朝天无路，万里凄凉谁寄音？东风里，有灞桥烟柳，知我归心。

【注释】

①此词上片写春天欣欣向荣景象，抒发岁月迟暮之感；下片写报国无路的悲哀，抒发对故乡的怀念。横溪阁：故址在今四川荣县城北双溪之上。

②萱：百合花。

③筇枝：筇竹杖。

④扶疏：枝叶繁茂貌。

⑤竹枝：竹枝词，四川民歌。

⑥冉冉：漫漫。

⑦骎骎：疾速貌。

⑧故人：旧友。强半：大半。

⑨沙堤：唐时替新任宰相铺筑的沙面大路。黄阁：汉代丞相听事阁谓之黄阁。

⑩悬：悬挂。

⑪貂、蝉：古代官员所佩佩饰。

【鉴赏】

　　该词先描写春天一片生机的景象，后写报国无路的悲哀，表达了其对故乡的怀念之情。

夜　游　宫 _{（独夜寒侵翠被）}

宫　词

　　独夜寒侵翠被，奈幽梦、不成还起。欲写新愁泪溅纸。忆承恩①，叹馀生，今至此。

　　蔌蔌灯花坠，问此际、报人何事。咫尺②长门过万里。恨君心，似危栏，难久倚。

【注释】

　　①承恩：蒙受君主恩泽。
　　②咫尺：比喻距离很近。

【鉴赏】

　　该词情景交叠，语言简洁，感情真挚，是豪放词中的佳作。

夜游宫（雪晓清笳乱起）

记梦寄师伯浑^①

雪晓清笳^②乱起，梦游处、不知何地。铁骑^③无声望似水。想关河^④，雁门^⑤西，青海^⑥际。

睡觉寒灯里，漏声断、月斜窗纸。自许^⑦封侯在万里。有谁知，鬓虽残，心未死！

【注释】

①师浑甫，字伯浑。陆游乾道九年夏摄知嘉州（今四川乐山）事，路经眉州时，与之相识，引为知己。

②笳：古代北方少数民族的一种管乐器。

③铁骑：穿铁甲的骑兵。望似水：极言其整齐。

④关河：关隘、河防，泛指边塞要地。

⑤雁门：雁门关，在今山西代县西北。

⑥青海：青海湖，在今青海省东北部。

⑦自许：自信。

【鉴赏】

这是作者赠给好友师伯浑的记梦词，全词表达了作者对收复失地梦寐以求的爱国情怀。

蝶 恋 花^① （桐叶晨飘蛩夜语）

桐叶晨飘蛩夜语，旅思秋光，黯黯长安^②路。忽记横戈^③盘马处，散关清渭^④应如故。

江海轻舟^⑤今已具，一卷兵书^⑥，叹息无人付。早信此生终不遇，当年悔草长杨赋^⑦。

【注释】

①此词作于东归行抵行在时。

②长安：指行在临安。

③戈：兵器。

④渭：渭水。

⑤舟：小船。

⑥一卷兵书：汉张良曾于下邳圯上得一老父赠《太公兵法》一编，后佐刘邦成就帝业。

⑦长杨赋：汉成帝游幸长杨宫，纵胡人大猎，扬雄作《长杨赋》以献。

【鉴赏】

这首词是陆游离开南郑入蜀以后写的，上片写对南郑戎马生活的怀念，下片抒发壮志难酬的感慨。

乌 夜 啼① （纨扇婵娟素月）

纨扇婵娟素月②，纱巾缥缈轻烟③。高槐叶长阴初合，清润雨余天④。
弄笔斜行小草⑤，钩帘浅醉闲眠。更无一点尘埃到，枕上听新蝉。

【注释】

①此词为陆游在故乡山阴闲
居时所作。

②纨扇：一称宫扇，以细绢
制成，形如满月。婵娟：形容纨
扇色态美好。

③轻烟：谓纱巾轻细如烟。

④雨余天：雨过天晴。

⑤斜行小草：弄笔写草书。

【鉴赏】

这首词只写事和景，不写情，情寓于事与景中，使人体会到流畅、舒适的
情怀。

诉 衷 情 （当年万里觅封侯）

当年万里觅封侯①，匹马戍梁州②。关河梦断何处？尘③暗旧貂裘。
胡未灭，鬓先秋④，泪空流。此生谁料，心在天山⑤，身老沧洲⑥！

【注释】

①觅封侯：喻建功立业。

②戍梁州：守梁州。梁州，
古陕西地。指诗人在汉中时生活。

③尘：灰尘。

④鬓先秋：鬓边头发先白了。

⑤天山：即祁连山，在新疆。

⑥沧洲：指水边地方，常用
作隐士住的地方。

【鉴赏】

这首词是词人晚年隐居山阳
后的抒怀名篇，表达了敌人犹在
而英雄却已迟暮的悲苦之情。

诉 衷 情 (青衫初入九重城)

青衫初入九重城①，结友尽豪英。蜡封夜半传檄②，驰骑谕幽并③。

时易失，志难成，鬓丝生④。平章风月⑤，弹压江山⑥，别是功名⑦。

【注释】

①青衫：低级文官的服色。九重城：指都城。

②檄：征召的文书。

③幽并：幽，幽州，今河北省一部分及辽宁省一部分；并，并州，今河北省中部及山西北半部地方，当时均在金人手中。

④鬓丝：鬓边白发。

⑤平章：品评。

⑥弹压：制服。

⑦别：另外。

【鉴赏】

该词的上片是忆旧，下片是抒愤，通过今昔对比，抒发壮志未酬、岁月虚度的感叹，生动地反映了词人爱国情怀和坎坷经历。语言晓畅，用典自然，情感真挚，有较强的艺术感染力。

谢 池 春 (壮岁从戎)

壮岁从戎①，曾是气吞残虏②。阵云高，狼烽③夜举。朱颜青鬓④，拥雕戈西戍⑤。笑儒冠自来多误⑥。

功名梦断⑦，却泛扁舟吴楚⑧。漫⑨悲歌，伤怀吊古。烟波无际，望秦关⑩何处？叹流年又成虚度。

【注释】

①壮岁从戎：指陆游四十八岁到汉中军幕时代。

②残虏：残余的敌人。

③狼烽：古时边疆上燃烧烽火以报警，用狼的粪作燃料，风吹不散，故称狼烽或狼烟。

④朱颜青鬓：红润的脸，乌黑的头发。

⑤拥雕戈西戍：以雕着花纹的戈矛作卫护，防守西方边地。

⑥"儒冠"句：儒冠，指书生文人。

⑦功名梦断：建立功名的理想破灭。

⑧吴楚：泛指南方。

⑨漫：徒然的意思。

⑩秦关：指函谷关，在河南灵宝县西南，战国时为秦所建，故称秦关。

【鉴赏】

这首词是陆游老年居家，回忆南郑幕府生活而作，该词上片怀旧，忆当年之意气风发，下片写实，哀叹人生易老、报国无门，沉痛悲郁。

洞庭春色 (壮岁文章)

壮岁文章，暮年勋业，自昔误人。算英雄成败，轩裳①得失，难如人意，空丧天真②。请看邯郸当日梦，待炊罢黄粱徐欠伸③。方知道，许多时富贵，何处关身？

人间定无可意，怎唤得、玉鲙丝莼？且钓竿渔艇，笔床茶灶④，闲听荷雨⑤，一洗衣尘。洛水秦关千古后，尚棘暗铜驼⑥空怆神。何须更，慕封侯定远⑦，图像麒麟⑧。

【注释】

①轩裳：指官位爵禄。

②丧天真，李白《古风》（第三十五）："一曲斐然子，雕虫丧天真。"

③"请看"二句：用黄粱一梦的典故。

④笔床茶灶：唐陆龟蒙常乘小舟，设茶灶笔床、钓具泛游。

⑤闲听荷雨：李商隐《宿骆氏亭寄怀崔雍崔衮》："秋阴不散霜飞晚，留得枯荷听雨声。"

⑥铜驼：指洛阳宫门前铜驼。

⑦封侯定远：《后汉书·班超传》："（超）出入二十二年，莫不宾从。改立其王，而绥其人。不动中国，不烦戎士，得远夷之和，同异俗之心。其封超为定远侯，邑千户。"

⑧图像麒麟：用唐太宗凌烟阁图像，褒奖功臣之事。

【鉴赏】

这首词抒发了词人的爱国情怀，内容丰富，含蓄隽永，意味无穷。

点 绛 唇^①（采药归来）

采药归来，独寻茅店沽新酿^②。暮烟千嶂，处处闻渔唱。
醉弄扁舟，不怕黏天浪。江湖上，遮回疏放^③，作个闲人样。

【注释】

①此词先写采药归来独自沽酒，又写醉后弄舟江湖，通过描写闲情逸致，抒发内心郁积的隐痛，于洒脱中见沉郁。
②新酿：新酒。
③遮回：这回。疏放：闲散，不受拘束。

【鉴赏】

这首词作于宋孝宗淳熙年间，上阕写采药、饮酒，听渔舟唱晚的悠闲生活，下阕写悠游自在泛舟湖上，看似洒脱自由，实则词人内心充满了无奈，"作个闲人样"，有种壮志难酬的自我解嘲的意味。

卜 算 子①（驿外断桥边）

咏 梅

驿②外断桥边，寂寞开无主③。已是黄昏独自愁，更著④风和雨。
无意苦⑤争春，一任群芳妒⑥。零落成泥碾⑦作尘，只有香如故⑧。

【注释】

①此词咏物言志，以梅写人。

②驿：驿站。

③无主：谓无人培护，无人欣赏。

④著：遭受。

⑤苦：谓拼命、尽力。

⑥一任：听凭。群芳：群花。

⑦碾：指被车轮轧碎。

⑧如故：如旧。

【鉴赏】

这是一首相当有名的咏梅词，词人不仅以梅自况，而且对梅的高洁品质进
行了赞美。

【国学精粹珍藏版】

宋词名篇鉴赏

◎尽览中国古典文化的博大精深 ◎读传世典籍，赢智慧人生——受益终生的传世经典

李志敏⊙编著

卷四

民主与建设出版社
·北京·

乌 夜 啼（金鸭余香尚暖）

金鸭①余香尚暖，绿窗斜日偏明。兰膏②香染云鬟腻，钗坠③滑无声。
冷落秋千伴侣，阑珊打马心情④。绣屏惊断⑤潇湘梦，花外一声莺⑥。

【注释】

①金鸭：金鸭形的香炉。

②兰膏：用兰泽炼成的香气很浓的油脂。

③坠：坠落。

④阑珊：将残、将尽之意。打马：宋代闺房中的一种游戏。

⑤断：打断。

⑥莺：莺叫。

【鉴赏】

这是陆游少数的艳词之一。陆游在中年以后是反对写艳词的，这当是他年轻时所作。该词描写的是一位妇女在孤寂无聊时的情态，艳而不亵，读起来别有一番情味。

桃源忆故人 （中原当日三川震）

题华山图①

中原当日三川②震。关辅③回头煨烬。泪尽两河征镇④，日望中兴运。

秋风霜满青青鬓，老却新丰英俊⑤。云外华山千仞⑥，依旧无人问。

【注释】

①华山图：《剑南诗稿》卷七十二《秋思》（第三）："一篇旧草《天台赋》，六幅新传太华图。"

②三川：指泾水、渭水和洛水。

③关辅：关，关中。辅，三辅，汉时以京兆尹、左冯翊、右扶风共治长安城中，称为三辅。

④两河：谓黄河南北。征镇：汉魏有东、南、西、北四征将军及四镇将军，置以当方面之任，合称征镇。

⑤新丰英俊：唐马周未遇时，舍于新丰逆旅，后上当世所切二十馀事，太宗不次擢用。新丰：在陕西临潼东北。

⑥仞：古时八尺或七尺。

【鉴赏】

这首词抒发了词人忧国之情怀，含蓄隽永，意味无穷。

极 相 思 （江头疏雨轻烟）

江头疏雨轻烟。寒食落花天。翻红坠素，残霞暗锦，一段凄然。

惆怅东君^①堪恨处，也不念、冷落尊前。那堪更看，漫空相趁^②，柳絮榆钱。

【注释】

①东君：春神。

②趁：逐。

【鉴赏】

该词表达了词人的惆怅情绪，情真亲切，令人感叹。

玉 蝴 蝶 （倦客平生行处）

王忠州家席上作^①

倦客平生行处，坠鞭京洛^②，解佩潇湘^③。此^④夕何年，来赋^⑤宋玉高唐。绣帘开、香尘乍^⑥起，莲步稳、银烛分行，暗端相。燕羞莺妒，蝶绕蜂忙。

难忘，芳樽频劝，峭寒新退，玉漏犹长。几许幽情，只愁歌罢月侵廊。欲归时、司空笑问^⑦，微近处、丞相嗔^⑧狂，断人肠。假饶相送，上马何妨。

【注释】

①王忠州：疑王从周（镐），吉州永丰人，仕至忠州守。

②京洛：借指行在临安。

③解佩潇湘：郑交甫游江汉之湄，遇江妃二女，求身上所佩，怀于中心，后视佩顾女，倏忽不见。

④此：令。

⑤赋：做诗、词。

⑥乍：刚刚。

⑦司空笑问：李司空罢镇在京，慕刘禹锡名，邀第设宴。刘即席赋诗："鬟髽梳头宫样妆，春风一曲杜韦娘。司空见惯浑闲事，断尽江南刺史肠。"李以妓赠之。

⑧嗔：怒，生气。

【鉴赏】

这首词以叙事抒情，含蓄隽永，情真意切，令人深思。

浣 溪 沙 _{（浴罢华清第二汤）}

南郑席上

浴罢华清第二汤^①，红绵扑粉玉肌凉，娉婷初试藕丝^②裳。
凤尺裁成猩血^③色，螭奁熏透麝脐香^④，水亭幽处捧霞觞。

【注释】

①华清：唐代华清宫温泉，在陕西临潼骊山下。第二汤：渭南郑温泉，仅次于华清。

②藕丝：纯白的丝。

③猩血：红色。

④螭奁：螭形为饰的熏香铜匣。麝脐香：麝香，雄麝腹部香腺分泌物，是名贵的香料。

【鉴赏】

全词浪漫主义色彩浓厚，词藻华丽，给人以美的享受。

桃源忆故人 （一弹指顷浮生过）

一弹指顷浮生过①，堕②甑元知当破。去去醉吟③高卧，独唱何须和④。残年还我从来我，万里江湖烟舸。脱⑤尽利名缰锁，世界元来大。

【注释】

①一弹指顷：谓时间极少。二十念为一瞬，二十瞬为一弹指。

②堕：掉落。

③吟：吟诗。

④和：跟着唱。

⑤脱：摆脱。

【鉴赏】

这首词感时伤事，笔法细腻，绘景生动传神，抒情令人感动。

鹧 鸪 天 (家住东吴近帝乡)

送叶梦锡①

家住东吴近帝乡②，平生豪举少年场③。十千沽④酒青楼上，百万呼卢⑤锦瑟傍。

身易⑥老，恨难忘，尊前赢得是凄凉。君归为报京华旧，一事无成两鬓霜。

【注释】

①叶梦锡：叶衡，字梦锡，婺州金华（今浙江金华）人，知荆南、成都、建康府，拜右丞相兼枢密使。

②家住东吴：《答王樵秀才书》："某吴人，凡吴之陆皆同谱。"此指山阴。帝乡：谓临安。

③"平生"句：《剑南诗稿》卷二《自笑》："自笑平生醉后狂，千钟使气少年场。"

④沽：买。

⑤百万呼卢：古人赌博，削木为五子，每子一面涂黑，画牛犊，一面涂白，画雉，五子俱黑者胜。掷子时高声喊"卢"，称"呼卢"。

⑥易：容易。

【鉴赏】

这首词抒发了词人对人生短暂而一事无成的感慨，情真意切，以景衬人，催人泪下。

沁 园 春 (孤鹤归飞)

孤鹤归飞，再过辽天，换尽旧人。念累累枯冢，茫茫梦境，王侯蝼蚁①，毕竟成尘。载酒园林，寻花巷陌，当日何曾轻负春。流年改，叹围腰带剩②，点鬓霜新。

交亲散落如云。又岂料如今余此身。幸眼明身健，茶甘③饭软，非惟我老，更有人贫。躲尽危机，消残壮志，短艇湖中闲采莼④。吾何恨，有渔翁共醉，溪友为邻。

【注释】

①王侯蝼蚁：王侯与蝼蚁。

②剩：剩余。

③甘：甘甜、清爽。

④"短艇"句：《诗稿》卷十九《寒夜移疾》："天公何日与一饱，短艇湘湖自采莼。"自注："湘湖在萧山县，产莼绝美。"

【鉴赏】

这首词表达了词人对时光流逝，壮志难酬的感慨，感人至深。

大 圣 乐① (电转雷惊)

电转雷惊②，自叹浮生，四十二年。试思量往事，虚无似梦，悲欢万状，合散如烟。苦海③无边，爱河④无底，流浪看成百漏船。何人解，向无常⑤火里，铁打身坚。

须臾便是华颠。好收拾形体归自然。又何须着意，求田问舍⑥，生须宦达，死要名传。寿夭⑦穷通，是非荣辱，此事由来都在天。从今去，任东西南北，作个飞仙。

【注释】

①《珊瑚网法书题跋》卷七，此首乃陆游所书，不见于本集；是否即其自作，俟考。

②电转雷惊：喻时光之速。

③苦海：原佛教用语，后用来比喻困苦折磨。

④爱河：佛教用语。

⑤无常：变化不定，原佛教用语。

⑥求田问舍：喻增置产业。

⑦寿夭：夭折、幼年早逝。

【鉴赏】

这首词抒发了词人对人生以及时光流逝的感叹，壮志未酬的无耐。

辛弃疾①

满　江　红（点火樱桃）

点火樱桃，照一架、荼蘼②如雪。春正好、见龙孙③穿破，紫苔苍壁。乳燕引雏飞力弱，流莺唤友妖声怯。问春归，不肯带愁归，肠千结。

层楼望，春山叠。家何在，烟波隔。把古今遗恨，向他谁说。蝴蝶不传千里梦，子规叫断三更月④。听声声、枕上劝人归，归难得。

【注释】

①辛弃疾：（1140～1207），字幼安，号稼轩，历城（山东济南）人。初为耿京义军掌书记，奉表南归。历江阴签判，广德军通判，知滁州，提点江西刑狱，后知潭州兼湖南安抚使，提点两浙西路刑狱。以被劾落职，寓居上饶十年。绍熙二年（1191），起提点福建刑狱，知福州兼福建安抚使。复遭诬劾，退居铅山。嘉泰三年（1203），起知绍兴府兼浙东安抚使，历知镇江、隆兴府，旋又遭诬落职，卒于铅山。一生以恢复为志，词与苏轼并称"苏辛"。有

《稼轩词》四卷，《稼轩长短句》十二卷。另有辑本《稼轩诗文抄存》。

②荼蘼：亦称酴醾，以色似酴醾酒而名。春末夏初开白花。

③龙孙：竹笋的别名。

④"蝴蝶"二句：唐人崔涂《春夕》："蝴蝶梦中家万里，杜鹃枝上月三更。"蝴蝶梦：庄子梦见自己化为蝴蝶（《庄子·齐物论》），后人遂以蝴蝶称梦。子规，亦名杜鹃，传为蜀君望帝所化，啼时泣血，声作："不如归去"，故亦名思归鸟、催归鸟。

【鉴赏】

该词上片写景，生机勃勃，然而好景不常在，引发词人的伤春情怀，下片具体地描写了因伤春而引起的情愁。全词以春为引，抒发作者的家思国恨。

祝英台近（宝钗分）

晚春①

宝钗分，桃叶渡，烟柳暗南浦②。怕上层楼③，十日九风雨，断肠片片飞红。都无人管，更谁劝、啼莺声住④。

鬓边觑，试把花卜归期，才簪又重数⑤。罗帐灯昏，哽咽梦中语，是他春带愁来。春归何处，却不解、带将愁去⑥。

【注释】

①这首写离别思念的词，寄托了作者对北方失土的怀念。

②宝钗：妇女头上戴的首饰。宝钗分，喻指分别，南宋时也盛行这种分钗

送别的风俗。桃叶渡，在今江苏南京秦淮河与青溪合流处，这里指送别的地方。烟柳，晚春一片柳荫如烟的景色。南浦，南岸的水滨。江淹《别赋》中说："送君南浦，伤如之何。"以后的诗人就常用南浦作为送别的典故。

③层楼：高楼。

④断肠：形容悲痛到极点。飞红：落花。这三句意为：落花无人收管，更没有人去劝阻黄莺停住歌唱！

⑤觑（qù）：细看、斜视。簪，插戴。这三句是细致描写用簪花卜测离人归期的心理，取下簪上，簪上了又取下。

⑥罗帐：古时用丝织物做的帐子。哽咽，悲痛气塞，说不出话。解，懂得。这五句是借梦境写怀念亲人的感情。作者袭用爱情的外壳，从"怕上层楼"到"哽咽梦中语"，逐步深入地抒写对中原故人的思念，极为深切。

【鉴赏】

这是一首伤春别的闺怨词，形象摹写了晚春时节闺中少妇在离愁折磨下的神态和心理。

水 龙 吟 <small>(渡江天马南来)</small>

甲辰岁寿韩南涧尚书①

渡江天马南来，几个真是经纶手②？长安父老，新亭风景，可怜依旧③。夷甫诸人，福州沉陆，几曾回首④！算平戎万里，功名本是，真儒事、公知否⑤？

况有文章山斗，对桐阴、满庭清昼⑥。当年堕地，而今试看，风云奔走⑦。绿野风烟，平泉草木，东山歌酒⑧。待他年、整顿乾坤⑨事了，为先生寿。

【注释】

①甲辰岁：宋孝宗淳熙十一年（1184）。韩南涧，即韩元吉，南宋主战派，宋孝宗初年任吏部尚书，晚年徙居上饶，与辛弃疾常有来往。值得注意的是，辛弃疾在这首祝寿词以及其他作品里，多次斥责了王衍清谈误国，联系南宋的现实，锋芒所向，直指那些空谈性理的道学家。

②渡江天马南来：据《晋书·元帝纪》载，晋元帝司马睿（ruì 锐）南渡后在建康建立了东晋王朝。因元帝与西阳王等四人一同南渡，所以当时有"五马浮渡江，一马化为龙"的童谣。这里借指宋室南渡。经纶手，治理国家的能手。

③长安父老：据《晋书·桓温传》载，桓温率军北伐，途经长安附近时，父老们携酒慰问，并激动地说："今日方能见到自己的军队。"这里引用这个典故，是指中原金占区百姓盼望王师北伐。新亭，一名劳劳亭，三国时吴国所建，今南京市南。新亭风景，据《世说新语·言语篇》载，东晋南渡的士大夫们常到新亭聚游，有人感叹地说："风景不殊，正自有河山之异"，这里是

作者借古喻今。三句意为：中原百姓日夜盼望王师北伐，南渡的士大夫们感慨着山河破裂，可依然是南北相望，空叹息，盼不着。

④夷甫：即王衍，西晋时宰相，清谈家，时值匈奴贵族刘渊举兵进攻，王衍不思抵抗，后被石勒所杀。福州，指黄河流域的中原地区。沉陆，国土沦陷。三句意为：王夷甫之流，对中原国土的沦亡，何尝关心过！

⑤平戎：战胜金兵。儒，泛指一般的读书人。公，对韩元吉的尊称。

⑥山斗：泰山北斗，对权威的崇高称号，这里是赞韩元吉的文才。桐阴，韩元吉在记其家世的《桐阴旧话》中说：京师旧宅前有梧桐成荫，所以称为"桐阴"，这里是颂扬韩元吉的家世。

⑦堕地：诞生。风云奔走，指韩元吉为国辛劳。

⑧绿野：指唐朝宰相裴度的别墅绿野堂，位于洛阳午桥。风烟，景色。平泉，指唐朝宰相李德裕的别墅平泉庄，位于洛阳城郊。东山，指东晋宰相谢安寓居过的东山（今浙江上虞西南）。韩元吉这时寓居上饶，辛弃疾把他比作裴度等人，是期望他能够在抗金救国斗争中作出更多的贡献。

⑨整顿乾坤：指恢复中原，完成国家统一。

【鉴赏】

这是一首寿词，抒发对国事的愤慨，本词除运笔布局峰峦起伏，颇具匠心外引用史料比拟今人今事，也很成功。

满 江 红 （蜀道登天）

送李正之提刑入蜀①

蜀道登天，一杯送绣衣行客②。还自叹、中年多病，不堪离别。东北看惊诸葛表，西南更草相如檄③。把功名、收拾付君侯，如椽笔④。

儿女泪，君休滴。荆楚⑤路，吾能说。要新诗准备，庐山山色。赤壁矶头千古浪，铜鞮陌上三更月⑥。正梅花、万里雪深时，须相忆。

【注释】

①李正之：名大正，曾任江淮、荆淮、福建、广南路提点坑冶铸钱公事，淳熙十一年冬入蜀任利州路提刑，与辛弃疾等人交往甚深。提刑，官名，提点刑狱公事的简称，主管所属各州的司法、刑狱和监察，兼管农桑。这首送行词作于淳熙十一年（1184 年），用诸葛亮、司马相如的功业事迹，鼓励李正之入川后能有所作为。

②蜀道登天：形容入蜀的道路比登天还艰难。绣衣：汉武帝时曾派出绣衣使者巡行天下，以加强统治，李正之官至提刑，所以称他绣衣。行客：出行的客人。

③诸葛：诸葛亮。表：指诸葛亮出师北伐上奏蜀汉后主的《出师表》。草：起稿。相如：司马相如，西汉辞赋家，武帝时用为郎，曾奉使西南。檄：告示，此指司马相如安抚西南的《喻巴蜀檄》。据《史记·司马相如传》载，唐蒙征召巴蜀百姓修筑西南的道路，对逃亡者和反抗者用军法进行镇压，使巴蜀百姓大为震惊。汉武帝要司马相如起草檄文，说明这不是皇帝的旨意，而是唐蒙的过失，以安抚巴蜀。

④君侯：汉代对列侯的尊称，后也用为对地方高级官吏的尊称，这里指李正之。椽（chuán 传）笔：巨笔，指文才。

⑤荆楚：今湖南、湖北一带，入蜀途经之路。

⑥赤壁矶：又名赤鼻矶，在今湖北黄冈县西北。千古：久远的时代。铜鞮（dī 低）陌：今湖北襄阳。这四句意为：入蜀路上风景好，庐山景、赤壁浪、襄阳月，待你写出新诗稿。

【鉴赏】

这是一首送行词，所送之人是李正之，词人用诸葛亮、司马相如的功业事迹来鼓励李正之川后能有所作为。

清 平 乐 (柳边飞鞚)

博山道中即事①

柳边飞鞚②，露湿征衣③重。宿鹭惊窥沙影动④，应有鱼虾入梦。
一川⑤淡月疏星，浣纱人影娉婷⑥。笑背行人归去，门前稚子⑦啼声。

【注释】

①即事：就眼前所见景物写诗填词。此词亦作于词人闲退上饶带湖期间。

②飞鞚（kòng）：谓策马飞驰。鞚：马笼头，借指马。

③征衣：旅人之衣。

④宿鹭：夜宿的白鹭。惊窥：惊恐地偷看。沙影：白鹭留在沙滩上的影子。

⑤川：河。谓水面上。

⑥浣（huàn）纱：洗涤衣物。娉（pīng）婷：女子姿态美好貌。

⑦稚子：幼子。

【鉴赏】

这是一篇纪游词，所写皆沿途夜景，词的篇幅虽然很短，但意境清新，语言淡朴，别见幽情雅趣。

蝶 恋 花（九畹芳菲兰佩好）

月下醉书雨岩石浪①

九畹芳菲兰佩好②。空谷③无人，自怨蛾眉巧④。宝瑟泠泠⑤千古调，朱丝弦断知音少。

冉冉年华吾自老。水满汀洲，何处寻芳草。唤起湘累歌未了，石龙舞罢松风晓⑥。

【注释】

①此闲居带湖之作。石浪：巨大怪石。参见前《山鬼谣》词序及词尾作者自注。

②九畹（wǎn）：古以十二亩为一畹。九畹，泛言地亩之广。语出屈原《离骚》："余既滋兰之九畹兮，又树蕙之百亩。"兰佩：佩兰以为饰。《离骚》："纫秋兰以为佩。"

③空谷：杜甫《佳人》："绝代有佳人，幽居在空谷。"

④蛾眉巧：《离骚》："众女嫉余之蛾眉兮。"

⑤泠泠（líng）：水声清越，此喻瑟声。

⑥湘累（léi）：指屈原，无罪而死曰"累"。扬雄《反离骚》："叙吊楚之湘累。"石龙：即词序中所称石浪。

【鉴赏】

词的主题是抒发作者志气难酬无人赏识的孤独情怀。作者用笔委婉，通过比兴的手法，以香草美人自喻，曲折有致地表达出满腹的悲愤。

八声甘州（故将军、饮罢夜归来）

夜读《李广传》，不能寐，因念晁楚老、杨民瞻约同居山间，戏用李广事，赋以寄之①。

故将军、饮罢夜归来，长亭解雕鞍。恨灞陵醉尉，匆匆未识，桃李无言②。射虎山横一骑，裂石响惊弦③。落魄封侯④时，岁晚田间。

谁向桑麻杜曲，要短衣匹马，移住南山。看风流慷慨，谈笑过残年⑤。汉开边，功名万里，甚当时、健者也曾闲。纱窗外，斜风细雨，一阵轻寒。

【注释】

①此闲居带湖之作。《李广传》：指《史记·李将军列传》。李广，西汉名将，屡败匈奴，有"飞将军"之美誉。一度废为庶人，闲居终南山。晁楚老、杨民瞻：生平皆不详。

②"故将军"四句：《史记·李将军列传》云：李广闲居终南山时，某夜饮归，灞陵亭尉醉酒，不准通过，曰："今将军尚不得夜行，何况故将军。"乃令广宿于亭下。灞陵：汉文帝陵墓。桃李无言：《史记·李将军列传》引民

谚："桃李不言，下自成蹊。"赞李广实至名归，无劳自夸。

③"射虎"二句：据《史记·李将军列传》，广出猎引弓劲射猛虎，误中山石。

④落魄封侯：谓广终无封侯之赏。

⑤"谁向"五句：化用杜甫《曲江》三首诗意："自断此生休问天，杜曲幸有桑麻田。故将移住南山边，短衣匹马随李广，看射猛虎终残年。"杜曲：长安城南的名胜之地。

【鉴赏】

这首词抒发了作者痛恨朝政腐败，近奸佞而逐贤良，深恐国势更趋衰弱的情怀。

贺 新 郎 (云卧衣裳冷)

赋水仙①

云卧衣裳冷②。看萧然，风前月下，水边幽影。罗袜生尘凌波去③，汤沐烟江万顷。爱一点、娇黄④成晕。不记相逢曾解佩⑤，甚多情、为我香成阵。待和泪，收残粉。

灵均千古怀沙恨⑥。记当时、匆匆忘把，此仙题品⑦。烟雨凄迷僝僽⑧损，翠袂摇摇谁整。谩写入、瑶琴⑨幽愤。弦断招魂⑩无人赋，但金杯的皪银台润⑪。愁殢⑫酒，又独醒⑬。

【注释】

①词作于罢居带湖时期。

②"云卧"句：杜甫《游龙门奉先寺》："天阙象纬逼，云卧衣裳冷。"

③"罗袜"句：曹植《洛神赋》："凌波微步，罗袜生尘。"此喻水仙。

④娇黄：指水仙黄蕊。

⑤相逢解佩：亦喻水仙。

⑥"灵均"句：屈原字灵均，忠而见谤，贬到江滨，作《怀沙》赋

⑦忘把此仙题品：屈原作楚辞备述香草而无水仙，故辛词有此词。

⑧僝僽（chánzhòu）：折磨、憔悴、烦恼。

⑨瑶琴：《乐府解题》："伯牙作《水仙操》。"

⑩招魂：楚辞有《招魂》，或谓宋玉作。

⑪金杯、银台：指水仙。《山堂肆考》："世以水仙为金盏银台，盖单叶者其中似一酒盏，深黄而金色。至千叶者，花片卷皱，上淡白而下轻黄，不作杯状。"又见杨万里《千叶水仙花》诗之序。的皪（lì）：也称"的历"，光亮，鲜明貌。

⑫嚏（tì）酒：病酒，困酒。

⑬独醒：《楚辞·渔父》："举世皆浊我独清，众人皆醉我独醒，是以见放。"

【鉴赏】

本词作者将自己的情愫与青山相比，委婉地表达了自己宁愿落寂也决不与奸人同流合污的高洁之志。

鹧 鸪 天 <small>（唱彻阳关泪未干）</small>

送 人

唱彻《阳关》泪未干①，功名余事且加餐②。浮天水送无穷树③，带雨云埋一半山。

今古恨，几千般，只应离合是悲欢④？江头未是风浪恶，别有人间行路难⑤。

【注释】

①"唱彻阳关"句：唱彻：反复唱诵，不知多少遍了。阳关：在今甘肃敦煌西。泪未干：眼泪一直不干。

②功名余事且加餐：加餐：劝人增食，保重身体，《古诗十九首》："弃捐勿复道，努力加餐饭。"这句说：一生的功名事业都是多余的事情，最主要的是多吃点饭保重身体。

③浮天水：许浑《酬郭少府先奉使巡涝见寄兼呈裴明府》："江村夜涨浮天水，泽国秋生动地风。"无穷树：无边无尽的树林。李商隐《谢先辈防纪念拙诗甚多异日偶有此寄》："南浦无穷树，西楼不住烟。"

④"今古恨"三句：今古恨：古往今来的许多怨恨。几千般：几千件，极言其多。三句意思是：古往今来使人怨恨的事情不知有多少，难道只有离别相会才令人悲伤和欢乐吗？

⑤江头未是风波恶：在旅行的道路上，江头的风浪还算不上是最险恶的。行路难：乐府《杂曲歌辞》篇名。郭茂倩《乐府诗集》卷七十题解说："《行路难》，备言世路艰难及离别悲伤之意。"这句说：只有在现实社会上的人生道路才是最艰险的。

【鉴赏】

这是一首离别之作，但其中颇有世路艰难之感，反映了作者当时已历经仕途挫折，心中深有感慨。

青 玉 案 （东风夜放花千树）

元 夕

东风夜放花千树①。更吹落、星如雨②。宝马雕车③香满路。凤箫④声动，玉壶⑤光转，一夜鱼龙舞⑥。

蛾儿雪柳黄金缕⑦。笑语盈盈暗香去。众里寻他千百度⑧。蓦然⑨回首，那人却在，灯火阑珊⑩处。

【注释】

①花千树：无数彩灯互相辉映，像千树怒开的花儿。

②星如雨：彩灯如雨点繁多。《东京梦华录》说灯节期间，班院于法不得夜游，故"各以竹竿出灯球于半空，远近高低若飞星然。"星，比喻作灯。

③宝马雕车：装饰华美的车马。

④凤箫：排箫别名，因箫管参差不齐，如凤凰之翼，故美称之。见《风俗通·声音》。

⑤玉壶：比喻月亮。一说作灯。周密《武林旧事》指花灯名品极多，其中从福州进入的，纯用白玉制，晃耀夺目，如清冰玉壶，爽彻心目。所以玉壶一说为用白玉做的彩灯。

⑥鱼龙舞：鱼形和龙形的彩灯在舞动，写出繁华盛况。

⑦蛾儿雪柳黄金缕：妇女在元宵节佩戴的饰物，因饰物形状而得名。《武林旧事·元夕》记："元夕节物，妇人皆戴珠翠、闹娥、玉梅、雪柳……"。此处借指观灯妇女。

⑧千百度：千百次，指很多次。

⑨蓦然：忽然。

⑩阑珊：疏落、暗淡。

【鉴赏】

本词从极力渲染元宵节绚丽多彩的热闹场面入手，反衬出一个孤高淡泊，超群拔俗，不同于金翠脂粉的女性形象，寄托着作者政治失意后不愿与世俗同流合污的孤高品格。

临 江 仙（老去惜花心已懒）

探 梅①

老去惜花心已懒，爱梅犹绕江村。一枝先破玉溪春。更无花态度，全是雪精神。

剩向空山餐秀色②，为渠着句清新③。竹根流水带溪云。醉中浑不记，归路月黄昏。

【注释】

①闲居带湖时作。

②剩向：尽向。餐秀色，秀色可餐，极言山川之美。

③渠：他，即指梅。着句：写诗句。

【鉴赏】

这首词是词人在带湖闲居时所作，抒发了词人心中无限的感慨。

满 江 红 (莫折荼蘼)

钱郑衡州厚卿席上再赋①

莫折荼蘼，且留取、一分春色。还记得、青梅如豆，共伊同摘。少日对花浑醉梦，而今醒眼看风月。恨牡丹、笑我倚东风，头如雪。

榆荚阵，菖蒲叶。时节换，繁华歇②。算怎禁风雨，怎禁鹈鴃③。老冉冉兮花共柳，是栖栖者蜂和蝶④。也不因、春去有闲愁，因离别。

【注释】

①词作于淳熙十五年（1188），时稼轩闲居带湖。郑厚卿：稼轩友人，疑即郑如崇。据《宋衡州府图经志》："郑如崇，朝散郎，淳熙十五年四月到，绍熙元年正月罢。"衡州：在今湖南省，以衡山而得名，治所在衡阳。

②"榆荚"四句：榆荚（榆树的果实）二月成，菖蒲（水草）冬日生，故有"时节换，繁华歇"之叹。

③鹈鴃（tíjué）：鸟名。《离骚》："恐鹈鴃之先鸣兮，使夫百草为之不芳。"

④是栖栖者：《论语·宪问》："微生亩谓孔子曰：'丘何为是栖栖者与？……'"是：如此，这般。栖栖：忙碌貌。

【鉴赏】

这是一首情感独特的送别诗，全词从着意留春写到风吹雨打，留春不住，句句惊心动魄，运用比兴，衬托词人的离愁别恨。

破 阵 子 （醉里挑灯看剑）

为陈同父①赋壮语以寄

醉里挑灯看剑，梦回吹角连营②。八百里分麾下炙③，五十弦翻塞外声④。沙场秋点兵。

马作的卢⑤飞快，弓如霹雳⑥弦惊。了却君王天下事⑦，赢得生前身后名。可怜白发生。

【注释】

①陈同父：刘熙载《艺概》言："陈同父与稼轩为友，其人才相若，词亦相似。"今传《龙川词》。

②吹角连营：号角声响遍每一个军营。

③八百里分麾下炙：把八百里（牛名）分宰给部下军队烤吃。八百里乃牛名，《世说新语》："王君夫有牛，名八百里骏。"麾，旌旗之属。

④五十弦翻塞外声：用瑟弹奏雄壮的军乐。古瑟有五十弦而得名。翻，弹奏。塞外声，雄壮悲凉的乐声。

⑤马作的卢：军马有如的卢宝马。的卢，名马，三国时刘备所用。

⑥弓如霹雳：射箭时的弓弦声像行雷般响亮。霹雳，雷声。

⑦了却君王天下事：完成宋室君主平定天下的大事业。

【鉴赏】

此词作于词人在江西带湖闲居的时候，是为其好友陈同父作的，表达了收复失地的理想，抒发了壮志难酬、报国无门的感慨。

鹊 桥 仙（松岗避暑）

己酉山行书所见①

松岗避暑，茆檐避雨，闲去闲来几度②。醉扶怪石看飞泉，又却是、前回醒处③。

东家娶妇，西家归女④，灯火门前笑语。酿成千顷稻花香，夜夜费、一天风露。

【注释】

①己酉：即宋孝宗淳熙十六年。山行：在山村行走。

②松岗：栽着松树的山岗。茆檐：茅屋的前檐。几度：几次、几回。

③"醉扶怪石看飞泉"三句：我醉中扶着怪石，欣赏那飞流的瀑布，原来却在上次酒醒的地方呀！

④娶妇：迎娶媳妇。归女：嫁女。

【鉴赏】

这首词表现了词人寄情山水，享受乡俗之乐的情趣，但又暗含了其被迫游乐山水的痛楚。

声 声 慢（东南形胜）

送上饶黄倅秩满赴调^①

东南形胜，人物风流，白头见君恨晚^②。便觉君家叔度，去人未远^③。长怜士元骥足，道直须、别驾方展^④。问个里、待怎生销杀，胸中万卷^⑤？

况有星辰剑履^⑥，是传家、合在玉皇香案^⑦。零落新诗，我欠可人消遣^⑧。留君再三不住，便直饶、万家泪眼。怎抵得，这眉间、黄色一点^⑨？

【注释】

①上饶：江西上饶县。黄倅：宋代称州县通判、签判为倅，黄倅即姓黄的通判。秩满：任满。

②白头见君恨晚：意思是，到老了才结识你，只恨太晚了。

③叔度：黄宪字叔度。据《后汉书·黄宪传》载，郭林宗评论黄叔度器量时说过："叔度汪汪若千顷陂，澄之不清，淆之不浊，不可量也。"因信州通判黄倅与叔度同姓，因而说是"君家叔度"。去人未远：相差不多。

④士元：庞统，字士元，襄阳人。刘备领荆州时庞统任耒阳县令，因不理政事被免官。吴将鲁肃给刘备写信说："庞士元非百里才也，使处治中、别驾之任，始当展其骥足耳。"见《三国志·蜀书·庞统传》。骥：千里马。别驾：汉代州刺史的佐吏。宋代亦称通判为别驾，因职任相同。

⑤个里：当地口语，这个地方的意思。怎生：怎么。销杀，施尽，倾尽。胸中万卷：形容满腹才华。意思是：试问在这里怎么能够施展开你这满腹才华呢？

⑥星辰：《史记·五帝本纪》："旁罗日月星辰水波土石金玉……故号黄

帝。"《索隐》曰:"言帝德旁罗日月星辰水波,及至土石金玉。谓日月扬光,海水不波,山不藏珍,皆是帝德广被也。"《正义》云:"星,二十八宿也。辰,日月所会也。"此处指帝所。剑履:佩剑、麻鞋。《史记·萧相国世家》载:汉高祖评定功臣,"乃令萧何第一,赐带剑履上殿,入朝不趋。"上朝可不脱履,不去剑,以表示特殊的宠荣。

⑦玉皇:天帝,又称玉帝。香案:元稹《以州宅夸于乐天》诗:"我是玉皇香案吏,谪居犹得住蓬莱。"以上几句是夸赞黄通判的家世,并说他一定还会入朝为官。

⑧可人:谓其人有可取之处。消遣:消愁解闷。

⑨直饶:假定。欧阳修《鼓笛慢》词:"便直饶、更有丹青妙手,应难写、天然态。"这眉间,黄色一点:眉间黄色点表示临行的象征。韩愈《郾城晚饮奉赠副使马侍郎及冯李二员外》:"城上赤云呈现胜气,眉间黄色见归期。"以上几句说:再三留你也留不住,纵然是千家万户流着惜别的眼泪,也阻挡不住你启程上路。

【鉴赏】

该词表现了词人对友人的深情厚谊,感情真挚,令人回味。

满 庭 芳 （柳外寻春）

游豫章东湖再用韵①

柳外寻春，花边得句，怪公喜气轩眉。阳春白雪②，清唱古今稀。曾是金銮旧客③，记凤凰、独绕天池④。挥毫罢，天颜有喜，催赐尚方彝⑤。

只今江海上，钧天梦⑥觉，清泪如丝。算除非，痛把酒疗花治。明日五湖佳兴，扁舟去、一笑谁知。溪堂好，且拚一醉，倚杖读韩碑⑦。

【注释】

①作期同上，和洪适丞相之又一首。豫章：今江西南昌市。东湖：在豫章东南。

②阳春白雪：古乐曲名。宋玉《对楚王问》："客有歌于郢中者。其始曰《下里巴人》，国中属而和者数千人……其为《阳春白雪》，国中属而和者不过数十人。……其曲弥高，其和弥寡。"

③金銮旧客：指友人曾任职学士院。据《文献通考·学士院》："学士院常在金銮殿侧。……前朝因金銮坡以为门名，与翰林院相接，故为学士者称金銮以美之。"乾道三年，洪迈作谢表云："父子相承，四上銮坡之直；弟兄在望，三陪凤阁之游。"（《容斋随笔·兄弟直西垣》）

④凤凰、天池：天池，禁苑中池沼，亦称凤池或凤凰池。魏晋时中书省地近凤凰池，后代指中书省，唐以后则指宰相之职。按：洪适一度任相，故辛词有此语。

⑤尚方彝：原注云："公在词掖，尝拜尚方宝鼎之赐。"尚方：也作上方，汉官署名，专制御用器物。尚方彝，即谓皇帝所赐之鼎。

⑥钧天梦：战国赵简之梦"与百神游于钧天广乐。"见《史记·赵世家》。

⑦溪堂、韩碑：韩愈作《郓州溪堂诗》，诗前有长序，备叙建溪堂之曲，当时即将此诗并序刻石郓州，以昭后世。按："溪堂"三句原注云："堂记，公所制。"指淳熙八年，洪迈为稼轩带湖别墅作《稼轩记》（文见《文敏公集》卷六）。

【鉴赏】

这首词借景抒情，情景交融，耐人玩味。

踏 莎 行 (夜月楼台)

庚戌中秋后二夕，带湖篆冈小酌①

夜月楼台，秋香院宇。笑吟吟地人来去。是谁秋到便凄凉，当年宋玉悲如许②。

随分杯盘，等闲歌舞。问他有甚堪悲处。思量却也有悲时，重阳节近多风雨③。

【注释】

①词作庚戌年即绍熙元年（1190），时稼轩罢居带湖。篆冈：地名，当在带湖之侧。

②"宋玉"句：宋玉之《九辩》以悲秋而著称："悲哉秋之为气也，萧瑟兮草木摇落而变衰。"随分：随意，唐宋人习用语。

③"重阳"句：宋诗人潘邠（大临）诗断句："满城风雨近重阳。"见《冷斋夜话》。

【鉴赏】

该词写带湖秋色的幽美景色，把秋天写得使人留恋。

西 江 月 （明月别枝惊鹊）

夜行黄沙道中^①

明月别枝惊鹊^②，清风半夜鸣蝉。稻花香里说丰年，听取^③蛙声一片。
七八个星天外，两三点雨山前。旧时茅店社林边^④，路转溪桥忽见^⑤。

【注释】

①黄沙：黄沙岭。在江西省上饶县西。此词作于隐居上饶时。作者闲退农村期间，创作了一系列农村题材的田园词，这是很有代表性的一首。全词用通俗的语言、白描的手法，描绘出江南水乡的一幅夜景，风格清新自然。

②"明月"句：谓明亮的月光惊动了夜栖树枝的鸟鹊。别枝：斜枝。

③听取：听着。取：语助词。

④茅店：茅草屋的客店。社林：社庙丛林。

⑤见：出现。

【鉴赏】

这首词展示了一幅安静祥和的夜晚景象，惊动的雀鸟是作者的自比，体现了其孤独的内心。

定 风 波 (莫望中州叹黍离)

再用韵。时国华置酒，歌舞甚盛①

莫望中州叹黍离②，元和圣德要君诗③。老去不堪谁似我。归卧，青山活计费寻思。

谁筑诗坛高十丈。直上，看君斩将更搴旗④。歌舞正浓还有语，记取，须髯不似少年时。

【注释】

①作于绍熙四年（1193）冬。

②中州：指沦于金的中原。黍离：《诗经·王风》有《黍离》诗，感叹西周故都残破景象，后人以黍离之叹表达故国之思或兴废之感。

③元和：唐宪宗李纯的年号。元和年间，朝廷平叛乱，国内稍趋统一，诗人纷纷作诗以颂圣德。

④搴（qiān）旗：拔旗。

【鉴赏】

这首词作者感叹流年，抒发了其壮志未酬的情怀。

减字木兰花（盈盈泪眼）

纪壁间题①

盈盈泪眼，往日青楼天样远。秋月春花，输与寻常姊妹家。

水村山驿，日暮行云无气力。锦字②偷裁，立尽西风雁③不来。

【注释】

①词作于淳熙六、七年（1179～1180）间，时稼轩在湖南安抚使任上。

②锦字：谓书信。《晋书·列女传·窦滔妻苏氏》："滔，符坚时为秦州刺史，被徙流沙。苏氏思之，织锦为回文旋图以赠滔，宛转循环以读之，词甚凄婉。"

③雁：鱼雁传书，此指捎信无人。

【鉴赏】

这首词作于词人在湖南安抚使任上，抒发了词人心中的思念之苦，婉转动人，催人泪下。

行 香 子 (好雨当春)

三山作①

好雨当春，要趁归耕，况而今已是清明。小窗坐地②，侧听檐声③。恨夜来风，夜来月，夜来云。

花絮飘零，莺燕丁宁④，怕妨侬⑤湖上闲行。天心肯后⑥，费甚心情。放霎时阴，霎时雨，霎时晴。

【注释】

①三山：即今福州市。此词作于绍熙五年（1194）福建安抚使任上。梁启超《稼轩年谱》谓"此告归未得请时作也"。

②坐地：坐着。地：助词。

③檐声：檐间滴水声。

④丁宁：即叮咛，嘱咐。

⑤侬：你。

⑥天心：天意。暗指皇帝的旨意。肯：同意。

【鉴赏】

该词描写了春雨，给人一种清新淡雅的意境。

瑞 鹤 仙 (片帆何太急)

南剑双溪楼①

片帆何太急。望一点须臾，去天咫尺。舟人好看客。似三峡风涛，嵯峨剑戟。溪南溪北。正遐想，幽人泉石。看渔樵、指点危楼，却羡舞筵歌席。

叹息。山林钟鼎②，意倦情迁，本无欣戚③。转头陈迹。飞鸟外，晚烟碧。问谁怜归日，南楼老子，最爱月明吹笛④。到而今、扑面黄尘，欲归来得。

【注释】

①作于闽中任上。

②山林钟鼎：喻隐退和仕进。

③欣戚：愉悦与悲伤。

④"南楼"二句：东晋庾亮为荆州刺史时，曾登南楼与部属共赏明月，曰："老子于此处兴复不浅。"（《世说新语·容止篇》）南楼：在今湖北武昌市。

【鉴赏】

这首词作于词人在闽中的任上，抒发了作者的思乡之情，真诚感人。

玉 楼 春 （何人半夜推山去）

戏赋云山①

何人半夜推山去②，四面浮云猜是汝。常时相对两三峰，走遍溪头无
觅处。

西风瞥起云横度，忽见东南天一柱③。老僧拍手笑相夸，且喜青山依
旧住。

【注释】

①作于庆元二年（1196）秋冬之交，时稼轩闲居瓢泉。云山：白云笼罩
之山。

②"何人"句：《庄子·大宗师》："藏山于泽，谓之固矣，然而夜半有力
者负之而走……"黄庭坚《次韵东坡壶中九华》："有人夜半持山去，顿觉浮
岚暖翠空。"

③天一柱：天柱一根，即指下文之"青山"。

【鉴赏】

词人抓住自然界客观景物的顷刻变化，以轻快明朗的笔调抒发自己内心的
感受，寓意深刻，并非平淡之叹。

满 庭 芳 (西崦斜阳)

和章泉赵昌父[①]

西崦[②]斜阳，东江流水，物华不为人留。铮然一叶，天下已知秋[③]。屈指人间得意，问谁是、骑鹤扬州[④]。君知我，从来雅兴，未老已沧州[⑤]。

无穷身外事，百年能几，一醉都休。恨儿曹抵死，谓我心忧[⑥]。况有溪山杖屦，阮籍辈、须我来游[⑦]。还堪笑，机心早觉，海上有惊鸥。

【注释】

①词约作于庆元二、三年（1196－1197），即稼轩始迁瓢泉之时。

②西崦（yān）：西方的崦嵫山，在今甘肃天水县西。古人常以此为日没之处。

③"铮然"二句：《淮南子·说山》："以小明大，见一叶落，而知岁之将暮。"

④骑鹤扬州：化用《殷芸小说》："腰缠十万贯，骑鹤上扬州"语意。

⑤沧州：泛指山水出美处，谓隐士居处。

⑥谓我心忧：《诗经·王风·黍离》："知我者谓我心忧，不知我者谓我何求。"

⑦阮籍辈：魏晋之交，有阮籍、嵇康等七人常游醉于竹林之下，世称"竹林七贤。"

【鉴赏】

该词将写景、叙事、抒情放在一起来写，内涵丰富深刻，细细品之，则余味无穷。

浣 溪 沙（花向今朝粉面匀）

偕杜叔高吴子似宿山寺戏作①
花向今朝粉面匀，柳因何事翠眉颦②？东风吹雨细于尘。
自笑好山如好色③，只今怀树更怀人④。闲愁闲恨一番新。

【注释】

①杜叔高：杜籲，字叔高，浙江金华兰溪人，为作者的友人。吴子似：吴绍古，字子似，鄱阳人，庆元五年（1199）任铅山尉，与作者唱和甚多。此词约作于庆元六年。

②何事：何故，为何。翠眉颦：谓柳叶不舒展。翠眉：用拟人手法，以人的眼眉比拟柳叶。颦：皱眉。

③好山如好色：喜欢山水犹如喜欢美色一样。

④怀树更怀人：典出《史记·燕召公世家》："召公巡行乡邑，有棠树，决狱政事其下，自侯伯至庶人各得其所，无失职者。召公卒，而民人思召公之政，怀棠树不敢伐，歌咏之，作《甘棠》之诗。"后用为怀念仁政、怀念施仁政之人的典实。

【鉴赏】

这首词表达了词人对友人的深情厚谊，笔法独特，体现了其大家风范。

浣 溪 沙 (父老争言雨水匀)

父老争言雨水匀，眉头不似去年颦①。殷勤谢却甑中尘②。
啼鸟有时能劝客，小桃无赖已撩人③。梨花也作白头新④。

【注释】

①"父老"两句：父老：指乡村的老年人。争言：都争着说。雨水匀：
风调雨顺，预兆着好收成。颦：皱眉，愁苦的样子。

②殷勤谢却甑中尘：谢却：清除掉。甑（zēng 增）：一种陶制炊具。甑中
有尘土，形容人很贫穷；《后汉书·独行传》载：范冉，字史云，居处很简
陋，有时还断粮，但他态度自若，同里歌唱他："甑中生尘范史云。"

③小桃无赖已撩人：无赖，这里用做反意是可爱的意思。

④白头新：雪白的梨花开满枝头。描写了悦耳的鸟鸣，玲珑的小桃，雪白
的梨花，一派生气勃勃的春天景色。显得鲜艳、清新，表现作者对农村的
喜爱。

【鉴赏】

这首词作者描写景物，情景交融，优美如画，恬静自然，生动逼真。

虞 美 人 （一杯莫落他人后）

送赵达夫①

一杯莫落他人后。富贵功名寿。胸中书传有馀香。看写兰亭小字、记流觞②。

问谁分我渔樵席。江海消闲日。看君天上拜恩浓。却怕画楼无处、著春风。

【注释】

①闲居带湖所作。赵达夫：赵充夫，字可大，魏悼王七世孙；始名达夫，字兼善，孝宗为更名，赵本人亦易其字。从外舅寓居信州铅山，曾在湖州诸地为官。

②"兰亭"句：晋大书法家王羲之宴集会稽山阴之兰亭，书写《兰亭序》，并流觞取饮，相与为乐。流觞（shāng）：于水置酒杯，杯随曲水流行停其前，当即取饮，称流觞曲水。

【鉴赏】

这首词作于词人闲居带湖时，词中描绘了一幅生动、鲜活的画面，同时也寄予了作者的感情。

生 查 子（高人千丈崖）

简吴子似县尉①

高人千丈崖，太古储冰雪。六月火云时②，一见森毛发③。

俗人如盗泉④，照影都昏浊。高处挂吾瓢，不饮吾宁渴⑤。

【注释】

①词作于庆元六年（1200），时稼轩闲居瓢泉。吴子似：前屡见。

②火云：火烧云，赤色之云，极言天时炎热。李商隐《送崔珏往西州》：
"一条雪浪吼巫峡，千里火云烧西州。"

③森毛发：毛发森然，此含凛然见畏之意。

④盗泉：在今山东泗水县；相传盗泉不流。

⑤"高处"二句：《尸子》："孔子过于盗泉，渴矣而不饮，恶其名也。"
《逸士传》："许由捧水饮。人遗一瓢，饮讫，挂木上，风吹有声。由以为烦，
去之。"

【鉴赏】

此词借景抒怀，抒发了作者的高尚品质，意境清丽，别有风味。

夜 游 宫 （几个相知可喜）

苦俗客①

几个相知可喜，才厮见②、说山说水。颠倒③烂熟只这是。怎奈向④，一回说，一回美。

有个尖新底⑤，说底话、非名即利。说得口干罪过你⑥。且不罪⑦，俺略起，去洗耳⑧。

【注释】

①此词亦作于庆元六年（1200）赋闲瓢泉时。

②厮见：相见。

③颠倒：翻来覆去。

④"怎奈"向：怎奈，为何。向：助词。

⑤尖新底：新奇的。

⑥罪过你：多谢你。

⑦罪：责怪。

⑧洗耳：表示厌闻污浊之言；典出晋皇甫谧《高士传》："尧让天下于许由……由于是遁耕于中岳颍水之阳，箕山之下，终身无经天下色。尧又召为九州长，由不欲闻之，洗耳于颍水滨。"

【鉴赏】

这首词将"相知"和俗客进行对比描写，既表现了作者热爱自然山水，又表现了词人洁身自好的高贵品质。

鹧 鸪 天 (欲上高楼去避愁)

欲上高楼去避愁，愁还随我上高楼①。经行几处江山改，多少亲朋尽白头②。

归休去，去归休③。不成人总要封侯④？浮云出处元无定，得似浮云也自由⑤。

【注释】

①"欲上高楼去避愁"两句：我本想登上高楼躲避忧愁，但愁绪还是跟着我上了高楼。

②"经行几处江山改"两句：我平生走遍塞北江南，目睹了江山易主的悲剧，如今多少亲朋故交也已白发满头。

③归休去：退休、致仕。去，语助词。

④不成人总要封侯：不成：难道。这句意为难道人非得要拜将封侯吗？这是作者不能杀敌立功的牢骚话。

⑤"浮云出处元无定"两句：浮云的出处本来就是飘浮不定的，能像一片浮云也算是自由了。

【鉴赏】

这首词抒发了词人壮志难酬的无限愁绪，情真意切，感人肺腑。

永 遇 乐 (千古江山)

京口北固亭怀古①

千古江山，英雄无觅，孙仲谋处②。舞榭歌台，风流总被，雨打风吹去③。斜阳草树，寻常巷陌，人道寄奴曾住④。想当年、金戈铁马，气吞万里如虎⑤。

元嘉草草，封狼居胥，赢得仓皇北顾⑥。四十三年，望中犹记，烽火扬州路⑦。可堪回首，佛狸祠下，一片神鸦社鼓⑧。凭谁问、廉颇老矣，尚能饭否⑨？

【注释】

①京口，今江苏镇江，东汉建安十四年（公元209年）至十六年（公元211年）孙权曾自吴（今江苏苏州）迁治于此。北固亭：位于镇江东北的北固山上，面临长江。这首词作于宋宁宗开禧元年（公元1205年），其时辛弃疾在镇江知府任上。当时宰相韩侂胄企图以出兵北伐来巩固自己的地位，因而重新起用辛弃疾。在这种情势下，作者渴望祖国山河的统一，又为韩侂胄的轻敌冒进担忧，写了这首词，借南朝的历史提出告诫。

②孙仲谋：即孙权。这两句意为：江东河山千古长存，但孙权那样的风流人物却已无处可寻。

③舞榭歌台：供歌舞用的楼台。这三句意为：六朝繁华，经不起历史的风吹雨打，都已星散凋落。

④寻常巷陌：普通的街巷。寄奴：南朝宋武帝刘裕的小名。这三句意为：这斜阳西照、草木丛生的普通街巷，听说是宋武帝刘裕住过的地方。

⑤金戈铁马，形容军队兵强马壮。这两句写刘裕的战功。他在京口起事，

击败桓玄，掌握东晋大权，后又出兵北伐，灭掉南燕、后秦，一度收复洛阳、长安等地，公元四二〇年代晋称帝。

⑥元嘉：南朝宋文帝刘义隆的年号（424－450年）。元嘉草草：450年，刘义隆出兵攻打北魏，虽遭众臣劝，仍轻率出兵，惨败而退，又遭北魏追击，致使刘宋王朝一蹶不振。封：祭天。狼居胥：山名，在今内蒙古自治区中部。封狼居胥，指元狩四年（前119年）霍去病大败匈奴于狼居胥，筑坛祭天，庆贺胜利。北顾：指宋文帝北伐惨败后，登烽火台北望，对草率用兵深感后悔，作诗有"北顾涕交流"句。这三句意为：刘义隆想建立霍去病那样的功绩，由于他草率用兵遭致惨败，只落得个狼狈退逃、仓皇北顾的下场。

⑦四十三年：作者1162年奔归南宋至1205年出守京口，前后共四十三年。这里指公元1162年作者南归之时。这三句意为：登高远望，如今还能清楚地记得，当年扬州路上一片战火弥漫的景象。

⑧可堪：怎能。佛狸祠，北魏太武帝拓跋焘小名佛狸，他击败了宋文帝的军队后，统帅追兵直达瓜步山（今江苏六合东南），在山上建立行宫，后改为佛狸祠。神鸦：啄食祭品的乌鸦。社鼓：祠庙里祭祀时用的鼓。这三句是借佛狸祠的香火，暗喻金占区的人们好象已经忘记了蒙受异族侵略的耻辱。

⑨廉颇：战国时赵国的名将，赵惠文王时任上卿，曾屡次战胜齐、魏等国，建立战功，后不得志而老死。尚能饭否：赵悼襄王时，廉颇不被重用，居于大梁（今河南开封）。后因赵多次被秦围困，赵王想起用廉颇，派人到大梁去看望他是否还能带兵，廉颇当着使者的面吃了一斗饭，十斤肉，并披甲上马，以示自己尚能出战。但使者已得了奸臣郭开的贿赂，回去回报说：廉将军年纪虽老，饭量尚佳，但精力已经不济，赵王就没有起用他。这里作者以廉颇自比。

【鉴赏】

这首千古佳作事实上是借古伤今，抒发了词人壮志难酬的悲愤之情，全篇用典较多，情景交融，思想性与艺术性高度统一，不愧为千古名作。

南 乡 子 _(何处望神州)

登京口北固亭有怀①

何处望神州②？满眼风光北固楼③。千古兴亡多少事，悠悠④，不尽长江滚滚流⑤。

年少万兜鍪⑥，坐断东南战未休⑦。天下英雄谁敌手⑧？曹刘。生子当如孙仲谋⑨。

【注释】

①这是词人六十六岁时在镇江知府任上的作品。词中热情称颂孙权为杰出的英雄人物，对之流露出倾慕与怀念之情，这应是应时而发的感慨。南宋即无人有凭靠东南进行抗战、战胜强敌的英雄气概，又无人有这种能力。当时的韩侂胄虽力主北伐，但却是昏庸无能之辈，把抗金战争视若儿戏。通篇以问答形式写出，激昂的爱国情调溢于言表，令人振奋。

②神州：中国，此指中原地区。

③北固楼：即北固亭。

④悠悠：长远不尽的样子。

⑤"不尽"句：化用杜甫《登高》"无边落木萧萧下，不尽长江滚滚来"诗句。

⑥"年少"句：谓孙权年轻时就统率万军。兜鍪（dōumóu）：头盔，此指士兵。

⑦"坐断"句：以东南地区为基地，不断地进行抵御外侮的战争。坐断：占据。

⑧ "天下"二句：曹操对刘备说：现在天下英雄只有你和我曹操了，袁绍之流是不足挂齿的。(见《三国志·蜀书·先主传》)。

⑨ "生子"句：用曹操的故事。曹操见孙权的舟船、器杖、军伍整肃，叹息说生子当如孙仲谋，刘表的儿子刘琮如猪狗罢了。(见《三国志·吴书·孙权传》注引《吴历》)孙仲谋：孙权字仲谋，三国时吴国的建立者。

【鉴赏】

本词借古讽今，追怀了一代英豪孙权，气势豪迈，感情激昂，同时还流露出为国为民而忧愤的真挚情感。

武 陵 春 (桃李风前多妩媚)

桃李风前多妩媚，杨柳更温柔。唤取笙歌烂熳游，且莫管闲愁。
好趁晴时连夜赏，雨便一春休。草草杯盘不要收，才晓便扶头①。

【注释】

① "才晓"句：赵长卿《鹧鸪天》词："睡觉扶头听晓钟。"扶头：指不胜酒力状，头亦须扶。

【鉴赏】

这首词写景华丽浓艳，虽未抒情，但句句含情，显示出词人深厚的艺术功力。

姜 夔①

扬 州 慢（淮左名都）

　　淳熙丙申至日②，予过维扬③。夜雪初霁④，荠麦弥望⑤。入其城，则四顾萧条⑥，寒水自碧，暮色渐起，戍角悲吟⑦。予怀怆然⑧，感慨今昔，因自度此曲⑨。千岩老人⑩以为有《黍离》之悲也⑪。

　　淮左⑫名都，竹西⑬佳处，解鞍少驻初程⑭。过春风十里⑮，尽荠麦青青。自胡马、窥江去后⑯，废池乔木，犹厌言兵⑰。渐黄昏，清角吹寒⑱，都在空城⑲。

　　杜郎俊赏⑳，算而今、重到须惊。纵豆蔻词工㉑，青楼梦好㉒，难赋深情㉓。二十四桥仍在，波心荡、冷月无声。念桥边红药㉔，年年知为谁生？

【注释】

　　①姜夔：（约1155～约1221），字尧章，号白石道人，鄱阳（今江西波阳）人。少随父官游汉阳。父死，流寓湘、鄂间。诗人萧德藻以兄女妻之，

移居湖州，往来于苏、杭一带。与张拭、范成大交往甚密。终生不第，卒于杭州。工诗，尤以词称。精通音律，曾著《琴瑟考古图》。词集中多自度曲，并存有工尺旁谱十七首。有《白石道人诗集》《白石诗说》《白石道人歌曲》等。

②淳熙：是宋孝宗的年号。丙申：是指孝宋淳熙三年。至日：即农历冬至那天。

③维扬：即今江苏省扬州市。

④霁：是雨止的意思。

⑤荠：即荠菜。弥望：满眼的意思。

⑥顾：视、看的意思。萧条：是寂寥冷落的样子。

⑦戍角：是指边防军的军号。悲吟：是指凄凉的号角声。

⑧怆然：是悲伤的意思。

⑨因自度此曲：因此我便自己创制这个曲词。

⑩千岩老人：即作者的叔丈人萧德藻。

⑪《黍离》：是《诗经》里的《王风》篇名。黍离的意思是说在原有的宫室宗庙的土地上，已经种上了禾黍了。这句是说国家遭到覆亡的悲痛。

⑫淮左：淮扬一带地区，在宋代时，曾设置淮东路（行政区域），也称为淮左。

⑬竹西：指扬州古迹竹西亭。杜牧诗："谁知竹西路，歌吹是扬州。"

⑭初程：作者途中经扬州，故言。程：里程。

⑮春风十里：是形容当时扬州的繁华景象。

⑯胡马窥江：这里是指异族金人的战马进犯长江流域。我国古代汉族，对北方居民通称为胡人。

⑰犹厌言兵：这句是说还怕谈起当年兵荒马乱的景象，也就是心有余悸的意思。

⑱清角吹寒：这句是说凄清的军号声，吹荡在寒空。

⑲空城：这里是指当时的扬州城。

⑳杜郎俊赏：这句是说诗人杜牧才情横溢地在这里观赏。

㉑豆蔻词工：豆蔻是植物名，草本。花有红白黄三种，开时如芙蓉。在未大开时，又称含胎花，是说花尚小，如妊身。古人喜爱将此花比做处女。杜牧

的《赠别》诗："娉娉袅袅十三余，豆蔻梢头二月初。"这句是说：杜牧的豆蔻诗，词句工整。

㉒青楼梦好：青楼即妓院。这句是说杜牧的"青楼梦"这首诗，作得那样好。

㉓难赋深情：这句是说杜牧如看到目前这一片荒凉景象，恐怕再难以写出有深情厚意的诗篇了。

㉔红药：红色的芍药花。

【鉴赏】

本词上片写历经战乱之后的扬州，表达了往事不堪回首的悲凉，下片表达了今不如昔的感伤，有情有景，是宋词中感怀时事的佳作。

踏 莎 行 (燕燕轻盈)

自沔①东来，丁未元日②，至金陵③，江上感梦而作。

燕燕④轻盈⑤，莺莺娇软⑥，分明又向华胥⑦见。夜长争⑧得薄情⑨知？春初早被相思染。

别后书辞，别时针线，离魂暗逐郎行⑩远。淮南⑪皓月冷千山，冥冥⑫归去无人管。

【注释】

①沔：即今湖北省汉阳市。

②丁未：宋孝宗淳熙十四年。

③金陵：即今江苏省南京市。

④燕燕：比做相爱的人。

⑤轻盈：指体态纤弱的样子。

⑥娇软：指声音娇嫩柔软。

⑦华胥：做梦的意思。

⑧争：是怎的意思。

⑨薄情：这里是指薄情郎，作者设想相爱人对他亲昵的写语：长夜不眠，薄情郎怎会知道呢？

⑩郎行：就是在情郎那边的意思。

⑪淮南：这里是指今安徽省合肥市。

⑫冥冥：阴暗的意思。

【鉴赏】

本词以梦述说对情人的怀念，在艺术构思和表现手法上别具一格。

石 湖 仙 _(松江烟浦)

石 湖 仙 （松江烟浦）

寿石湖居士①

松江②烟浦。是千古三高③，游衍④佳处。须信石湖仙⑤，似鸱夷、翩然引去⑥。浮云安在？我自爱、绿香红舞⑦。容与。看世间、几度今古。

卢沟旧曾驻马⑧，为黄花、闲吟秀句。见说胡儿⑨，也学纶巾欹雨⑩。玉友金蕉⑪，玉人金缕⑫。缓移筝柱⑬。闻好语。明年定在槐府⑭。

【注释】

①石湖居士：范成大，字致能，号石湖居士，苏州人，绍兴进士，官至参知政事。晚年退居故乡石湖。有《石湖诗集》。

②松江：又名吴松，即今吴江。

③三高：江苏吴江有三高祠，宋时建，祠越范蠡、晋张翰、唐陆龟蒙。范成大有三高祠记。

④游衍：溢出常范曰衍。

⑤石湖仙：指范成大。

⑥似鸱夷、翩然引去：范蠡助越王勾践灭吴，报会稽之耻以后，功成身退，浮海至齐国，变姓名为鸱夷子皮。治产三致千金，再分散之。居陶，自号陶朱公。一说：吴亡，范蠡携西施泛舟太湖。石湖词《念奴娇》过变："家世回首沧桑，烟波渔钓，有鸱夷仙迹。"

⑦绿香红舞：写荷叶荷花。范成大《吴船录》卷上自记："六月己巳朔，壬申泊青城山，始生之辰也。"是范成大诞日在六月，正是荷花盛开时节。

⑧卢沟旧曾驻马：卢沟，在今北京市郊。《宋史·范成大传》载：范成大

乾道六年（1170）使金，时金都北京。《石湖集》有卢沟燕宾馆二诗，有"雪满西山把菊看"之句。

⑨胡儿：指金人。

⑩也学纶巾欹雨：《宋史·范成大传》，"金迓使者慕成大名，至求巾帻效之。"又《石湖集》有《蹋鸱巾》一首，注云："接送伴田彦皋，爱予巾裹求其样，指所戴蹋鸱巾有愧色。"故有句云："雨中折角君何爱。"雨中折角：是郭泰故事。《汉书·郭泰传》：泰尝遇雨，巾一角垫。时人乃故折巾一角以为林宗（林宗：郭泰字）巾，其见慕如此。

⑪玉友金蕉：玉友，酒名。《珊瑚钩诗话》：以糯米药曲作白醪，号玉友。金蕉：酒杯。高宪诗："正要金蕉引睡。"

⑫玉人金缕：玉人，美妇人。金缕：金缕衣。曲调名。杜牧杜秋娘诗注："劝君莫惜金缕衣，劝君须惜少年时。"

⑬筝柱：筝：乐器。筝柱：筝上承弦之柱。

⑭槐府：宋时学士院中有槐厅。《梦溪笔谈》："学士院第三厅学士阁子，当前有一巨槐，素号槐厅。旧传居此阁者，多至入相。"

【鉴赏】

全词意境幽渺，善于用典，词人以寥寥数字写出丰富的内容和复杂的变化，令人回味悠长。

点 绛 唇 (燕雁无心)

丁未冬过吴松作①

燕雁无心，太湖②西畔随云去。数峰清苦③，商略④黄昏雨。

第四桥⑤边，拟共天随⑥住。今何许⑦，凭栏怀古，残柳参差舞。

【注释】

①丁未：淳熙十四年。吴松：今江苏省吴江县。

②太湖：在江苏南部，与吴淞江相通。

③清苦：清寂寥落貌。

④商略：商量、酝酿。

⑤第四桥：指吴江城外的甘泉桥。

⑥天随：晚唐诗人陆龟蒙自号天随子，常载酒品茶，放浪江湖间，晚年隐居松江甫里（今吴县用直镇）。

⑦何许：何处。

【鉴赏】

全词虚实并用，融情于景，立意高远，笔调素雅清丽，既表达了对古人的怀念，又寄寓了伤时忧世的情怀，独具气韵。

浣 溪 沙（钗燕笼云晚不忺）

辛亥①正月二十四日，发合肥。

钗燕笼云晚不忺②。拟将裙带系郎船。别离滋味又今年。

杨柳夜寒犹自舞，鸳鸯风急不成眠。些儿闲事莫萦牵。

【注释】

①辛亥：宋光宗绍熙二年。

②钗燕笼云晚不忺：钗燕：燕是钗上装饰品。笼云：笼罩在薰香的烟雾之中。忺：如意。些儿：细小。

【鉴赏】

本词上片由女子之容妆写出女子之心声，下片由风中之杨柳说到风中之鸳鸯，表达了来自肺腑的真爱。

淡 黄 柳（空城晓角）

客居合肥南城赤阑桥①之西，巷陌②凄凉，与江左异③，惟柳色夹道，依依④可怜⑤。因度此阕⑥，以纾⑦客怀。

空城晓角⑧，吹入垂杨陌，马上单衣寒恻恻⑨。看尽鹅黄嫩绿⑩，都是江南旧相识⑪。

正岑寂⑫，明朝又寒食⑬，强携酒，小桥宅⑭。怕梨花落尽成秋色⑮。燕燕飞来，问春何在？惟有池塘自碧。

【注释】

①赤阑桥：指合肥南城的一座红色栏杆的桥。赤阑并不是桥的专用名词。

②巷陌：即街道。

③与江左异：江左，指江东，即江南。这句是说和江南不同。

④依依：这里指柔弱的样子。

⑤可怜：这里是可爱的意思。

⑥阕：量词。歌曲或词一首，叫做一阕。

⑦纾：是解除的意思。

⑧空城：指合肥城。晓角：即早晨的号角。

⑨"马上"句：全句是说穿着单衣，骑在马上，寒冷的气候使人难以忍受。恻恻，是难禁的样子。

⑩鹅黄嫩绿：指新柳的颜色。

⑪旧相识：老熟人、老相知。指的是柳。

⑫岑寂：是高静的意思。

⑬寒食：清明前二日，叫做寒食。从寒食到清明这三天，古时人出城扫墓和春游。

⑭小桥宅：即序中所说的赤阑桥之西的居处。

⑮成秋色：成为秋天那样冷静的景色。

【鉴赏】

整首词弥漫凄冷的气氛，词人以春景反衬城内的冷清，字里行间都流露出对家国的隐恨。

水 龙 吟 (夜深客子移舟处)

黄庆长①夜泛鉴湖②，有怀归之曲，课予③和之。

夜深客子移舟处，两两沙禽惊起。红衣入桨④，青灯摇浪，微凉意思。把酒临风，不思归去⑤，有如此水。况茂陵游倦⑥，长干望久⑦，芳心事，箫声里。

屈指归期尚未，鹊南飞、有人应喜⑧。画阑桂子⑨，留香小待，提携影底。我已情多，十年幽梦，略曾如此。甚谢郎、也恨飘零，解道月明千里⑩。

【注释】

①黄庆长：未详。

②鉴湖：在浙江绍兴。

③课予：嘱予。

④红衣入桨：红衣：指荷花。作者有《惜红衣》词，专咏荷花。此句谓

荷花映在湖水里，船桨入花影中。

⑤不思归去，有如此水：乃誓语。《诗经》："谓予不信，有如蛟日。"

⑥茂陵游倦：谓司马相如。茂陵：汉武帝陵，在今陕西兴平县东北。本槐里之茂乡。司马相如病免，家居茂陵。

⑦长干望久：长干，古金陵里巷名，故址在今南京市南。乐府古辞有《长干曲》。

⑧鹊南飞、有人应喜：《田家杂占》，鹊噪檐前，主有佳客至及有喜事。

⑨桂子：三句谓画阑桂子，留香以待远人归来，提携影底，谓归后与闺人携手花影之下。

⑩谢郎也恨飘零，解道月明千里：谢庄《月赋》，"美人迈兮音尘阙，隔千里兮共明月。"

【鉴赏】

此词之佳处，不仅在于心旷神怡之游和翻出执著缠绵之相思，尤在从相思之中，又翻出对方之情，对方之境。

莺声绕红楼 （十亩梅花作雪飞）

甲寅春①，平甫②与予自越③来吴④，携家妓⑤观梅于孤山⑥之西村⑦，命国工⑧吹笛，妓皆以柳黄为衣。

十亩梅花⑨作雪飞。冷香下、携手多时。两年不到断桥⑩西。

长笛为予吹。人妒垂杨绿，春风为染作仙衣。垂杨却又妒腰肢。近前舞丝丝。

【注释】

①甲寅：宋光宗绍熙五年。

②平甫句：平甫姓张，名鉴。张俊之孙。《齐东野语》载白石自叙云："旧所依倚，惟有张兄平甫，其人甚贤。十年相处，情甚骨肉。而某亦竭诚尽力，忧乐关念。"

③越：古国名。夏少康之后，封于会稽。春秋时灭吴，奄有江苏、浙江及山东之一部。今称浙江曰越。

④吴：古国名。奄有今淮泗以南至浙江嘉兴、湖州等地。今俗称江苏曰吴。此"自越来吴"，当谓自绍兴至杭州。杭州有吴山，春秋时为吴国南界，故称吴山。

⑤家妓：平甫家的乐妓。

⑥孤山：在杭州西湖中。

⑦西村：《武林旧事》，"西陵桥又名西泠桥，又名西村。"《白石歌曲别集·卜算子·梅花八咏》注："西村在孤山后，梅皆阜陵时所种。"

⑧国工：全国著名乐工。

⑨十亩梅花：孤山宋时多梅树。

⑩断桥：在西湖白堤。《武陵旧事》："断桥又名段家桥。"《桂坡遇录》："断桥以唐人张祜'断桥荒藓合'得名。亦以孤山路至此而尽，非有所谓段家桥者。"

【鉴赏】

本词善于用典，以典抒情，借景抒情，浑然天成，给人无尽的余味。

齐　天　乐 (庾郎先自吟愁赋)

　　丙辰岁^①，与张功父会饮张达可之堂^②，闻屋壁间蟋蟀有声，功父约予同赋^③，以授歌者。功父先成^④，辞甚美。予徘徊茉莉花间，仰见秋月，顿起幽思，寻^⑤亦得此。蟋蟀中都^⑥呼为促织，善斗，好事者或以三、二十万钱致^⑦一枚，镂象齿为楼观以贮之^⑧。

　　庾郎^⑨先自吟愁赋，凄凄^⑩更闻私语。露湿铜铺^⑪，苔侵石井^⑫，都是曾听伊^⑬处。哀音似诉^⑭，正思妇无眠，起寻机杼^⑮。曲曲屏山^⑯，夜凉独自甚情绪^⑰。

　　西窗又吹暗雨，为谁频断续，相和砧杵^⑱？候馆^⑲迎秋，离宫吊月^⑳，别有伤心无数。豳诗漫与^㉑，笑篱落呼灯，世间儿女^㉒。写入琴丝，一声声更苦^㉓。

【注释】

　　①丙辰：宋宁宗庆元二年。

　　②会饮：一同饮酒。张达可：张功父的叔兄弟。

　　③同赋：一同写词。

　　④先成：先写成。

　　⑤寻：遂即。

　　⑥中都：都中，指北宋都城汴京。

　　⑦致：购得。

　　⑧镂：雕刻。这句说：用象牙雕刻成楼台形状的笼子来盛蟋蟀。

　　⑨庾郎：庾信，字子山，北周文学家，有《庾子山集》。《愁赋》：庾信《愁赋》不见于今本《庾子山集》，叶廷珪《海录碎事》卷九保存了它的片断。

⑩凄凄：形容鸣声凄切悲凉。

⑪铜铺：铜刻的铺首（铸有兽面图案的铜环的底座，用以钉在门上）。这里指大门口。

⑫"苔侵"句：青苔长满了石砌的井口。这里指后园。

⑬伊：它，指蟋蟀。

⑭"哀音"句：蟋蟀鸣声悲凉如人泣诉。

⑮机杼：织布机。

⑯屏山：屏风上画的曲折蜿蜒的远山。

⑰这两句说：思妇寒夜中眼望着屏风上重重远山，触发了满怀离思别恨。

⑱砧杵：捣衣石和捶衣棒。这几句说：夜雨敲着西窗，蟋蟀不知为谁接连不断地悲鸣，同远处思妇为征人捣衣的声音相互应和。

⑲候馆：迎候宾客的旅驿。

⑳离宫：帝王出巡时的行宫。吊月：对月伤怀。

㉑豳诗：指《诗经·豳风》中的《七月》篇，其中描写蟋蟀，有"七月在野，八月在宇，九月在户，十月蟋蟀入我床下"之句。漫与：意思是徒然地写得很好。

㉒"笑篱落"句：可笑不懂得忧愁的孩子们提着灯笼高兴地在篱笆间呼叫着捉捕蟋蟀。

㉓"写入"句说：把蟋蟀的悲鸣声谱成琴曲，声调更为凄楚。此处作者自注说："宣政间（指宋徽宗政和宣和年间）有士大夫制《蟋蟀吟》。"

【鉴赏】

由蟋蟀声触动了作者的情怀和感受，作者从多种角度抒写了凄苦之情，虚实并用，浑然天成。

江 梅 引（人间离别易多时）

丙辰①之冬，予留梁溪②，将诣淮③而不得，因梦思以述志。

人间离别易多时。见梅枝。忽相思。几度小窗幽梦手同携。今夜梦中无觅处，漫徘徊④，寒侵被，尚未知。湿红恨墨浅封题⑤。

宝筝空，无雁飞⑥。俊游⑦巷陌，算空有、古木斜晖。旧约扁舟⑧，心事已成非。歌罢淮南春草赋⑨，又萋萋。漂零客，泪满衣。

【注释】

①丙辰：宋宁宗庆元二年。

②梁溪：地名。在江苏无锡。相传以梁鸿居此而得名。

③诣淮：前往淮河，指安徽合肥。

④漫徘徊：随意徘徊。

⑤湿红恨墨浅封题：湿红，流泪。女人双颊有胭脂，所以泪流下来成红色。恨墨：恨：离恨。墨：笔墨。封题：题：题赠，指函札。封：封缄。

⑥无雁飞：谓函札不通。雁足传书，乃汉苏武故事。

⑦俊游：胜游。

⑧旧约扁舟：越范蠡献西施于吴王。越灭吴后，范蠡携西施扁舟泛五湖。

⑨淮南春草赋：淮南王刘安《招隐士》诗："王孙游兮不归，春草生兮萋萋。"

【鉴赏】

词人睹梅怀人，抒发了其相思之情，一种惆怅迷离之感弥漫心头。

浣　溪　沙（花里春风未觉时）

丙辰腊，与俞商卿、战朴翁同寓新安溪庄舍^①，得腊花韵甚，赋二首^②。

花里春风未觉时^③。美人呵蕊缀^④横枝。鬲^⑤帘飞过蜜蜂儿。

书寄岭头^⑥封不到，影浮杯面误人吹^⑦。寂寥惟有夜寒知。

【注释】

①新安溪庄舍：《一统志》："新安镇在无锡东南三十里。"

②"腊花"句：腊花，腊梅。韵：风雅。

③花里春风未觉时：腊梅，腊月开花，所以说未觉春风到来。

④呵蕊：嘘气使暖曰呵。蕊：梅蕊。

⑤鬲：隔。

⑥岭头：指大庚岭。其上多植梅。

⑦影浮杯面误人吹：谓人误以杯中梅影为堕物，故欲吹去之。

【鉴赏】

这首词清新淡雅的意境抒发了主人公内心的寂寥之情。

浣　溪　沙（翦翦寒花小更垂）

翦翦寒花①小更垂。阿琼愁里弄妆迟②。东风烧烛夜深归。

落蕊半粘钗上燕，露黄③斜映鬓边犀④。老夫无味⑤已多时。

【注释】

①寒花：指腊梅。

②阿琼愁里弄妆迟：阿琼，古妇女名琼者甚多，有飞琼、知琼、小琼、琼琼等，此阿琼当是泛指。

③露黄：谓腊梅露出黄色。"露黄"对"落蕊"。露：动词。

④鬓边犀：鬓边犀簪。《飞燕外传》：后歌舞归风送远之曲，帝以文犀簪击玉瓯。

⑤无味：味同嚼蜡。

【鉴赏】

该词借景抒情，将情于景融为一体，本篇虽篇幅短小，却韵味无穷。

浣 溪 沙 （雁怯重云不肯啼）

丙辰岁不尽五日^①，吴松作。

雁怯重云不肯啼。画船愁过石塘^②西。打头风浪恶禁持。

春浦渐生迎棹绿^③，小梅应长亚门枝^④。一年灯火要人归。

【注释】

①丙辰岁不尽五日：岁不尽五日：谓除夕前五日。

②石塘：指苏州府小长桥。《方与胜览》小长桥在石塘，垒石为之。

③迎棹绿：舟之泛称。绿：指春水。

④亚门枝：亚：次。谓梅枝比门稍低。

【鉴赏】

这首词写还家过年之情，以哀景写欢乐，以淡笔写浓情。

鹧 鸪 天（柏绿椒红事事新）

丁巳元日^①

柏绿椒红事事新^②。鬲篱灯影贺年人。三茅钟^③动西窗晓，诗鬓无端又一春。

慵对客，缓开门。梅花闲伴老来身。娇儿学作人间字，郁垒神荼^④写未真。

【注释】

①丁巳元日：宋宁宗庆元三年正月初一日。

②柏绿椒红：《玉烛宝典》谓元日"进椒柏酒"。

③三茅钟：咸淳《临安志》，"宁寿观在七宝山，本三茅堂。绍兴中赐古器玩三种……其二唐钟，本唐澄清观旧物……禁中每听钟声以为寝兴食息之节。"

④郁垒神荼：《风俗通》，上古有神荼郁垒昆弟二人，性能执鬼……鬼无道理者，神荼与郁垒持以苇索，执以饲虎。是故县官常以腊祭夕饰桃人、垂苇索、画虎于门，以御凶也。

【鉴赏】

这首诗以景抒情，抒发了词人对人生的感慨。

鹧 鸪 天 （巷陌风光纵赏时）

正月十一日观灯

巷陌风光纵赏时。笼纱①未出马先嘶。白头居士②无呵殿③，只有乘肩小女随④。

花满市，月侵衣。少年情事老来悲。沙河塘⑤上春寒浅，看了游人缓缓归。

【注释】

①笼纱：《梦梁录》元宵，"公子王孙、五陵年少，更以纱笼喝道，将带佳人美女，遍地游赏。"笼纱：蒙纱灯笼。

②白头居士：白石道人自指。

③呵殿：前呵后殿，谓显贵出行，随从者前呼后拥。

④乘肩小女随：谓只有小女儿在肩头相随为伴。

⑤沙河塘：沙河塘是杭州街名，在余杭门内，以其门外为里沙河堰，而因以沙河塘名街也。

【鉴赏】

这首词作于公元1197年，抒写漂泊江湖的身世之感和情人难觅的相思之情，以冷笔写热情，以乐景衬哀情。

鹧　鸪　天（忆昨天街预赏时）

元夕①不出

忆昨天街②预赏③时。柳悭④梅小未教知。而今正是欢游夕，却怕春寒自掩扉。

帘寂寂，月低低。旧情惟有绛都词。芙蓉⑤影暗三更后，卧听邻娃笑语归。

【注释】

①元夕：即元宵。农历正月十五日为元宵节。

②天街：京都街道。

③预赏：《岁时广记》，"景龙楼先赏，自十二月十五日便放灯，直至上元，谓之'预赏'。"

④悭：吝。

⑤芙蓉：指花灯。陆游《灯夕有感》诗："芙蕖红绿亦参差。"

【鉴赏】

这首词抒发了词人寂寥、惆怅的情怀，"邻嬉笑语"更衬托出其内心的孤寂，真实感人。

鹧 鸪 天 (肥水东流无尽期)

元夕有所梦

肥水①东流无尽期。当初不合种相思。梦中未比丹青②见，暗里忽惊山鸟啼。

春未绿，鬓先丝。人间别久不成悲③。谁教岁岁红莲夜④，两处沈吟⑤各自知。

【注释】

①肥水：水名，亦作淝水。在今安徽省，源出合肥，西北支流经寿县入淮水，东南支流经合肥入巢湖。

②丹青：制造颜料的矿物，泛指绘画用的颜色，亦指图画。

③人间别久不成悲：世间的离别，历时过久的话，悲伤已尽，不能再说成悲了。

④红莲夜：即元宵夜。按旧习俗，元宵夜人爱张结荷花灯，又名红莲灯。

⑤两处沈吟：在不同的地方悲伤叹息。

【鉴赏】

本词是词人怀念合肥恋人的抒怀之词，全词感情真挚，空灵凄婉，词人笔下的浓浓柔情，令人感怀万千。

月 下 笛（与客携壶）

与客携壶①，梅花过了，夜来风雨。幽禽自语②。啄香心、度墙去。春衣都是柔荑③剪，尚沾惹、残茸④半缕。怅玉钿似扫，朱门深闭，再见无路。

凝伫⑤。曾游处。但系马垂杨，认郎鹦鹉⑥。扬州梦觉⑦，彩云飞过何许。多情须倩梁间燕。问吟袖、弓腰⑧在否。怎知道、误了人，年少自恁⑨虚度。

【注释】

①携壶：壶：酒器。

②"幽禽"三句：说的是鸟儿啄花心飞过墙去。

③荑：茅始生，色白而柔，以喻女手。

④茸：茸线，用以刺绣。

⑤凝伫：伫立凝视。

⑥认郎鹦鹉：鹦鹉能学人言，亦能认人。

⑦扬州梦觉：杜牧《遣怀》诗，"落魄江湖载酒行，楚腰纤细掌中轻。十年一觉扬州梦，赢得青楼薄幸名。"

⑧弓腰：《酉阳杂俎》，"有士人醉卧，见妇人踏歌曰：'舞袖弓腰浑忘即……'问'如何是弓腰？'歌者笑曰：'汝不见我作弓腰乎？'乃反首髻及地，腰势如规焉。"

⑨恁：如此。

【鉴赏】

这首词是白石追怀昔日冶游，思念旧日情人之作。

汉 宫 春（一顾倾吴）

次韵稼轩蓬莱阁①

一顾倾吴②，苎萝人③不见，烟杳重湖④。当时事如对弈⑤，此亦天乎。大夫仙去⑥，笑人间、千古须臾。有倦客⑦、扁舟夜泛，犹疑水鸟相呼。

秦山对楼自绿，怕越王故垒，时下樵苏⑧。只今倚阑一笑，然则非欤。小丛解唱⑨，倩松风、为我吹竽⑩。更坐待、千岩月落，城头眇眇⑪啼乌。

【注释】

①蓬莱阁：《会稽续志》"蓬莱阁在设厅之后卧龙山下，吴王夫差所建。……其名以蓬莱者，旧志云：'蓬莱山正偶会稽。'元微之诗云：'谪居犹得小蓬莱。'钱公辅诗云：'后人慷慨慕前修，高阁雄名由此起。'故云。"

②一顾倾吴：汉李延年歌，"北方有佳人，绝世而独立。一顾倾人城，再顾倾人国。宁不知倾城与倾国，佳人难再得。"此谓西施亡吴。

③苎萝人：指西施。

④重湖：谓绍兴鉴湖。白堤把西湖分为里湖、外湖，所以称重湖。

⑤"对弈"二句：谓吴越两国斗争，犹如对弈，结果吴亡越胜，也许是天意如此。

⑥大夫仙去：谓越大夫文种。文种助越王灭吴，功成，范蠡劝

其离去，不听，终被勾践所杀，其墓在卧龙山。卧龙山旧名种山。

⑦倦客：白石自指。

⑧樵苏：采薪曰樵，取草曰苏。

⑨小丛解唱：《碧鸡漫志》，"崔元范自越州幕府拜侍御史，李讷尚书饯于鉴湖，命盛小丛歌。"此指辛稼轩侍女。

⑩竽：乐器，笙类。

⑪眇眇：看不清。

【鉴赏】

本词通过对稼轩事的叙述抒发了作者对人生的感慨。

洞 仙 歌 (花中惯识)

黄木香①赠辛稼轩

花中惯识,压架玲珑雪②。乍见缃蕤间琅叶③。恨春风将④了,染额人归⑤,留得个、袅袅垂香带月⑥。

鹅儿真似酒⑦,我爱幽芳⑧,还比酴醾⑨又娇绝。自种古松根,待看黄龙⑩,乱飞上、苍髯五鬣⑪。更老仙、添与笔端春⑫,敢唤起桃花,问谁优劣。

【注释】

①黄木香:木香,蔓生植物。春暮开花,小而色白,香甜可爱。花大而黄者,香味微逊。

②压架玲珑雪:压架,木行须攀附花架。玲珑雪:形容花小而繁。

③缃蕤:谓木香花色淡黄而下垂。缃:浅黄色帛。蕤:如帷切。草木华垂貌。间琅叶:琅,石而似玉。间,去声。花叶错杂相间。

④将:偕。

⑤染额人归:染额,古代美人妆饰。此以黄木香比拟染额美人。

⑥袅袅垂香带月:谓黄木香在夜间月色之下,犹知垂香袅袅。袅袅:缭绕貌。

⑦鹅儿真似酒:鹅儿色黄,故通称黄色之娇美者曰鹅黄。

⑧幽芳:指黄木香之花。

⑨酴醾:落叶灌木,夏初开花,色似酴醾酒,故名。

⑩黄龙:指黄木香枝蔓。

⑪苍髯五鬣:谓松针如苍髯马鬣。

⑫老仙添与笔端春：谓辛稼轩为黄木香赋诗填词。

【鉴赏】

这首词结构严谨，层次清晰，情景交融，独具匠心，是难得的佳作。

水调歌头（日落爱山紫）

富览亭永嘉①作

日落爱山紫，沙涨省潮回②。平生梦犹不到，一叶眇西来③。欲讯桑田成海，人世了无知者，鱼鸟两相推④。天外玉笙杳，子晋只空台。

倚阑干，二三子，总仙才⑤。尔歌远游章句⑥，云气入吾杯。不问王郎五马⑦，颇忆谢生双屐⑧，处处长青苔。东望赤城⑨近，吾兴亦悠哉。

【注释】

①永嘉：今浙江温州。

②沙涨省潮回：永嘉近海，而且濒临瓯江，海潮长落，影响瓯江。省：省悟、觉察。

③一叶眇西来：白石此游行迹，当自丽水泛舟循瓯江东下而至永嘉。一叶：小舟。眇：犹渺，渺茫。

④鱼鸟两相推：鱼和鸟都推说不知道。

⑤子晋二句：《列仙传》载，周灵王太子晋，好吹笙，作凤凰鸣。游伊洛之间，浮丘生接引上嵩山。后乘白鹤至缑氏山头，举手谢时人，数日而去。二三子：谓同游者。

⑥尔歌远游章句：远游：《楚辞》篇名。尔：你，指二三子。

⑦王郎五马：《永嘉县志》，"五马坊在旧郡治前。王羲之守永嘉，庭列五马，绣鞍金勒，出即控之。"今温州市有五马街。

⑧谢生双屐：谢灵运曾为永嘉太守。今永嘉有池上楼、谢客岩诸古迹。谢灵运尝着木屐游山，上山则去其前齿，下山则去其后齿。

⑨赤城：山名，在浙江台州。

【鉴赏】

这首词景中含情，情景交融，含蓄蕴藉，感人至深。

虞 美 人 (西园曾为梅花醉)

赋牡丹

西园①曾为梅花醉。叶剪春云细②。玉笙凉夜隔帘吹。卧持花梢摇动一枝枝。

娉娉袅袅③教谁惜。空压纱巾侧。沈香亭北又青苔④。唯有当时蝴蝶自飞来。

【注释】

①西园：米芾有李伯时画西园雅集图记。

②叶剪春云细：梅花开时，叶芽初吐。

③娉娉袅袅：形容体态轻盈，美好多姿。

④沈香亭北又青苔：《异人录》载：沈香亭牡丹盛开，玄宗乘照夜白，妃

子以步辇从。诏李龟年手捧檀板押众乐前。将欲歌，上曰："赏名花，对妃子，焉用旧乐词为？"遂命龟年持金花笺赐李白，进《清平乐》词三章。其一云："名花倾国两相欢，长得君王带笑看。解释春风无限恨，沈香亭北倚阑干。"沈香亭在兴庆宫图龙池东，亭以沈香木建成。又青苔，谓亭已荒凉。

【鉴赏】

本词通过对牡丹的描写抒发了词人对人生的感慨，情真意切，令人感动。

忆 王 孙 (冷红叶叶下塘秋)

鄱阳①彭氏小楼作

冷红叶叶下塘秋。长与行云②共一舟。零落江南不自由③。两绸缪④。料得吟鸾⑤夜夜愁。

【注释】

①鄱阳：地名，在江西省。彭氏为宋时鄱阳世族，神宗时彭汝砺官至宝文阁直学士，其四世孙大雅，嘉熙四年使北，后追谥忠烈。

②行云：冯延巳《蝶恋花》词，"几日行云何处去？忘却归来，不道春将暮。"

③不自由：不由自主。

④绸缪：缠绵。

⑤鸾：鸟名，古称似凤。

【鉴赏】

这首词将身世之感与怀人之思打并在一处，蕴藉含蓄别绕风致。

少 年 游 (双螺未合)

戏①平甫

双螺②未合，双蛾先敛③，家在碧④云西。别母情怀，随郎滋味，桃叶渡江时。

扁舟载了⑤，匆匆归去⑥，今夜泊前溪⑦。杨柳津头，梨花墙外，心事两人知。

【注释】

①戏：戏其纳妾。

②螺：螺髻。双螺：梳头为两髻，乃少女发式，即所谓丫头。

③"双蛾"句：双蛾，双眉。蚕蛾触须，细而长曲，故以喻美人眉毛。敛：收敛。敛眉：谓矜持不敢恣意。

④碧云：江淹《拟休上人》诗："日暮碧云合，佳人殊未来。"

⑤扁舟载了：用范蠡携西施扁舟泛五湖典故。

⑥归去：归，含"于归"

意。女子嫁夫曰归。

　　⑦前溪：在浙江武康县。平甫有别墅在武康。前溪：县前之溪。

【鉴赏】

这首词清新淡雅，抒发了主人公的内心活动。

诉　衷　情 (石榴一树浸溪红)

　　　　　端午宿合路①

石榴一树浸溪红，零落小桥②东。五日③凄凉心事，山雨打船篷④。
谙⑤世味，楚人弓⑥，莫忡忡⑦。白头行客⑧，不采苹花，孤负薰风⑨。

【注释】

　　①合路：指吴江县的合路桥。

　　②小桥：指合路桥。

　　③五日：阴历五月初五日为端午节。

　　④船篷：篷，用竹箬制成，覆盖舟上以御雨遮日。

　　⑤谙：知道。

　　⑥楚人弓：《孔子家语》，楚共王出游，亡其乌号之弓。左右请求之。王曰："楚人失弓，楚人得之，又何求焉?"孔子闻之曰："惜乎! 其不大也。不曰：'人遗之，人得之，'何必楚也。"

　　⑦忡忡：忧。

⑧行客：行路之客，白石自指。

⑨薰风：专指南风。

【鉴赏】

这首词抒发作者内心的凄凉，情感真挚，以景状情，蕴藉深沉。

法曲献仙音 (虚阁笼寒)

张彦功①官舍在铁冶岭②上，即昔之教坊使宅。高斋下瞰湖山，光景奇绝。予数过之，为赋此。

虚阁笼寒，小帘通月，暮色偏怜高处。树匽离宫③，水平驰道④，湖山尽入尊俎⑤。奈楚客⑥，淹留久，砧声带愁去。

屡回顾。过秋风、未成归计。谁念我、重见冷枫红舞。唤起淡妆人⑦，问遄仙⑧、今在何许。象笔鸾笺⑨，甚而今、不道秀句⑩。怕平生幽恨，化作沙边烟雨。

【注释】

①张彦功：刘过《龙洲词》有赠张彦功《贺新郎》词。

②铁冶岭：山岭名，在杭州云居山下。

③离宫：指聚景园。

④驰道：天子所行之路。

⑤尊俎：尊，酒樽。俎：古祭祀燕享，用俎盛牲。

⑥楚客：白石来自汉沔，自称楚客。

⑦淡妆人：指梅花。杨万里《梅花》诗："月波成雾雾成霜，借与南枝作淡妆。"

⑧逋仙：谓林逋。

⑨象笔鸾笺：象笔，象牙制成之笔。鸾笺：即指彩笺。

⑩秀句：美句。

【鉴赏】

这首词先写景后抒情，抒发了词人心中的忧愁情绪。

蓦 山 溪 (青青官柳)

咏 柳

青青官柳，飞过双双燕。楼上对春寒，卷珠帘、瞥然①一见。如今春去，香絮乱因风，沾径草，惹墙花，一一教谁管。

阳关②去也，方表人肠断。几度拂行轩③，念衣冠、尊前易散。翠眉④织锦，红叶浪题诗⑤，烟渡口，水亭边，长是心先乱。

【注释】

①瞥然：短暂过目。

②阳关：故址在今甘肃省敦煌县西南，为唐时往西域要道，因在玉门关之南，故称阳关。

③行轩：行进之车。

④翠眉：谓柳叶如翠眉。

⑤红叶浪题诗：《青琐高
议》，唐僖宗时，于佑于御沟中拾
一叶，上有诗。佑亦题诗于叶，
置沟上流，宫人韩夫人拾之。后
值帝放宫女，韩氏嫁佑成礼，各
于笥中取红叶相示曰："可谢
媒矣。"

【鉴赏】

本词抒发的是一种离愁别绪，
感情细腻，情景交融，感人至深。

张孝祥①

六州歌头（长淮望断）

长淮②望断，关塞莽然③平。征尘④暗，霜风劲，悄边声。黯销凝⑤。追想当年事⑥，殆⑦天数，非人力；洙泗⑧上，弦歌⑨地，亦膻腥⑩。隔水毡乡⑪，落日牛羊下，区脱⑫纵横。看名王宵猎⑬，骑火一川明，笳鼓悲鸣，遣人惊。

念腰间箭，匣中剑，空埃蠹⑭，竟何成！时易失，心徒壮，岁将零⑮，渺神京⑯。干羽⑰方怀远，静烽燧，且休兵。冠盖使⑱，纷驰骛⑲，若为情⑳。闻道中原遗老㉑，常南望、翠葆霓旌㉒。使行人到此，忠愤气填膺㉓，有泪如倾。

【注释】

①张孝祥：（1132～1169）字安国，号于湖居士，简州（今属四川）人，卜居历阳乌江（今安徽和县）。绍兴二十四年（1154）进士第一，历任中书舍人、直学士院。其词早期多清丽婉约之作，南渡后转为慷慨悲凉，多抒发爱国思想，词风豪放，风格近苏轼，对后还辛派词人的创作很有影响。作品有

《于湖集》，词集为《于湖词》。

②长淮：淮河。当时为宋金东部分界线。

③莽然：草木丛生貌。

④征尘：路上的尘土。

⑤销凝：忧思、伤神。

⑥当年事：指靖康间金兵南侵灭北宋事。

⑦殆：大概、也许。

⑧洙泗：古代鲁国的两条河，洙水和泗水，流经曲阜。此处代指中原地区。

⑨弦歌：弹琴唱歌，此指礼乐教化。

⑩膻腥：牛羊的气味。借指金兵。

⑪毡乡：古代北方少数民族大多住毡帐，故称其所居为毡乡。

⑫区脱：胡人用来侦察的土室，这里指金兵的哨所。

⑬名王：古代少数民族对贵族头领的称呼。

宵猎：夜间打猎。

⑭空埃蠹：白白积满尘埃，被虫蛀蚀。此指闲置不用。

⑮岁将零：一年将尽。

⑯神京：此指北宋师汴京（今河南开封）。

⑰干羽：古代一种舞具。传说禹曾舞干羽使苗族部落降服。怀远：以文德怀柔远人。

这里暗讽南宋放弃抗金而与金人讲和。

⑱冠盖使：穿官服乘马车的使臣。此指去金求和的使臣。

⑲驰骛：奔走。

⑳若为情：何以为情、难以为情。

㉑中原遗老：中原沦陷区的百姓。

㉒翠葆霓旌：指皇帝的车驾。翠葆，用翠羽装的车盖。霓旌，绘有云霓的彩旗。

㉓填膺：塞满胸怀。

【鉴赏】

全词感愤时事，即席赋词，慷慨悲壮，不仅思想内容深刻，而且艺术成就也很高，系千古名篇。

念 奴 娇（洞庭青草）

洞庭青草①，近中秋、更无一点风色。玉界琼田三万顷，着我扁舟一叶。素月分辉，明河共影，表里俱澄澈。怡然心会，妙处难与君说。

应念岭表②经年，孤光③自照，肝胆皆冰雪。短发萧骚④襟袖冷，稳泛沧浪空阔。尽挹⑤西江，细斟北斗⑥，万象为宾客。扣舷⑦独啸，不知今夕何夕⑧。

【注释】

①洞庭青草：湖名。二湖相连，在湖南岳阳市西南，总称为洞庭湖。

②岭表：即岭南，两广之地。

③孤光：指月亮。

④萧骚：萧条、稀少貌。

⑤尽挹：舀尽。

⑥北斗：北斗七星，排列形似长勺。

⑦扣舷：拍打船边。

⑧今夕何夕：《诗经》中语。后世用为赞叹良夜的常用语。

【鉴赏】

全词气概豪纵，笔势雄奇，表现了作者开阔的胸襟和潇洒的气度，其独特的风格，创造了自己的艺术天地和精神境界。

刘克庄^①

贺 新 郎 （湛湛长空黑）

九日

湛湛^②长空黑，更那堪、斜风细雨，乱愁如织。老眼平生空四海，赖有高楼百尺^③。看浩荡、千涯秋色。白发书生神州泪，尽凄凉不向牛山^④滴。追往事，去无迹。

少年自负凌云笔^⑤，到而今、春华^⑥落尽，满怀萧瑟。常恨世人新意少，爱说南朝狂客^⑦。把破帽年年拈出。若对黄花孤负酒，怕黄花也笑人岑寂。鸿去北，日西匿。

【注释】

①刘克庄：（1187～1267）字潜夫，号后村居士，福建莆田人。出身世家，以荫入仕，时任靖安县主簿。为建阳县令时，因写《落梅》诗中有"东风谬掌花权柄，却忌孤高不主张"句，被诬为诋毁权贵，遭遇"文字狱"而

被免官达十年之久。后以"文名久著，史学尤精"，得宋理宗赏识，于淳祐六年（1246）赐进士出身，任史事，累官至工部尚书。作为南宋后期著名词人，其词内容多写国家兴亡大事，笔力劲健，风格豪放。一生著卷诗文和篇散文。同时，作为南宋后期一位贤臣，他爱国爱民，为人正直，为当时的学者所敬仰、为后人所传颂。

②湛湛：深黑貌。

③高楼百尺：喻指忧国忘家的志士居住之所。

④牛山：在山东省临淄县南，为春秋时期齐景公望都零涕之地。

⑤凌云笔：豪气凌云之笔。

⑥春华：此处喻指少年豪气。

⑦南朝狂客：指孟嘉。晋孟嘉为桓温参军，曾于重阳节共登龙山，风吹帽落而不觉。

【鉴赏】

重阳佳节，登花饮酒，本是乐事。但感时伤恨，愁由此而生，自然贴切。作者恰当地运用典故，使借景抒情更具艺术技艺。

玉楼春（年年跃马长安市）

戏呈林节推①乡兄

年年跃马长安市②，客舍似家家似寄。青钱③换酒日无何，红烛呼卢④宵不寐。

易挑锦妇⑤机中字，难得玉人⑥心下事。男儿西北有神州，莫滴水西桥畔⑦泪。

【注释】

①节推：宋朝佐理州官的节度推官。

②长安市：此指南宋临安都城的市集。

③青钱：古代钱因成色而分青、黄两种，颜色青的称青钱。

④呼卢：赌博。

⑤锦妇：前秦窦滔之妻苏氏。

⑥玉人：泛指妓女。

⑦水西桥畔：妓女聚居之所。

【鉴赏】

这首词通过调侃的语气，表现了一名节度推官放浪形骸的荒唐生活，及词人对此的委婉劝诫。

吴文英①

瑞　鹤　仙（晴丝牵绪乱）

晴丝牵绪乱晴丝②牵绪乱。对沧江斜日，花飞人远。垂杨暗吴苑③。正旗亭烟冷④，河桥风暖。兰情蕙盼⑤。惹相思、春根⑥酒畔。又争知⑦、吟骨萦销⑧，渐把旧衫重剪⑨。

凄断⑩。流红千浪，缺月孤楼，总难留燕。歌尘凝扇⑪。待凭信，拌分钿⑫。试挑灯欲写，还依不忍，笺幅偷和泪卷。寄残云、剩雨蓬莱⑬，也应梦见。

【注释】

①吴文英：（1200? ~1260?），字君特，号梦窗，四明（今浙江省宁波市）人。他的词远承温庭筠，近师周邦彦，在辛弃疾、姜夔之外，另成一格，是南宋词之一大家。他的词对清代影响较大，有《梦窗词》，杨铁夫有《梦窗词选笺释》。

②晴丝：即游丝、烟丝。是一种虫类吐出极细的丝缕飘浮空中。"晴丝"亦即"情丝"，二者为谐音隐语。

③吴苑：吴王的宫宛。后为苏州的代称。

④旗亭：酒楼。烟冷，指寒食禁烟时的特色。

⑤兰、蕙：均为香草名。代指美女。盼：看。形容女子目光流转，灵活动人。

⑥春根：春天的氛围。根：面前。

⑦争知：怎知。

⑧销：消减，消瘦。

⑨重剪：因身体消瘦而重剪旧衣。

⑩凄断：凄然。

⑪歌尘凝扇：歌扇久置不用已被尘封。

⑫钿：以金银介壳等物镶嵌的盒子。

⑬残云、剩雨：用巫山神女故事。宋玉《高唐赋序》：楚襄王游高唐，望高台之观，其上有云气。王问其故。宋玉对曰："昔者先王尝游高唐，怠而昼寝，梦一妇人曰：'妾巫山之女也，为高唐之客，闻君游高唐，愿荐枕席。'王因幸之……"结拍"也应梦见"，亦指此。蓬莱：古代传说神仙所居之处。

【鉴赏】

这首词在梦窗词中是别具一格的，上阕写离人的相思之苦，下阕写女子怀念他的一片幽怨。描写细腻、意境优美。

满 江 红 (云气楼台)

淀山湖①

云气楼台，分一派、沧浪翠蓬②。开小景、玉盆寒浸，巧石盘松③。风送流花时过岸，浪摇晴练欲飞空④。算鲛宫⑤、只隔一红尘，无路通。

神女⑥驾、凌晓风。明月佩⑦，响丁东。对两蛾⑧犹锁、怨绿烟中。秋色未教飞尽雁，夕阳长是坠疏钟。又一声、欸乃过前岩，移钓篷。

【注释】

①淀山湖：旧称薛淀湖。在上海市清浦县西及昆山县和江苏吴江县间。因湖东南有淀山（宋时尚在湖中），故名。

②翠蓬：指蓬莱仙山。

③"开小景"二句：用盆景艺术的视角体察宏观湖景。玉盆：喻淀山湖。巧石：喻淀山。

④晴练：《晚登三山还望京邑》，"馀霞散成绮，澄江静如练。"

⑤鲛宫：指传说中的龙宫。

⑥神女：传说中淀山神女。

⑦明月佩：明月，宝珠。

⑧两蛾：双眉。

【鉴赏】

这首词描写了淀山湖，随后又抒发了主人公淡淡的怅惘，意境优美，耐人深思。

水 龙 吟 （艳阳不到青山）

惠山酌泉[①]

艳阳不到青山，古阴冷翠成秋苑[②]。吴娃点黛，江妃[③]拥髻，空蒙遮断。树密藏溪，草深迷市，峭云一片。二十年旧梦，轻鸥素约，霜丝乱、朱颜变。

龙吻[④]春霏玉溅。煮银瓶、羊肠[⑤]车转。临泉照影，清寒沁骨，客尘都浣。鸿渐[⑥]重来，夜深华表[⑦]，露零[⑧]鹤怨。把闲愁换与，楼前晚色，棹沧波远。

【注释】

①惠山：又称慧山、惠泉山，在江苏省无锡市西郊，为江南名山之一。惠山以泉水著称。酌泉：即其名泉之一。

②秋苑：满是秋色的园林苑囿。

③江妃：传说中的女神。

④龙吻：惠山名"九陇山"，因山有九陇（峰），又名九龙山。泉出龙首，为第一山。龙吻：即泉水从龙口喷出。

⑤羊肠：形容狭窄曲折的小路。此用羊肠路上颠簸的车声来形容煮茶，并暗示品茶的欲望急切。

⑥鸿渐：唐代著名茶叶专家陆羽。陆羽字鸿渐，著《茶经》三篇。

⑦华表：设立在宫殿、城垣等建筑物前作装饰、标志用的大柱。

⑧露零：即零露、降露。又解一颗颗露珠。

【鉴赏】

这首词抒发了一种淡淡的愁绪，隐含着词人对人生的感慨。

庆 春 宫 （春屋围花）

越中钱得闲园

春屋围花，秋池沿草，旧家锦藉川原。莲尾分津，桃边迷路，片红不到人间。乱篁苍暗，料惜把、行题共删[1]。小晴帘卷，独占西墙，一镜清寒。

风光未老吟潘[2]。嘶骑征尘，只付凭阑。鸣瑟传杯，辟邪[3]翻烬，系船香斗[4]春宽。晚林青外，乱鸦著、夕阳几山。粉消莫染，犹是秦宫，绿扰云鬟。

【注释】

①篁：泛指竹林。惜：恐。行题：指题诗。

②吟潘：潘岳，晋著名诗人。

③辟邪：香名。

④香斗：形如熨斗的水潭。

【鉴赏】

本篇通过对园林的描写，表现了历史的沧桑巨变，意境深沉，堪称佳作。

齐 天 乐 （芙蓉心上三更露）

白酒自酌有感

芙蓉①心上三更露，茸香漱泉玉井②。自洗银舟③，徐开素酌，月落空杯无影。庭阴未暝。度一曲新蝉，韵秋④堪听。瘦骨浸冰，怕惊纹簟⑤夜深冷。

当时湖上载酒，翠云⑥开处共。雪面波镜。万感琼浆⑦，千茎鬓雪，烟锁蓝桥花径。留连幕景。但偷觅孤欢，强宽秋兴⑧。醉倚修篁⑨，晚风吹半醒。

【注释】

①芙蓉：荷花的别名。即莲花，也作夫容。

②茸：草初生时柔细的样子。玉井：指华山顶峰之玉井。

③银舟：银酒杯。舟，盛酒的器具，形状像钵。

④韵秋：蝉的哀鸣透出秋意。

⑤簟：竹席。纹簟：也作簟纹。竹席的花纹。

⑥翠云：多指美女的秀发。此指翠绿的荷叶。

⑦琼浆：玉浆。比喻美酒。

⑧秋兴：因秋而兴起的感慨。

⑨修篁：修竹。

【鉴赏】

这首词借景抒情，以景衬情，抒发了词人怀才不遇和爱情失意的复杂情感。

齐 天 乐 (凌朝一片阳台影)

齐云楼①

凌朝一片阳台影，飞来太空不去。栋宇参②横，帘钩斗曲，西北高楼几许？天声似语③。便阊阖轻排④，虹河平溯⑤。问几阴晴？霸吴平地漫今古⑥。

西山横黛⑦瞰碧，眼明应不到，烟际沉鹭⑧。卧笛⑨长吟，层霾乍裂⑩，寒月溟濛千里。凭虚⑪醉舞。梦凝白阑干，化为飞雾。净洗青红⑫，骤飞沧海雨。

【注释】

①词写苏州齐云楼。齐云楼，在江苏苏州市。

②参：星宿名。二十八宿之一。参为其中并列之三颗星。名三星。北方冬季可用为时辰的标志。

③天声：天上自然的音响，如雷霆声。语：指天语，即上天的垂训。

④阊阖：传说中的天门。排：排闼：推门。

⑤虹：桥的代称。溯：逆流而上。

⑥吴：指以苏州为中心的古吴地。漫，任。

⑦黛：即黛色，黛岑。青黝色的山峦与树色。

⑧鹭：水鸟名，翼大尾短，嘴与颈很长，有白鹭、苍鹭等。

⑨卧笛：卧吹笛。

⑩层霾乍裂：霾：大气混浊呈微黄或浅蓝色。乍裂，用响遏行云故事。《列子·汤问》载：秦国善歌者秦青，"抚节悲歌，声振林木，响遏行云。"溟濛：即模糊迷濛的样子。亦作溟蒙、冥蒙。

⑪凭虚：即凭虚御风，凌空飞行。虚，指太虚。凭，本作冯。冯虚，即依

托于虚无。

⑫青红：指建筑物之油漆彩饰。

【鉴赏】

本词主要描写了苏州的齐云楼，语言生动传神，给人以美的享受。

蝶 恋 花（北斗秋横云髻影）

题华山道女扇①

北斗秋横云髻②影。莺羽衣轻③，腰减青丝剩④。一曲游仙闻玉磬⑤。月华深院人初定。

十二阑干⑥和笑凭。风露生寒，人在莲花顶。睡重不知残酒醒。红帘几度啼鸦暝⑦。

【注释】

①华山道女，即陈华山。

②云髻：女子美发浓密高结如云。

③羽衣：本为鸟羽制成的衣服，后引申为道士的服装并代指道士、仙人。道家称飞升成仙为羽化。莺羽衣：即黄色道服。莺，黄鹂，身黄。

④腰减：瘦腰。青丝：腰带。

⑤游仙：游仙诗。据道教内容，曲，当为《法曲献仙音》之类曲调。玉磬：玉制的打击乐器。

⑥十二阑干：指碧城，仙人所居。十二，言其阑干之多。

⑦暝：天黑，日暮。

【鉴赏】

这是一首题扇之作，语言华美，音律和婉，风格洒脱。

蝶 恋 花 (明月枝头香满路)

九日和吴见山韵①

明月枝头香②满路。几日西风，落尽花如雨。倒照秦眉天镜古③。秋明白鹭双飞处。

自摘霜葱宜荐俎④。可惜重阳，不把黄花⑤与。帽堕笑凭纤手取。清歌⑥莫送秋声去。

【注释】

①这是一首和词，写重九的季节特点和内心独特感受。

②枝头香：指桂花盛开、桂子飘香。点出重九节气特点。

③秦眉：秦望山，在绍兴东南四十里。天镜：以天为镜。

④霜葱：洁白纤细的女子手指。荐：祭祀。俎：古代放祭品的器具。荐俎：奉献祭品。

⑤黄花：菊花。

⑥清歌：没有管弦乐器伴奏的歌唱。又指清亮悠扬的歌声。晏几道《阮郎归》："欲将沉醉换悲凉，清歌莫断肠。"

【鉴赏】

　　这首词描绘了主人公在重九这个特别的季节里内心特别的感受，情真意切。

浣　溪　沙（千盖笼花斗胜春）

观吴人岁旦游承天①

千盖笼花斗胜春②。东风无力扫香尘。尽沿高阁步红云。
闲里暗牵经岁恨，街头多认旧年人。晚钟催散又黄昏。

【注释】

　　①此词借游承天寺一事写元旦时的索寞情怀。承天，即承天寺。在今江苏苏州市。岁旦：元旦；指农历正月初一。
　　②盖：车盖，代指车子。"胜春"：春胜。唐宋时妇女在正月初一所戴的首饰，用彩带剪接而成。

【鉴赏】

　　这首词先写了游承天寺，接着又写元旦时寂寞、惆怅的情怀，传情达意，真挚感人。

浣 溪 沙 (门隔花深梦旧游)

门隔花深梦旧游，夕阳无语燕归愁。玉纤①香动小帘钩。
落絮无声②春堕泪，行云有影月含羞。东风临夜冷于秋。

【注释】

①玉纤：美女的手指。

②落絮无声：刘长卿《别严士元》："细雨湿衣看不见，闲花落地听无声。"

【鉴赏】

这首词从"梦"入手，写怀人，写旧情，情真意切，感人至深。

玉 楼 春 <small>（华堂夜宴连清晓）</small>

为故人母寿

华堂夜宴连清晓。醉里笙歌云窈袅①。酿来千日酒②初尝，过却重阳秋更好。

阿儿早晚成名了。玉树③阶前春满抱。天边金镜④不须磨，长与妆楼悬晚照。

【注释】

①窈袅：幽静闲远。

②千日酒：指一醉千日不醒之酒，也指千日酿成之酒。

③玉树：比喻风姿高雅。

④金镜：月亮。

【鉴赏】

这首词描写了欢宴的场景，布局巧妙，令人回味无穷。

诉 衷 情 （片云载雨过江鸥）

片云载雨过江鸥，水色澹汀①洲。小莲玉惨红怨，翠被又经秋。凉意思，到南楼，小帘钩。半窗灯晕，几色②芭蕉，客梦床头。

【注释】

①汀：水边平地。

②色：种类。

【鉴赏】

本词写景清幽淡雅，情感细腻生动，可谓蕴藉深沉。

诉 衷 情 （西风吹鹤到人间）

七 夕

西风吹鹤到人间，凉月满缑山①。银河万里秋浪，重载客槎还②。
河汉女，巧云鬟，夜阑干③。钗头新约，针眼娇颦，楼上秋寒。

【注释】

①缑山：地名，在河南偃师
东南，又名缑氏山，传仙人王子
乔在此与桓良相见。

②客槎：相传天河与海通，
年年八月有浮槎来去。有人曾乘
槎到天河，见牵牛星宿。

③阑干：横斜的样子。

【鉴赏】

该词散发着一种纯净脱俗之美，在艺术锤炼上较为成熟。

醉　桃　源 (翠阴浓合晓莺堤)

会饮丰乐楼①

翠阴浓合晓莺堤②。春发日坠西。画图新展远山齐。花深十二梯③。

风絮晚，醉魂迷。隔城闻马嘶。落红微沁绣鸳④泥。秋千教放低。

【注释】

①丰乐楼：杭州西湖边著名酒楼。

②堤：苏堤。

③十二梯：梯：阶。此似作"十二楼"解。传说中神仙所居处。

④绣鸳：绣有鸳鸯的鞋。

【鉴赏】

这首词短小玲珑，含蓄深沉，营造出一种幽深、缠绵的意境。

虞　美　人（背庭缘恐花羞坠）

背庭缘恐花羞坠①。心事遥山里。小帘愁卷月笼明。一寸秋怀禁得、几蛩②声？

井梧③不放西风起。供与离人睡。梦和新月未圆时。起看檐蛛结网、又寻思④。

【注释】

①背庭：背对庭园。花羞：花见羞。喻美人有羞花闭月之貌。

②蛩：蟋蟀。

③井梧：用梧桐叶至秋先落事。

④思：谐"丝"。谐音隐语。

【鉴赏】

这首词字里行间透露着一种淡淡的离愁，情感细腻，通过秋月、蟋蟀、西风、蜘蛛等意象表现出主人公的内心世界愁怅的情怀。

高山流水（素弦——起秋风）

丁基仲侧室善丝桐赋咏，晓达音吕，备歌舞之妙[①]

素弦[②]——起秋风，写柔情、多在春葱[③]。徽外断肠声[④]，霜霄暗落惊鸿[⑤]。低颦[⑥]处、剪绿裁红[⑦]。仙郎伴，新制还赓[⑧]旧曲，映月帘栊。似名花并蒂[⑨]，日日醉春浓。

吴中。空传有西子，应不解、换徵移宫。兰蕙[⑩]满襟怀，唾碧总喷花茸[⑪]。后堂[⑫]深，想费春工。客愁重，时听蕉寒雨碎，泪湿琼钟[⑬]。恁风流也称，金星贮娇慵。

【注释】

①丁基仲，不详，约为作者友人。侧室，指妾，偏旁。丝桐，即琴，古时制琴多为桐木，练丝为弦，故以丝桐为琴的别名。

②素弦：商弦。商属秋，其声凄厉。与肃杀的秋气相应，故以商喻秋。

③春葱：女子纤细的手指。

④徽：徽音。美好的乐声。"断肠"：形容极度痛苦悲伤，以至柔肠寸断。

⑤惊鸿：本为惊飞的鸿鸟，用以比喻美女体态轻盈。

⑥颦：皱眉。

⑦剪绿裁红：梦窗《祝英台近·除夜立春》："剪红情，裁绿意。"

⑧赓：连续，赓和。

⑨并蒂：两花共一蒂。（花与枝相连的部分）称并蒂，比喻夫妻恩爱。

⑩兰蕙：香草名。

⑪花茸：女子唾液美称。

⑫后堂：即后房，姬妾居住的内室，又泛指姬妾。

⑬蕉寒雨碎：即雨打芭蕉。泪湿：形容乐曲感人泪落。

【鉴赏】

这首词主要描写了丁基仲侧室的多才多艺，笔法精妙。

念 奴 娇 (思生晚眺)

赋德清县圃明秀亭①

思生晚眺，岸乌纱②平步，春云层绿。罨画③屏风开四面，各样莺花④结束。寒欲残时，香无著处，千树风前玉。游蜂飞过，隔墙疑是金谷。

偏称晚色横烟，愁凝峨髻，澹生绡裙幅。缥缈孤山南畔路，相对花房竹屋。溪足沙明，岩阴石秀，梦冷吟亭宿。松风古涧，高调月夜清曲。

【注释】

①明秀亭：在德清县治后圃，四周植桃与海棠，榜曰"红云坞"。

②乌纱：官帽，宋元时仍可做便帽。

③罨画：彩色的画。

④莺花：指代表春色的黄莺与花朵。

【鉴赏】

这首词描写景物清丽动人，同时又把词人内心深处的凄凉孤独之感跃然纸上。

双　双　燕 (小桃谢后)

　　小桃谢后，双双燕，飞来几家庭户。轻烟晓暝，湘水暮云遥度。帘外馀寒未卷，共斜入、红楼深处。相将①占得雕梁，似约韶光留住。

　　堪举。翩翩翠羽。杨柳岸、泥香②半和梅雨。落花风软，戏促乱红飞舞。多少呢喃意绪。尽日向、流莺分诉，还过短墙，谁会万千言语？

【注释】

①相将：行将。即将，将要。

②泥香：崔道融《春闺二首》："寒食月明雨，落花香满泥。"

【鉴赏】

　　这首词对燕子及景物的描写是极为精彩的，含蓄蕴藉，令人深思。

珍　珠　帘 <small>(蜜沉烬暖萸烟袅)</small>

春日客龟溪，过贵人家，隔墙闻箫鼓声，疑是按舞，伫立久之^①。

蜜沉烬暖萸烟袅^②。层帘卷、伫立行人官道。麟带压愁香；听舞箫云渺。恨缕情丝春絮远，怅梦隔、银屏难到。寒峭，有东风嫩柳，学得腰小。

还近绿水清明，叹孤身如燕，将花频绕。细雨湿黄昏，半醉归怀抱。蠹损歌纨人去久，漫泪沾、香兰如笑^③。书杳。念客枕幽单，看看^④春老。

【注释】

①此词回忆亡故的爱妾。龟溪，地名，在浙江德清县。

②蜜：蜜炬，即蜡烛。沉：沉香，香料名。萸：茱萸香。

③香兰如笑：李贺《李凭箜篌引》："昆山玉碎凤凰叫，芙蓉泣露香兰笑。"

④看看：估量时间之辞，有转眼义。

【鉴赏】

这首词抒发了词人怀念亡故的爱妾，情真意情，催人泪下。

风 入 松 (一番疏雨洗芙蓉)

麓翁①园堂宴客

一番疏雨洗芙蓉。玉冷佩丁东。辘轳听带秋声转，早凉生、傍井梧桐②。欢宴良宵好月，佳人修竹清风。临池飞阁乍青红③。移酒小垂虹。贞元供奉梨园曲④，称十香、深蘸琼钟⑤。醉梦孤云晓色，笙歌一派秋空。

【注释】

①麓翁：史宅之，字子仁，号云麓，史弥远之子。

②"辘轳"二句：化用桐叶知秋意。

③青红：建筑物之油漆彩饰。

④贞元：唐德宗年号。供奉：官名。唐代艺术造诣高深的艺术家，为皇帝所宠信并专为皇室服务者，后成为有一技之长的艺术家的通称。梨园：唐玄宗时培养伶人的处所。后称戏班为梨园，称戏剧演员为梨园弟子。

⑤十香、深蘸：指十指。

【鉴赏】

全词浪漫主义色彩浓厚，构思巧妙，生动再现了一番雨打池荷的精彩情景，令人不忍释卷。

刘辰翁①

兰 陵 王（送春去）

丙子送春

　　送春去，春去人间无路。秋千外、芳草连天，谁遣风沙暗南浦。依依甚意绪？漫忆海门飞絮②。乱鸦过、斗转城荒③，不见来时试灯④处。

　　春去，谁最苦？但箭雁沉边⑤，梁燕无主⑥，杜鹃声里长门暮。想玉树凋土，泪盘如露。咸阳送客屡回顾⑦，斜日未能度。

　　春去，尚来否？正江令恨别⑧，庾信愁赋⑨，苏堤尽日风和雨。叹神游故国，花记前度⑩。人生流落，顾孺子⑪，共夜语。

【注释】

　　①刘辰翁：（1232～1297）字会孟，号须溪，庐陵（今江西吉安市）人。理宗景定三年（1262）廷试对策，因忤贾似道，置于丙第。以亲老，自请为濂溪书院山长。入史馆，又除太学博士，皆辞官。宋亡不仕，隐居而终。其词

兼学苏、辛，早期词作以俊逸见长。晚年多感伤时事之作，辞情凄凉，格调悲郁。亦能诗，曾点评杜甫、王维、李贺、陆游诸家之作。著有《须溪集》《须溪四景诗》。后人辑有《须集词》。

②海门飞絮：喻逃亡到南海的南宋室。

③斗转城荒：星移半转，城市变得荒芜不堪。暗指时局骤变，繁华的都城转眼间变成一片废墟。

④试灯：唐宋时期，元宵灯节前几天试挂花灯的活动。

⑤箭雁沉边：中箭的大雁跌落在边塞。暗喻南宋君臣被掳往北国。

⑥梁燕无主：梁间的燕子失去了主人。暗喻南宋遗民失去了祖国。

⑦咸阳送客：李贺《金铜仙人辞汉歌》："衰兰送客咸阳道，天若有情天亦老。"此句暗喻南宋遗民目送帝后北去，帝后及群臣屡屡回顾故国臣民。

⑧江令恨别：南朝梁江淹，曾担任建安吴兴令，故称江令。他写有《恨赋》《别赋》。

⑨庾信愁赋：北周庾信初为南朝梁大臣，出使北朝，因国亡而羁留在北方，曾写在《愁赋》，表达自己思念故国之情。

⑩花记前度：化用刘禹锡《再游玄都观》诗："种桃道士归何处，前度刘郎今又来"之句。

⑪孺子：指儿子刘将孙。

【鉴赏】

该词题为送春，实写亡国之痛。以春喻国，不露痕迹，不论是写景还是用典，都紧紧把握亡国的悲痛为其所使，故读来哀婉无穷。

宝 鼎 现 (红妆春骑)

春月

红妆春骑，踏月影、竿旗穿市①。望不尽楼台歌舞，习习香尘莲步底②。箫声断，约彩鸾③归去，未怕金吾④呵醉。甚辇路喧阗且止，听得念奴歌起⑤。

父老犹记宣和事，抱铜仙、清泪如水。还转盼沙河⑥多丽。滉漾明光连邸第，帘影动、散红光成绮。月浸葡萄十里⑦，看往来神仙才子，肯把菱花扑碎。肠断竹马儿童，空见说、三千乐指。等多时春不归来，到春时欲睡。又说向灯前拥髻⑧，暗滴鲛珠⑨坠。便当日亲见《霓裳》⑩，天上人间梦里。

【注释】

①竿旗：一竿一竿的旗帜。穿市：在街道上穿行。

②习习：尘土飞扬的样子。莲步底：美人走过之处。

③彩鸾：吴彩鸾，仙女名。此处指出游的美人。

④金吾：执金吾，古代在京城执行治安任务的军人。

⑤"甚辇路"二句：为什么路上的喧闹静止下来了呢？原来是听到了女子美妙的歌声。念奴，唐天宝时名歌女。

⑥沙河：钱塘南五里的沙河塘，宋时居民甚盛，碧瓦红檐，歌管不绝。多丽：十分美丽。

⑦月浸葡萄十里：月光泻在十里西湖上，现出葡萄般的深绿色。

⑧灯前拥髻：在灯前托起发髻，愁苦的样子。

⑨鲛珠：指眼泪。

⑩亲见《霓裳》：意谓当时眼见到过京城歌舞升平的景象。《霓裳》，乐曲

名，即唐玄宗时的《霓裳羽衣曲》。

【鉴赏】

这首词作于宋亡之后，是刘辰翁晚年的作品。作者此时已是风烛残年，他用沉重的语言、富有历史沧桑感的笔触，抒写了复国无望的悲凉。

永 遇 乐 (璧月初晴)

余自乙亥上元①，诵李易安②《永遇乐》，为之涕下。今三年矣，每闻此词，辄不自堪，遂依其声，又托之易安自喻。虽辞情不及，而悲苦过之。

璧月初晴，黛云远淡，春事谁主？禁苑娇寒③，湖堤倦暖④，前度遽如许⑤。香尘暗陌，华灯明昼，长是懒携手去。谁知道，断烟禁夜⑥，满城似愁风雨。

宣和旧日，临安⑦南渡，芳景犹自如故。缃帙流离，风鬟三五，能赋词最苦⑧。江南无路，鄜州⑨今夜，此若又谁知否？空相对，残釭⑩无寐，满村社鼓。

【注释】

①乙亥：宋德祐元年，公元 1275 年。上元：农历正月十五。

②李易安：即李清照，北南宋之交女词人，号易安居士。

③娇寒：轻寒。

④倦暖：令人发困的暖意。

⑤前度遽如许：此前何曾这么仓促地来到人间。

⑥断烟禁夜：禁止烟火，不准挂灯；禁止夜行，晚间戒严。

⑦临安：今杭州。

⑧缃帙：浅黄色的书套。此处代指图书。风鬟：头发蓬乱；三五：指旧历正月十五夜（元宵节）。

⑨鄜（fū）州：在今陕西省富县。杜甫诗："今夜鄜州月，闺中只独看。"杜甫当时被安史叛军俘获，而妻子还在鄜州。此句是作者自比于杜甫。

⑩残釭：残灯。

【鉴赏】

作者用李清照口吻，依照李清照《永遇乐》原调填写了这首词，以表达比当年李清照更加浓烈的亡国之恨。

摸 鱼 儿 (怎知他、春归何处)

酒边留同年①徐云屋

怎知他、春归何处？相逢且尽尊酒。少年袅袅天涯恨②，长结西湖烟柳。休回首，但细雨断桥③，憔悴人归后。东风似旧，问前度桃花，刘郎能记，花复认郎否④？

君且住，草草留君剪韭⑤，前宵正恁时候。深杯欲共歌声滑，翻湿春衫半袖。空眉皱，看白发尊前，已似人人有。临分把手，叹一笑论文，清狂顾曲⑥，此会几时又？

【注释】

①同年：同榜的进士。

②少年袅袅天涯恨：意谓自己在风华正茂的少年时代即离开家乡来到杭州求学，如今漂泊天涯，时有远游之恨。袅袅，姿态美好貌。

③断桥：指杭州西湖白堤上的断桥。

④"问前度桃花"三句：化用刘禹锡诗："种桃道士归何处？前度刘郎今又来"之句。

⑤剪韭：剪下新韭款待宾客。

⑥顾曲：听歌。

【鉴赏】

这是一首送别词，抒写对朋友的无限眷恋和对年华易逝的感慨。

周 密①

曲 游 春（禁苑东风外）

　　禁烟湖上薄游②，施中山③赋词甚佳，余因次其韵。盖平时游舫，至午后则尽入里湖④，抵暮始出，断桥小驻而归，非习于游者⑤不知也。故中山极击节余"闲却半湖春色"之句，谓能道人之所未云。

　　禁苑⑥东风外，飐暖丝晴絮，春思如织。燕约莺期，恼芳情偏在，翠深红隙。漠漠香尘隔，沸十里、乱弦丛笛。看画船尽入西泠⑦，闲却半湖春色。

　　柳陌，新烟凝碧，映帘底宫眉⑧，堤上游勒⑨轻暝笼寒，怕梨云梦冷，杏香愁幂⑩。歌管酬寒食，奈蝶怨良宵岑寂。正满湖碎月摇花，怎生去得？

【注释】

　　①周密：（1232～1308）字公谨，号草窗、四水潜夫等，济南（今属山东）人，流寓吴兴（今浙江湖州市）。理宗淳祐时任义乌令，景定初任浙西师司幕官，不久去职。度宗咸淳时，监杭州丰储仓。宋亡不仕，寓居杭州。其早

期词作多表现自己的优雅生活，音律讲究，文字精美。晚年身逢国难，多抒发思国怀乡之情，风格亦转向忧伤凄楚，真挚感人。与吴文英（梦窗）齐名，并称"二窗"。且能诗，能书画。著有《草窗词》《草窗韵语》《武林旧事》等，编有《绝妙好词》。

②禁烟：禁止烟火之时，指寒食节。薄游：随意游览。

③施中山：施岳，字中山，吴人。

④里湖：杭州西湖以白堤为界，分为外湖和内湖，里湖即内湖。

⑤习于游者：熟悉西湖游览路径的人。

⑥禁苑：皇宫园林。南宋都杭，西湖一带因称禁苑。

⑦西泠：桥名，在西湖白堤上。

⑧帘底宫眉：画帘下的美女。

⑨游勒：乘马的游人。

⑩幂：覆盖，笼罩。

【鉴赏】

这一首记游之作，写寒食游西湖的情景，全词意境清丽，设语工炼，是记游词中的名篇。

高 阳 台（照野旌旗）

送陈君衡被召①

照野旌旗，朝天车马②，平沙万里天低。宝带③金章，尊前茸帽风欹④。秦关⑤汴水经行地，想登临、都付新诗。纵英游⑥，叠鼓清笳⑦，骏马名姬。

酒酣应对燕山雪，正冰河月冻，晓陇⑧云飞。投老残年，江南谁念方回⑨？东风渐绿西湖岸，雁已还、人未南归。最关情，折尽梅花，难寄相思。

【注释】

①陈君衡：陈允平，字君衡，号西麓，四明人，著有《日湖渔唱》。被召：受到元朝统治者的征召。

②朝天车马：征召陈君衡朝见天子的车马。

③宝带：古代系官印的丝带。金章：金印。

④茸帽：皮帽。风欹：被风吹歪。

⑤秦关：函谷关，在今河南省灵宝市。汴水：流经北宋都城开封的一条河流。此处秦关、汴水泛指中原故地。

⑥英游：潇洒地登临游览。

⑦叠鼓：一遍又一遍的鼓声。清笳：声调清亮的胡笳。

⑧晓陇：拂晓时分的山峦。

⑨方回：北宋词人贺铸字。黄庭坚诗："解道江南肠断句，世间惟有贺方回。"此处是作者自比方向。

【鉴赏】

全词含蓄深沉，字里行间浸透着亡国的辛酸，但表面上对友人还是客气有加，不露声色，把政治态度和友情之间的关系处理得十分得体。

花　犯 (楚江湄)

水仙花

楚江湄①，湘娥②乍见，无言洒清泪，淡然春意。空独倚东风，芳思谁寄？凌波路冷秋无际。香云随步起，漫记得、汉宫仙掌③，亭亭明月底。

冰丝④写怨更多情，骚人恨，枉赋芳兰幽芷⑤。春思远，谁叹赏国香⑥风味。相将共、岁寒伴侣，小窗净、沉烟熏翠袂。幽梦觉，涓涓清露，一枝灯影里。

【注释】

①湄：岸边。

②湘娥：湘妃。此处指水仙花。

③汉宫仙掌：汉武帝时在神明台所建的仙人承露盘。此处亦喻水仙花如承露的仙人掌。

④冰丝：指琴弦。

⑤ "骚人恨"二句：意谓屈原满怀幽恨，在其辞赋中反复地寄意于兰花芷草。枉赋，白白地抒写。

⑥国香：兰为国香，此谓水仙为国香。

【鉴赏】

　　这首词是周密咏物词中的名篇，通过对水仙品格的描绘，揭示出自己的高洁情操。

王沂孙①

眉妩（渐新痕悬柳）

新月

渐新痕悬柳，淡彩穿花，依约破初暝。便有团圆意，深深拜②，相逢谁在香径。画眉未稳。料素娥、犹带离恨。最堪爱、一曲银钩小，宝帘挂秋冷。

千古盈亏休问。叹慢磨玉斧③，难补金镜。太液池犹在，凄凉处、何人重赋清景。故山夜永。试待他、窥户端正④。看云外山河⑤，还老尽、桂花影⑥。

【注释】

①王沂孙：（约 1230～1291），字圣与，号碧山，又号中仙，因家居玉笥山，遂又号玉笥山人，祖籍会稽（今浙江绍兴）。工文辞，好交游。宋亡时，王沂孙曾与唐珏、周密等结社赋词，以抒亡国之悲。元世祖至元年间，王沂孙迫于无奈一度出为庆元路学正，但不久即辞官。晚年常交游于杭州、绍兴间。其辞章法缜密，颇具个性。今存有词作六十余首，辑为《碧山乐府》集，或

称《花外集》。

②拜：此指妇女拜新月，为古时民俗。

③慢磨玉斧：据唐段成式《酉阳杂俎》卷一《天咫》载：太和中，郑仁本表弟与王秀才游嵩山，遇一人，言月乃七宝合成，其凸出处常有八万二千户在修补，他即其中之一，还打开包袱亮出斧头、凿子等工具。后来遂有玉斧修月的传说。

④端正：指圆月。

⑤云外山河：暗指辽阔的故国山河。

⑥桂花影：指月影。

【鉴赏】

本词大致为词人在南宋亡国前后所作。从表面看，本词好似咏新月，实则是词人借咏新月抒亡国之痛。全词借景抒情，词境凄美，意境深远，颇具特色，是难得的佳作。

水龙吟（晓霜初著青林）

落叶

晓霜初著青林，望中故国凄凉早。萧萧渐积，纷纷犹坠，门荒径悄。渭水风生，洞庭波起，几番秋杪①。想重崖②半没，千峰尽出，山中路，无人到。

前度题红杳杳，溯宫沟、暗流空绕。啼螀③未歇，飞鸿欲过，此时怀抱。乱影翻窗，碎声敲砌，愁人多少！望吾庐甚处？只应今夜，满庭谁扫？

【注释】

①秋杪：晚秋。

②重崖：山崖边。

③螀：又名寒螀，古书上说的一种蝉。

【鉴赏】

本词为咏物词，词人借咏落叶，一面感叹自己身世的飘零，一面抒发自己浓浓的思乡情怀，意境凄凉。全词写景与抒情交相融合，绘景形象，抒情真挚，构思精巧，布局合理，堪称佳作。

高阳台 （残雪庭阴）

和周草窗寄越中诸友韵

残雪庭阴，轻寒帘影，霏霏玉管春葭[①]。小贴金泥[②]，不知春在谁家。相思一夜窗前梦，奈个人、水隔天遮。但凄然，满树幽香，满地横斜。

江南自是离愁苦，况游骢古道，归雁平沙。怎得银笺，殷勤说与年华。如今处处生芳草，纵凭高、不见天涯。更消他，几度春风，几度飞花。

【注释】

①春葭：春天初生的芦苇。古人为了计算时节，将芦苇烧成灰，放在玉管内，到了某一节气，相应玉管内的灰就会自行飞出。

②小贴金泥：古时习俗，在立春日贴泥金纸的帖子，上书"宜春"或诗句。

【鉴赏】

这首词为唱和周密词而作，抒发了词人对友人的怀念和亡国之后的感伤。全词情感真挚，刻画有力，词风清丽婉约，韵律感强，颇值得玩味。

张 炎①

长亭怨（望花外、小桥流水）

旧居有感

望花外、小桥流水，门巷愔愔，玉箫声绝。鹤去台空，佩环何处弄明月？十年前事，愁千折、心情顿别。露粉风香谁为主？都成消歇。

凄咽。晓窗分袂处，同把带鸳亲结。江空岁晚，便忘了、尊前曾说。恨西风不庇寒蝉，便扫尽、一林残叶。谢杨柳多情，还有绿阴时节。

【注释】

①张炎：（1248～1320），字叔夏，号玉田，晚号乐笑翁，祖籍凤翔府成纪（今甘肃天水），客居临安（今浙江杭州）。出身贵族家庭，其六世祖张俊为南渡功臣，封循王。其父张枢，精通音律，与周密为词社社友。前半生生活优裕，宋亡后，因家道中落，穷困潦倒，曾一度北游燕赵欲谋官养生，但均无果，南归后潦倒至死。今存词三百首，辑为《山中白云词》。

【鉴赏】

此词是词人在国破家亡十年后，重访故居时所作，抒发了作者心中的怨恨之情。全词情真意切，句句含情，字字带泪，读之令人涕零如雨。

思佳客（梦里蕃腾说梦华）

题周草窗《武林旧事》

梦里蕃腾[1]说梦华，莺莺燕燕已天涯。蕉中覆处应无鹿，汉上从来不见花。今古事，古今嗟，西湖流水响琵琶。铜驼烟雨栖芳草，休向江南问故家。

【注释】

①蕃腾：同“懵腾”，指半睡半醒，神志不清，恍恍惚惚。

【鉴赏】

此词抒发了词人对世事难料的感慨以及词人心中的悲伤无奈之情，全词巧化典故于无形，含蓄隽永，贴合主题；感情真挚，抒情自然，值得称道。